叶兆言短篇小说编年·珍藏版

雪地传说

叶兆言 著

人民文学出版社

图书在版编目(CIP)数据

雪地传说/叶兆言著.—北京：人民文学出版社，
2022

(叶兆言短篇小说编年；珍藏版)
ISBN 978-7-02-017215-3

Ⅰ.①雪… Ⅱ.①叶… Ⅲ.①短篇小说-小说集-中国-当代 Ⅳ.①I247.7

中国版本图书馆CIP数据核字(2022)第099365号

责任编辑　朱卫净　杜玉花　欧雪勤
装帧设计　钱　珺

出版发行	人民文学出版社
社　　址	北京市朝内大街166号
邮政编码	100705
印　　刷	凸版艺彩(东莞)印刷有限公司
经　　销	全国新华书店等
字　　数	238千字
开　　本	787毫米×1094毫米　1/32
印　　张	9.375
版　　次	2009年12月北京第1版
印　　次	2022年8月第1次印刷
书　　号	978-7-02-017215-3
定　　价	69.00元

如有印装质量问题，请与本社图书销售中心调换。电话：010-65233595

目录

自序
1

桃花源记
1

儿歌
19

绿了芭蕉
30

八根芦柴花
43

五千元
59

绿色咖啡馆
69

古老话题
81

活证
98

雨中花园
108

濡鳖
121

奔丧
160

五异人传
175

蜜月阴影
197

黑狗
218

火的阴谋
234

诗人马革
258

雪地传说
271

夏日最后的玫瑰
281

自序

最初的小说写在台历背面,如今回想,很有些行为艺术,仿佛在玩酷。记得是方之先生教唆,他听我说了一个故事,瞪大眼睛说:"快写下来,这很有意思。"受他鼓励,我开始不自量力,撕下几张过期台历,就在纸片的背面胡涂乱抹,还没写完,方之迫不及待要去看,一边看,一边笑着说不错。

三十年前,方之是江苏最好的作家,今天再提起,知道的人已经不多,必须加些注解和说明,譬如英年早逝,譬如曾获得全国短篇小说奖,譬如当代作家韩东的爹。他是父亲最铁的难兄难弟,他们一起被打成右派,要不是这位父执,我也许根本不会成为一个小说家。

说到方之的影响,最明显不过是两件事,一是想写立刻就写出来,不要再犹豫;一是要挑剔,看看别人还有什么不足。记得方之当年经常挑剔得奖的小说,总是喋喋不休,他是个仁慈的长辈,又是一位很有脾气的作家。从一开始,我脑子里就积累了许多不是,就有许多不应该,就一直在想,不能这么写不能那么写。如果你要想写小说,首先要做的便是和别人不一样,世界上有很多好的短篇大师,后人所能努力的方向,就是必须与那些好的小说家们不一样。

转益多师无别语,心胸万古拓须开,单纯模仿很搞笑,以某位好小说家为好坏标准，罢黜百家独尊儒术，也很搞笑。短篇小说说白了，就是考虑不能怎么写，就是考虑还能怎么写。这是一枚硬币的正反两面，又好比鸟的两个翅膀，只要扇动了，就可以在高空自由翱翔。

小说是时间艺术，是岁月留下的验证痕迹，无论描写之实际内容，还是创作之特定年代，时间都会显得至关重要。我习惯随手写下具体的写作日期，可惜发表时，有的被编辑随手删除，有的反复退稿，最后虽然得以发表，真实日期也不可考。这次结集出版，尽可能根据写作顺序，实在记不清楚，便退而求其次按发表时间。

短篇的写作并没有一定之规，唯一可以界定的是字数。反正要短，最好要短，究竟多少字，大家约定俗成。我的短篇小说并不多，有几篇已接近小中篇。不过参照惯例，高矮胖瘦虽有不同，仍然还能算是短篇小说。

二〇〇九年九月二十日　河西

桃花源记

1

飞机翅膀乱晃时,我最迫切的愿望是撒尿。幸好座位靠窗,头贴在玻璃上,看得见下面是一片水。我又不会游泳。第一次坐飞机就淹死,我那些朋友准保牙都会笑掉。飞机的确在往下坠。我开始后悔不该坐飞机。起飞时间一变再变,这预兆和暗示再明显不过。为什么固执着非坐飞机不可。我叹了口气,飞机抖得更厉害。

空中小姐开始来送纪念品。我陡然有些脸红。飞机正平稳地飞行着。

我去的地方叫桃花源。不是那个"不知有汉,无论魏晋"的世外桃源。是个新开发的旅游区,外国人投资。这个外国人讨了位中国老婆。

我的目的不是游山玩水。我是个编辑,小编辑。此行的目的是找本赚钱的书。赚钱不是目的。有钱,才能出好书。当然,有了钱,盖房子,多来点奖金什么的。我们已经付了五十元的信息费。这个情报绝对靠得住。我们打算出一本《叶群自传》。根据提供情报的人说,有个人手上有八盘磁带,是叶群当年口述的生平自传。武侠热、琼瑶热,已经过去。今天的读者一个个实在难揣摸。不过这本书肯定能赚钱。

飞机开始降落。窗外是个军用机场，人们都在议论，说这里是林副主席当年专用的。跑道两旁，稀稀落落地歇着直升飞机，笨头笨脑的。天近黄昏，看得见人，看不清人脸。我胃里的滋味很不好受，耳鸣，下了飞机，仿佛刚睡醒，刚从热被窝里被人硬揪出来。人都往一个方向走，有一个出口，没有检票的。

老车没有来。也许来过又走了。谁让飞机一误再误。我有一个电话号码，4444，拨了半天，没人接。风很大，好在我把冬天的衣服全带了。总算接通了电话，人又不在，女接线员正不高兴，摔电话的声音吓人一跳。我只知道一个老车，还有4444，急得开始冒汗。

这地方鬼不生蛋。飞机上下来的人都还没走，冻得缩脖子，又不得不伸长了颈子等汽车。汽车迟迟不来。好几个女人在做旅馆生意。一个丑而且老的女人盯住我不放，口水直溅到我脸上。路灯突然亮了。一个眉毛扯得极细的姑娘让我住到她那儿去。老女人气呼呼地走了。这是最后一班汽车，细眉毛姑娘说，她提供的是最后一次机会。我开始犹豫。老车不来，我不能在飞机场冻死。细眉毛姑娘塞给我一张名片似的东西，上面写着"林尽山房住宿证"。"走吧，"她极温柔地叫了一声，我心头一热，糊里糊涂地接下了那张住宿证。

汽车在一个糊里糊涂的地方停了一下。细眉毛姑娘把三五个房客撵鸭子似的赶下来。没有路灯，没有月亮，天上七八颗星。不知谁拿着支钢笔电筒，射在地上像头小白猪在跑。有人绊了一下。我们离了公路，身不由己地走着。我突然想到，如果有人跳出来剪径，身上一千元公款肯定保不住。不能为了一千元，我把命豁出去。也许这细眉毛姑娘就是山大王的手下。

"林尽山房"是茶场的一排什么房子。泥墙草瓦，有点古朴。中学下乡劳动，住过类似的建筑。我疑心自己又回到了当年的岁月。

不用说这一夜老鼠怎么怪叫，棉被怎么有霉味，单是那饿的难受劲儿，就够我回味一星期。我有一种叫人遗弃的感觉。忙这忙那，睡在床上才想到没吃晚饭。中饭是机场的两块玩具似的袖珍蛋糕。我真后悔，没有把小芸买的两袋法式面包带上。

面包是昨天在鼓楼医院买的。我们约好在那儿偷偷见面。那面包大约刚到，我去时，小芸正高举着面包从人群里挤出来，还热乎乎的。然后她去化验室，取报告单。我说不出一种确切的滋味，看着她的背影，看着她默默地走，一瘸一拐，看着她红脸进去，白脸出来，最后又是红脸。我们都知道事情不会太妙。一切和最糟糕的预料一样。大家无话可说，都笑，和哭差不多的笑。脸上的表情仿佛什么都不在乎。最后审判似乎已经结束。太阳懒懒地射在身上，冷冰冰的。我印象中，小芸嘟嘟囔囔地说了句什么。当然，事实上也许什么也没说。

2

老车一见到我，就说："找你真不容易。"我激动得差点流眼泪，我私下曾对自己说："今天要是见不到老车，明天狗日的不回南京。"

我已经在林尽山房住了两个晚上。饥鼠绕床，臭味扑鼻，我实在受够了。那一千元公款差点把人烦死，时时得担心会被人偷掉。我甚至不惜装穷。虽然不是第一次组稿，我仍然缺乏出公差的起码经验。人的忍耐也有个极限。八盘磁带和一本《叶群自传》，究竟和我有多大关系？我拎着装有公款的黑包，做贼心虚似的走来走去，旅馆的服务员会怎么想？说不定他们已和派出所联系过。我的工作证早丢了，为了出门方便，用的是另一位同事的证件。除了都戴着副近视眼镜，我和证件上的同事显然没有任何相似之处。

我打了一天半电话。一部手摇电话机差点被我摇散掉。接线员一听到我的声音就把电话挂了。我死皮赖脸地缠着细眉毛姑娘不放。是她把我骗到这个倒霉的地方，她没理由丢下我撒手不管。林尽山房的电话机是个摆设，我必须到六里路之外的场部去用电话。细眉毛姑娘有一辆加重的"凤凰车"，我想尽了歪点子也没把车骗到手。我说，我皮包里的钱足够她买五部新车。但是她毫不动心。六里多路，走一会就到了，她说，路很好走。

最后她答应用车子驮我去。她正好要去看一个人。

一路上颠得够呛。陡坡很多，我跳上跳下忙个不歇。天气很冷，我没手套，两只手交换着扶坐垫。她一路哼着各式各样的电影歌曲。为了讨好，我骗她自己是写电影剧本的。她开始对我刮目相看，并让给我一只棉手套。"你说现在什么电影最好呢？"她用征求意见的语气问我。我把当前的电影海骂一通，狂得自己都莫名其妙。今天的事倘若叫未婚妻知道，准饶不了我。即使是小芸知道了也会生气。我的骂使细眉毛姑娘肃然起敬，她细声细气地问我的剧本叫什么。我知道这么做不太好，但还是胡诌了一个。

"谁演女主角呢？"她问。

"小芸。"

"电影的主角叫什么?"

"小苓。"

"'小芸''小苓',"她念叨着,"这名字真像。这么巧?"

我说:"是有些巧。"

我打电话时,她要回林尽山房。我求她别走,我不认识回去的路。电话打不通,她说不能老等我,她还有事。"再说,小王还想搭我的车呢。"她指了指一个穿红滑雪袄的姑娘,也是眉毛扯得细细的,"我这车带不了两个人!"她们笑着走了。

中午在场部的食堂混了一顿饭。因为电话好不容易通了,却叫我下午一点钟再打。我向食堂的大师傅说了一通必须在他这儿吃中饭的理由。大师傅极通人情,我吃了饭,菜是笋干烧肉,却没收我的钱。从一点钟到四点钟,我不停地摇电话。也许是因为有点生气,也许是想抄近路,回林尽山房当真迷了路。眼见着目的地就在前面,偏偏一道道山沟挡住路。不止一次我差点叫树根绊倒,鞋带也断了,我意识到自己已有为出版事业献身的可能。《叶群自传》准是本了不得的好书,否则没必要叫我付出如此巨大的代价。

小芸正在家里等着我拿主意。事实上我们已经慌得不行,虽然嘴上一个劲地说不怕不怕。未来的丈母娘大人和未婚妻现在还蒙在鼓里。我一会热,一会冷,回到林尽山房天都黑了。我的老丈人是大学的副教授,又和我们总编辑同班同学。现在好了,我的事一定会闹得满社风雨。天知道我会被人们想成什么模样。说不定未婚妻会和我玩命。早在我们的关系敲定之初,她就和我明言约法。我们的关系只许她和我断,我却没权利考虑类似的要求。男人抛弃女人的时代已经一去不返，她说得理直气壮，斩钉截铁。女人比男人脆弱，感情比男人丰富，因此法律保护女人。多少年来，说实话都是我求着她。我心甘情愿，遵循这不平等条约。她一会冷，一会热，一会白天，一会黑夜。我知道爱情都这味。女人不是东西，是有感情的人。人可是了不得的东西。我有的是力气，要那么平等干什么。力气存在那里不用，也是一种能量的浪费，让人家去笑话我是丈母娘家的农民工临时工好了。

直到吃晚饭，我仍然摆脱不了惶恐不安。人越是劝自己别害怕，越是一个劲地害怕。问题的性质至少有它严重的一面。我把未婚妻妹妹的肚子弄大了，虽然有婚姻法作后盾，我还是感到一阵又一阵地发冷。也许我只是在道德上犯了些什么错误，然而我行为的合法性否定不了。我不停地向自己演说，模拟着辩护律师的腔调，饭吃完了还在空碗里扒来扒去。一睡上床，我便在心里大声向未婚妻道歉。我知道自己的行为有些问题。假如允许的话，我愿意承担勾引她妹妹的罪名。爱情是神圣的，我的行为起码已经玷污了什么东西。

3

天亮时，我还醒着。脑袋重得活像灌了水。已是连续两天失眠，我记得两天前的一天，睡得也不好。到了一个叫作桃花源的地方，睡不着，真正糟糕。我试图把自己的注意力转移到《叶群自传》上，聚精会神。那八盘磁带里一定有不少玩意。我作了种种假设。人的隐私其乐无穷，而且隐私有时候值大价钱。如果把磁带弄出国，就可能会成为富翁。富翁干什么不行。外国女人也不知什么味，有机会真不妨先痛痛快快堕落一阵。我想入非非。忽然，那个称作良心的东西回到我身上。我意识到自己应该把小芸带出去。我走了，她怎么办？我的孩子，还在她肚子里的那一个，怎么办？

于是我从床上跳下来。说什么我也必须先工作。睡不着觉是个人的事，我必须去找老车，去找那八盘磁带。

老车也在拼命找我。昨天场部打电话时，他刚接到我五天前发的电报。他已经和机场联系了十次。我借了细眉毛姑娘的车子，赶到场部挂电话，一挂就通。接电话的人说，老车正无头苍蝇似的找我。她让我不要走，守在电话机旁等。我守了一个小时，又挂电话过去，对方还是老话，让我等着。

那天的太阳很好。老车骑着辆红摩托车来接我。他并不像想象的那样年轻。我们一起先回林尽山房，然后我坐在摩托车后面，雄赳赳地去另一个地方。那种孤独和被遗弃的感觉烟消云散。我开始觉得那细眉毛姑娘十分可笑，滑雪袄上的花护袖说不出的乡气。老车发动摩托时，我照了照竖在车头的圆镜子，对着那个缩小和略略变形的我挤挤眼睛。

老车带我去的地方叫又一村。这地方起名字都这个味。一路上，我不停问老车磁带怎么说，他总是笑，一遍又一遍地笑："急什么，急什么？"一路上他大谈这儿的旅游，一会让我向左看，一会让我向右看。

"你必须知道旅游业。这是一把尺。旅游的兴趣，就是人的文明程度。"他甚至伸出一只手，指着一排茅草房子和我说话，"你注意到了没有，这就是我们这儿的特点。土，是不是？我们这儿不靠名山胜水赚钱。我们靠什么？土。你知道，田园风光，

'老外'最吃。外国人早玩腻了。他们要看看真正的中国。"

又一村的规格是宾馆级的。外表像一家地主大院,实实在在的田园风格,木凳,木床,故意弄得歪七扭八。现代化设备却应有尽有。空调,卫生间,还有一台小彩电。老车把我介绍给一个叫作老李的女人,"在这儿,你就跟在自己家一样。老李,这是我的朋友,好好招待。他是出版社的,日后会寄书给你。"我伸出手去,想和老李握手,她似乎不习惯,笑着说:"泡茶吧,开水有。"

屋里只剩我和老车,我又问磁带的事。老车把空调上的旋扭转了又转,满脸是笑,"看你急的。你先歇着,我去取。"没想到他这一走,黄昏才来。那种消逝了的孤独和被遗弃感,又和我开起玩笑。我一次又一次地想到了小芸,心不在焉地吃了中饭,心事重重地上了床,心思重重地睡了。

我睡得很沉。老李说,她进来几次,我都不知道。"为什么你不脱了衣服睡呢?还有,你究竟打算住几天?你不在的时候,空调最好不开,我们只收你普通房间的钱。"我发现又一村只有我这么一个客人,老李是唯一的工作人员。她向我解释说,眼下是旅游淡季,一般的国内游客,又住不起这种规格的旅馆。"到了旺季,我们请了十几个小丫头来帮忙,还忙不过来呢!"老李最初给我的印象是不爱说话,但是很快我就意识到自己的判断失误。等到老车捧了盘磁带兴冲冲赶来,我们已经谈了许多许多。她的每句话都很诚恳。话是家常话。她认真地说,我便认真地听。

老车把那盒磁带塞在录音机里。一阵的沙沙声,我听到了一个陌生女人在谈话。听了一会,不知所云。"啪"的一声,录音机关了,老车说:"怎么样,就这东西,还有七盘,我们谈谈？"老李识相地走了。我挺了挺腰，正襟危坐，等下文。老车忽然一看手表，说先领我去吃饭。他用摩托车把我带到一条正在黑下来的小街上。"这是唐街，照唐朝风格设计的，觉得怎么样？"他领着我在街上走，什么东西都看不清楚。一个小店里一男一女在笑，女的在柜台里，男的似乎磕在了柜台上。两条狗一前一后地走着。老车问我这像不像世外桃源，我觉得奇怪，既然叫桃源，为什么不叫秦街楚街，或者起一个更古老的街名。"美国的唐人街是假的，没听说那儿的中国馆子，卖的都是土豆做的沙拉？老实说，我们这儿，才是地道的民族风格。"老车对唐街充满感情，不时地停下来向我说几句。

我们在一个叫作蟠桃宴的馆子里吃了晚饭。老车和这家的经理显然很熟，他一进去，就使劲地拍对方的肩膀。他把我当作出版家介绍给经理，把经理当作企业家介绍给我。我们相互握了手，老车又为我们未来的合作祝贺。我们在一个据说专门接待外宾的小房间里吃了一桌。全是山珍野味。我第一次吃到刺猬，穿山甲，红毛野兔，还有蛇和野鸡共煮的龙凤汤。老实说，大师傅的手艺就那么回事，也许是放冰箱的缘故，什么肉都是一个滋味，都有点辣，都咸。我不知道客是谁请的，因此不知该向谁致谢。

回到又一村，我和老车一人沏了杯茶，开始谈判。老车的条件吓我一跳。八盘磁带，要价是一盘一千。出了书，又必须按每千字稿酬二十付钱。这不算，出书前，还必须先给他找个杂志发一下，稿酬仍然是二十。这还不算，印数超过五十万册，得付两倍稿酬。"你别说不可能，不可能，"他笑着看着我，看得我很不好意思，"磁带的钱我一分钱拿不到。不是已经说了吗，磁带不是我的。人家要的就是这价，你们不肯，她会去找别家出版社。现在的行情，你们不会不知，磁带就这么几盘，出版社可不是你们一家。我们是朋友，否则，谁照顾谁呀？你们的事，老实说，我都懂。"我发现老车远比我在行。相形之下，我是世外桃源的人。在这咄咄逼人的条件进攻下，我以守为攻，不敢随便发表意见，口口声声说要"打电话请示总编辑"。他对我的回答表示理解，"那当然，那当然。"

老车走了以后，我意识到自己遇上了个厉害角色。好在他答应明天与我一起去部队挂长途。我将按总编辑的意图办事。天塌下来，和我没关系。

我看了看手表，睡觉为时太早。外面老李和老车正大声说什么。我进卫生间方便了一下，又看看有没有热水洗澡。等我走到外面，老车的摩托已带着噪音走了。老李正站在那里，她身后的房间灯火通明。我突然对这个女人产生了极大的兴趣，身不由己地走了过去。

4

我最初见到的是小芸。介绍人把我领了去，一个又瘦又小的姑娘开了门。我们的脸顿时就红了。介绍人说："这是小芸，她妹妹。你姐姐呢？"五分钟后，小苓才从一个房间里走出来。她假装不曾看到我，和介绍人兴高采烈地说着什么，突然转过脸来，很有意味地看了我一眼。我敢说戏刚开场，我就尝到了爱情的滋味。事情就是这么滑稽。我甚至形容不出她是怎么的漂亮，当然，我并不是想说她就和电影上的那些女的一样。好多事真没法说。我神魂颠倒，几天工夫，人就瘦了。她执着着不肯最后表态。临了，我按着介绍人的馊主意，堵在她单位门口，光天化日之下，向她说了一大通只有电影或电视里才敢用的话。

我给她留下了一个错误印象。这几年来，她一直为这事耿耿于怀。"你怎么会是现在这个样子呢？"她总是用一种无法理解的口吻说，"你身上的骑士精神呢？"她嫌我身上缺少一种她喜欢的浪漫劲儿，为了这，她常常带一些她的男朋友和我见面。在她的男朋友面前我十分腼腆。我对自己说，人不该妒忌，作为一个男人，得装得什么事都没有一样。她的男朋友真不算少，她说，"你担心什么，要是我的朋友真成了一个两个，你倒是才应该真的担心呢。"

小芸的事，是她在一个阴天里向我提出来的。我知道小芸小时候得过大脑炎，因此一条腿有些跛。但是她告诉我一些更让我吃惊的事。她说小芸刚念初中时，有一段时间学习不好，她妈妈为她找了个老教师。那老头不是个东西，好几十的人了，都有了孙子，又是她妈妈的老朋友。"小芸一直不敢说，那老家伙吓唬她，说要把我们全家都杀掉。小芸那时还真是个小孩呢，那老家伙，小芸去一次，就弄她一次，有一天，连弄了她三次。你知道，为了这事，我们一家都觉得对不起小芸。我爸爸妈妈一直对我有些偏爱，小芸从小就自卑。"

小芸当时正在外地念中专，马上就要毕业。她爸爸妈妈千方百计，想把这受苦受难的女儿分回来。他们想到了这么个怪主意。"你知道，我也欠着妹妹的情。就算是为了我，你委屈一下，反正是假的。"

于是我们合伙和法律开起了玩笑。在一个风和日丽的下午，我们，我是说我和她们姐妹俩，又一次来到结婚登记处。上次来女办事员非要医院证明。但是小芸死活不肯去医院。总算托人弄了两张合格的体格检查报告单，我奇怪那好顶真的女办事员，为什么没注意到小芸的跛脚，和体检单上的报告不符。直到那鲜红的结婚证书盖上印，我都没有意识到我们的玩笑开得太大。虽然内心极不乐意，但为了未婚妻心甘情愿。我妈妈老说我将来要怕老婆。怕老婆没什么不好。我爸爸就是个例子，儿子像老子并不奇怪，况且我未来的老丈人也总让着丈母娘。出版社就是有名的怕老婆单位。我们那儿有句笑话，出版社的人怕老婆，怕得连母蚊子叮在身上都不敢拍。

我的忠诚合作不能说没用。小芸果然如愿分到南京。她姐姐和我的关系更进了一步。我们商量如何解决那假的结婚证书，并且开始逛家具店。我在丈母娘家的地位得到确认。星期日再也用不着在食堂吃饭。换煤气，擦窗户，天冷装炉子，所有的力气活，顺理成章由我承包。

问题也许就出在装炉子上。这一天原来说好一起看电影，我的未婚妻却约了个夜大的同学来。他们没完没了地谈着他们的功课，弄得我傻坐在一旁，像个第三者。天忽然冷了，丈母娘怕老头子冻着，愁得不行。我孤单单的一人，骑着车子上街买炉子。不知走了多少店家，问了多少人。装炉子时，却发现烟筒短了一节。再买回来的烟筒不配套。未婚妻的男朋友怪我不该在两家店里买一样东西，"现在的产品，都是一夫一妻制。"他的话把大家都引笑了。我只好再上街。要不是多了个人手，天知道怎样才能把那炉子装起来。未婚妻在一旁瞎指挥，她的男朋友毛手毛脚地把日光灯管打了。

那顿饭吃得窝囊。因为忙，因为乱，丈母娘烧了夹生饭。老丈人提议大家喝些酒。小芸不知为什么生起气来，不肯上桌吃饭。就喝了一小杯酒，想不出一句话，场面都叫未婚妻的男朋友撑去了。吃了饭，匆匆地去买灯管，匆匆地去换煤气。直到电影快开场，未婚妻突然建议电影票作废算了，她的男朋友说："这电影有什么好看，《谋杀没有证据》，没证据，谋杀还是谋杀，通都不通。"

结果是我和小芸一起去看。既然我坚持要看，未婚妻说我就没理由浪费另一张票。丈母娘从来不放心小芸一个人上街，一个劲地怂恿我带她去。电影就要开场，两张电影票还在我的宿舍里。我骑车带着小芸穿小街小巷，转来转去，最终还是遇到警察。警察并没管我们。电影已经开场。赶也没什么用，我们索性慢慢地走起来。我推着车，她跟着我，一句话不说。也许她在想，为什么我要把票留在宿舍呢。

我的宿舍在一个朝北的小屋里。同住的人结婚了，我实际上是一个人住。这地方对小芸来说并不陌生。她时常向我借书，借了书，又还书，换书。一进屋，我连忙打开红外线石英取暖炉，又把一盏三百瓦的大灯泡点起来，顿时一股热浪旋转开了。我拿起两张睡在桌上的电影票，气鼓鼓地说："看什么电影，一半都没了！"小芸说，她本来就不想看。

我们一时无话可说。小芸坐在床沿上，翻着一本摄影画册。画册上有许多穿比基尼的女孩子。房间里很热，小芸的脸涂了一层胭脂。我突然发现她穿了条牛仔裤。没想到她这么又瘦又小的一个人，牛仔裤照样绷得紧紧的。房间里热得让人有些气闷。画册上，穿比基尼的女孩子表情十分严肃。我深呼吸着，眼睛盯在一个地方上发直。

我拼命地想把一个念头打发回去。效果恰恰相反,我发现自己又回到了杭州灵隐。那是和她们姐妹一起去玩,小芸蹲在石弥勒旁让我拍照。未婚妻干别的事去了。我的位置更低,仰着脸,取景框里看得见她裙子深处。那是一条水绿色的小三角裤,窄窄的一条。我把照相机拿上拿下,假意让她的眼睛看别处。她的手搭在石弥勒的胖肚子上。那胶卷后来整个地报了废,但是有一张照片却永远留在记忆这本相册里。从此,我的眼睛对水绿这种颜色十分敏感。我的大脑开始专门贮存一些特殊的信息。在丈母娘家,我总是有意无意地注视着晒衣服的凉台。那个不为人知的秘密,不止一次让我想入非非。

小芸热得有些熬不住,滑雪衫的拉链往下拉了一截,问我为什么不把那大灯泡和取暖器关了。一道电流从我身上走过。我醒悟过来,发现自己原来早就别有用心。那两张电影票傻傻地躺在桌上。也许这一切都是精心策划的。我在丈母娘家傻傻地干活,事实上我根本不傻。世上没有必然不在作怪的偶然。那个秘密折磨着我。我忽然想,为什么不把那两张过时的电影票撕掉呢?

5

我和总编辑通了好几次电话。他在电话里使劲叫唤:"问题的要害,是鉴定那磁带的真假。钱当然可以付,但是不可能那么多。你看着办吧。"挂电话前他总忘不了补一句:"不过,要慎重。"

老车固执着不肯降价。我告诉他实在没有办法。如果钱是我的，他要多少给多少。当然，钱要真是我的，那磁带三块钱一盘，说不定我都不会要。有一段时间，我真心希望生意谈崩掉拉倒。总编辑再三关照要不惜一切代价，同时又唠唠叨叨地要我注意分寸。我怎么知道这磁带的真假？叶群是福建人，但是在我的耳朵里，福建话和广东腔一个味。况且叶群还干过播音员。

我意识到这桩事要让我搞得虎头蛇尾。事实上，我很少去过问那磁带。我被动地把这个人的消息告诉那个人，又把那个人的消息告诉这个人。几天来过得昏昏沉沉。老李有辆破自行车，我跑东跑西，所有的景点都去应了卯。小芸始终陪伴着我，无论在哪，都没法意识不到她的存在。也许在世外桃源的缘故，我对现实世界的认识开始变得清晰。我发现了一系列的精心策划，很显然，我已经身在陷阱之中。

无论是法定婚姻，或者事实婚姻，我的处境都不妙。我有许多说不清的事。说不清三个字本身就够我呛。我开了个玩笑，这个玩笑的对象却是我自己。除了在道德这个命题上明显吃亏，我还必须考虑和小芸的婚事。我忽然明白，把我和小芸捆绑在一起，是一切阴谋的阴谋。陷阱的中心点是，让我被迫娶一位别人认为应该娶的人。人们看中了我的老实，因此放心大胆合理利用了这种老实。窝囊就窝囊在没任何招架余地。小芸作为受害者占足了便宜。

我开始怨天尤人，开始明白了人们所说的这个世界是丑恶的真实含义。我正经八百地开始恨一切人。我是说，我恨那位为我拉过皮条的介绍人。仇恨这个词用在我身上一点不为过分。我仇恨未婚妻，仇恨丈母娘和老丈人。当然，也恨我自己和小芸。为什么不早就有所警惕，又为什么我的枪法一发就中。毫无疑问，小芸对我有那么点好感。好感又意味着什么？意味般配，意味她和我的确合适。般配和合适这些词引起我一身鸡皮疙瘩。那天，我差点把她的膀子折断。我的行为，活像谋杀案中正在施暴的歹徒。

在桃花源，老李成了我唯一的安慰。这位比我大得多的女人，分散了我不少注意力。既然人在世外桃源，何苦为现实世界里那么多苦恼事烦神？祸已经闯了，我免不了有一种破罐子破摔的心情。让因果报应去报应好了。桃花源的天气琢磨不透。虽是早春二月，老天爷却存心把人冻死。好在老李房里的电炉总是点着，红红的炉丝上面，煮了一大锅狗肉。

这狗肉是附近的农民送给老李的。她从不吃狗肉，偏喜欢闻狗肉的香味。我花了三个晚上，才把那锅狗肉吃完。一边吃，一边听她说东道西。天天晚上都是迟得不能再迟。在远离现实世界的桃花源，白天从来不是白天，黑夜也不成其为黑夜。饿了吃，困了睡，我忽然产生了勾引老李的念头。这个念头来得像一阵风一样不可测。我已经没什么贞节可守。为什么要像清教徒一样，用性来折磨自己。压抑不管怎么说都不是桩好事情。我和未婚妻来往几年，最佳战果不过是在胸口摸来摸去。我已经被压抑害苦，谁也不能说我的困境和压抑无关。我对自己说，别傻了，放纵一下算了，没什么大不了。

我向老李大谈弗洛伊德。俄狄浦斯情结这个词让她十分困惑。她越是想不通，在人的本能这个话题上，我越是说得轻松自如。看着她的脸像电炉丝一样红起来，我享受到了一种从来不曾领教过的乐趣。她和老车的事我早就看在眼里，我出其不意，直截了当地指出他们这种关系的合理性。我的宽容态度活像一个圣人，但是她却像遇到恶魔似的瞪着我。我们进行了一场成人与儿童之间的游戏。我看得很透地说:"什么都是合理的。不合理只是一种假设,即使这种假设,也同样意味着合理。"

整整一天我都在考虑是否应该突破最后的界限。《叶群自传》早让我丢到九霄云外。我觉得小芸正躲在一个看不见的地方,唆使我做这做那。天黑得仿佛过了几个月一样,我却还在房里走来走去。我的左肋有些隐隐作痛。电子手表忽然停了,十二点准时去老李那儿的计划落了空。我的心开始嘣嘣乱跳。也许这不是个吉祥的预兆。也许天赐良机,来了个问时间的最好借口。我决定先睡一会,养精蓄锐。

刚刚睡着,我便和老李坐在一起。说不清是她来找我,还是我找她。反正她拍了拍我的额头,轻轻地就把我抱起来。"你怎么会有这样一些怪念头呢?"她把我放在膝盖上,哄孩子似的说着。我丝毫也没意识到自己在做梦,只是突然发现了我们体积方面的差异。那是一个孩子和一个巨人在一起。我发现自己的手脚小巧得可怜,甚至还穿开裆裤。"你把腿夹这么紧干什么?"她扒开我的腿,开始把尿,嘴里吹起口哨。我羞得无地自容。她又把我放在膝盖上,亲了我一下,哄我玩,说,"怎么,不喜欢小芸?"我吃了一惊,想说"你怎么知道小芸",但是说不出声音。她说:"我小时候也叫小芸。"我意识到她是在骗我。然而她看透了我的心思,说小芸是个好姑娘,"你应该喜欢她。女人喜欢上一个人不容易。你怎么哭了?"我觉得奇怪,说自己没哭。她说那就是小芸在哭。我嘴里果然有一股咸味。她又说:"这是小芸,是小芸的心在哭,你看你。"

我醒来时发现自己浑身冰凉。被子已经被踢开,手心里湿漉漉全是冷汗。窗外是一种天快要亮的黑。我一边穿衣服，一边往院子里去。天上依然七八颗星。凉风习习，在一种湿润的气氛中，我有一种被净化处理过的感觉。黑暗中，小芸珠光宝气地走了过来。她是面镜子，在她身上看到了人的丑。

天说亮就亮。公鸡使劲地叫开了。桃花源的宁静让人厌倦。突然间，我狂热地热爱起自己的生命来。所有的奇迹都取决于那么一刹那。我决定重返人间，一刻也不耽误。那个包含着丑和恶的现实社会诱惑着人，虽然不可思议，我的确从来不曾这么全心全意地喜欢俗世。我的决定使老车和老李大吃一惊。谁也无法理解，也用不着理解，为什么忽然间我怕死怕得连飞机都不敢坐。一个新的生命已被我制造出来。我不打算像林副统帅那样从高空中掉下来。汽车的速度太慢，说不定到中途我就会变卦。一切的想法都太突然，突然突然，还是突然。我甚至吃不透自己火烧火燎的真实目的。唯一的念头就是快，快，快回家。想象中，汽车的发动机已经轰响。车轮飞转，公路旁两道白杨树，火炬般燃烧着闪闪而过。

我在桃花源住了一星期。记忆里又一村的院子印象最深。那院子不大不小，有两棵树。一棵叫不出名来。一棵是樟，大大咧咧的，满地的树阴，满地残叶。

儿歌

小纳想象中,妈妈永远穿黑衣服。永远的黑衣服。黑大衣,黑棉袄和衬衫,还有黑的裙。他对镜框里的妈妈注视了一会儿,百思不解地问外婆:"为什么妈妈,我是说,妈妈为什么老是穿黑的呢?"外婆正做针线,眼光移过挂在墙上的女儿遗照,又低头,从老花眼镜框上看小纳,有些不高兴:"什么妈妈,什么黑衣服?"

小纳说:"妈妈真这样?"外婆开始不耐烦。不说是,也不说不是。小纳知道外婆不高兴和他说妈妈的事。他不想再听外婆说:"都快上学的孩子,尽说傻话。"他不傻,楼下呆子才傻呢。和外婆两人憋在房间里真没劲。小纳跑上阳台,喊楼下的呆子上来玩。

呆子一喊就来。外婆见了他,摇头说:"大小伙子一个,你看,跟我们家小纳一样大!"呆子呵呵傻笑,口齿不清地问小纳:"玩什么?"小纳想了想,说玩跳棋。呆子听了,极认真,卷卷袖子,说:"好,下跳棋!"一连下了几盘。小纳说:"不跟你下了,老走错,真是呆子。"

呆子不好意思,笑。外婆一旁说:"连我们家小纳都说你呆。你几岁了?"呆子想想,光笑不说话。外婆又低头做她的针线。小纳收拾棋盘。呆子东张西望,眼光停在小纳妈妈的遗照上，表情突然严肃。小纳问他怎么了，又告诉他那是他妈妈。呆子点点头，又点点头，仿佛早就知道。小纳有些奇怪，疑问地说："你认识我妈妈？"呆子一本正经，点头。

"你瞎说！"

呆子摇摇头，很有力的，一下一下点头。

"妈妈已经死了，人不会认识死人的。"

"我妈妈已经死了。"

"就是死了！"

小纳有那么点发急。呆子始终一声不吭，信心十足。外婆不耐烦了，说："不要瞎扯，下去玩一会吧，不许上街。"

小纳和呆子到了院子里。小纳很有些怀疑。呆子毕竟比他大得多，知道的肯定也多。这事说不准。也许，也许妈妈根本没死，而且，死又究竟怎么一回事。他不太乐意地问呆子："你真知道我妈妈？"

呆子四下望了望，极神秘地凑在小纳耳边，说了句更神秘的话："你要是不告诉别人，我就带你去。"

小纳不知道要带他去哪里，光听见呆子说："我知道你妈妈在哪里，可不能让别人知道。"

这不可能。不过呆子向来不骗人。小纳将信将疑。外婆不让上街的叮嘱自然不起作用。他们穿过一条街，再过一条街，又过了一条街，来到一幢正在装修的高楼面前。这是幢十三层的办公大楼，脚手架已拆除，小纳和呆子站在楼下，仰头看，只觉得那大楼戳到了天上去。风很大。小纳有些害怕。

呆子说："不能和你妈妈说话，要不然，不带你去，就不带你去。"

小纳忽然觉得冷，禁不住哆嗦，连忙上前抓住呆子的手。呆子说："把眼睛闭上，闭上，我才能带你去。"说着，人蹲下，让小纳趴在他背上，又关照道："不许睁开眼睛。"

隔了很长时间，小纳想睁开眼睛，但是不敢。感觉中呆子似乎在上楼，隐隐还有其他人的什么声音。呆子的喘气声渐渐粗重，一而再，再而三，十分吃力地命令小纳不许偷看。远处传来汽车喇叭声和刹车时的尖叫，小纳忍不住问，怎么还不到。

小纳睁开眼睛，他们已经到了楼顶。楼顶上空落落。小纳有一种上当的感觉。没收拾好的楼顶一副荒凉气氛。白云和蓝天近得人好像都能摸得到。没什么妈妈的影子，什么也没有。空的楼顶，白的云，蓝的天，看不见一个建筑工人，几根破钢筋极懒散地躺在那里，三五个装柏油的塑料桶东倒西歪。小纳忿忿地说："骗人，你真是个呆子。"

呆子十分委屈，不高兴，不说话。僵了一会，说："你不想看妈妈？"

小纳脚一跺，喊："你骗人！"

呆子上前拉住小纳，往楼顶边上走，嘴里认真地说："你，不能跟你妈妈说话，一说话，你就死了。告诉你，你就死了。"楼顶边缘有钢筋焊接的栏杆，矮矮的，呆子让小纳抓住铁栏杆往下看，极得意地问道："看见没有，你看那边。"

那边什么也没有。那边是个菜场。因为位于大楼东端，夕阳残照，菜场整个地在大楼阴影之中。有几株极大的法国梧桐树。人多极了，吵闹声像刚拨开了收音机开关，猛地传到了大楼顶上来。叽叽喳喳，一阵一阵。大楼太高了，远远地望过去，那菜场是另一个世界。看得见人动，蠕动。听不清人说什么、喊什

21

么,一种毫不相干的乱。小纳很失望,呆子却说:"怎么样,不骗人吧,你看,你妈妈在那儿,那儿,你再看那边,那是我妈。"

"瞎说八道。"小纳气鼓鼓地瞪眼看呆子,"我妈妈死了,死了就是死了。你妈妈不要你了,因为你是呆子。你就是呆子。"呆子似乎很尴尬,讪讪地看小纳,嘴里还在说:"你看,你看。"

这晚上小纳做了个梦。梦中,他妈妈果真在菜场上,拎着菜篮,一身黑衣服,在人群中挤来挤去。菜场的人或多或少。突然,他妈妈为了买鱼,和一个小贩吵了起来。那活蹦鲜跳的鱼从菜篮里一个翻身,跌落在地上,像老鼠一样在人群里游没了。这梦实在有些难辨真假。小纳醒了以后,坐在床上,一边揉眼睛,一边问外婆。外婆的回答更加深了小纳的疑惑。外婆说:"小纳的妈妈最喜欢上菜场,最喜欢买鱼,又最喜欢在买鱼的时候和人吵架。"

第二天晚上,小纳做了同样的梦。同样的梦,还是那个菜篮,还是那身黑衣服。唯一的区别是,他妈妈弯腰捡鱼的时候,回过头来望了小纳一眼。也许是看见小纳了,也许没看到。小纳差一点扑过去喊妈妈。但是他突然记起呆子的关照:

"不能跟妈妈说话,一说话,你就死了。"

小纳吓出一身冷汗。不能跟妈妈说话,妈妈已经死了,人不能跟死人说话。幸好梦醒了,幸好他突然记起呆子说过的话,此后几天,接连都是这样的梦。一模一样的梦,反复地让人怕。小纳开始闷闷不乐。既害怕,又羞于害怕。直到那天爸爸来接他,他才不甘心地提问。一大堆的提问。爸爸说:"你妈妈都死了好几年了,你问这些干什么?"

小纳说:"我爱吃鱼,是不是那时候,因为那时候,妈妈常给我买鱼？"

爸爸说："现在小孩六岁就上小学，你都七岁了。你看，爸爸给你买的书包怎么样？"

从爸爸家回来，外婆看他极专注地在那儿折腾新书包，便问他爸爸家好不好，小纳爱理不理的样子。外婆又问他那个刚会走路的小弟弟好玩不好玩，小纳想了想，懒洋洋地说："好玩。"

"你爸爸待你好不好？"

"好。"

"好？"外婆一副妒忌面孔，"好，你还回来干什么？"

小纳抬头，无意中又看到了他妈的遗照，连忙把眼睛避开，低着头说："我要睡觉。"第二天，外婆发现镜框里的女儿照片，变成了一个骑摩托车的运动员，十分惊奇地问小纳。小纳有些心神不定，支支吾吾地说，他长大了要当运动员。

很长一段时间里，小纳再也不曾梦见妈妈。有时，他忍不住了，便打开抽屉，偷偷地看上几眼藏在画报里的妈妈。黑颜色的死亡搅得他惊魂失魄。妈妈和死亡连在一起，和死亡连在一起的偏偏是妈妈。"为什么不能和死人说话呢？"他的小脑袋开始发疼。他想见妈妈，更害怕做梦。有一天，小纳终于不服气地问呆子，为什么不能跟死人说话。

呆子不懂小纳的话。呆子说："谁说人不能跟死人说话？"

小纳急了，跳着脚说："你，就是你，就是你说的。"小纳突然哭了，眼泪滴滴答答滚下来。呆子极无力地抵赖，说他从没有说过这样的话。小纳松了口气，求援似的问："那你说，能和死人说话。能，是不是？"

呆子想了想，说："能！当然。"

"真的?"

"真的。"呆子说了,又想想,不当回事地说:"当然可以说话。为什么不可以?"

小纳破涕为笑,只觉得呆子说话的样子很好玩。呆子说:"怎么又哭又笑?"小纳说:"谁哭了,你才哭了呢。"

他们第二次去那幢大楼。看楼人手里拎着个安全帽,拦住了他们不让上去。很显然他看出了呆子精神失常,恶狠狠骂了句极下流的话。呆子报以最真诚的笑,傻笑着领着小纳在附近转。转一会,探险一般地往楼顶上跑,连着几次没成功。又隔了一天,他们才达到目的。呆子背着小纳,走了一半路程,要小纳下来自己走。小纳执意不肯。呆子说累死了,小纳说,呆子人长得就跟大人一样,背个小孩难道还背不动。呆子感到吃亏,赌着气看小纳,十分不明白地问小纳,为什么要闭上眼。小纳说:"因为我不能睁开眼,所以你要背。你说,我看不见,自己怎么走呀?"呆子好像想通了,背了小纳继续上楼。

楼顶上风很大。小纳和呆子非常认真地往菜场那个方向看。呆子突然欢快地叫道:"快看,快看,那是我妈。"

小纳不知道呆子说的是否是真话。菜场远些,看不清人脸,况且小纳根本就不知道呆子的妈妈是什么样子。他只知道呆子的妈妈不要他了,因为呆子是呆子。菜场上人来人往,挤在一起。隐隐地有一个穿黑衣服的女人在走。

"呆子,死人是不是都穿黑衣服呢?"

呆子还在十分兴奋地看。小纳又问了一遍,呆子思考一会儿,理直气壮地说:"当然穿黑衣服。"

"那——呆子,你知道死是怎么回事吗?"

呆子为自己知道得比小纳多而高兴。他指了指楼下说："死，死就是没有了。你往下一跳，就死了，就没有了。死了的妈妈都在下面，我们不能跳下去，不然都死了，死了。"

最早发现他们秘密的是一个十岁小女孩毛毛。毛毛住在三楼。她每天放学回来，做完了功课，下楼到院子里玩，总看见呆子和小纳兴高采烈地从外面回来。毛毛比小纳大，又比呆子成熟，因此威胁说，他们不把秘密说出来，一定要向小纳外婆告状。

讨价还价，结果是领毛毛一起去那幢大楼。毛毛平时要上学，订好了在星期天。到了星期天，呆子累得差点送掉了半条命。十三层的大楼，小纳照例闭着眼睛要呆子背，毛毛不肯吃亏，硬逼着呆子抱她。气喘吁吁到了五楼，毛毛跳下来自己走了，一边走，一边逗小纳睁眼睛。这一次玩得很无趣。买菜的高峰还没到，菜场上稀稀落落，几个小贩隔很远地在那儿打手势。毛毛疯癫癫地在楼顶上跳了一会舞，嚷着要回家。一路下楼，一路尖声尖气地怪叫。

正在楼下值班的看楼人闻声赶出来，恶狠狠破口大骂。毛毛不甘示弱，挤着鬼脸和他斗嘴。看楼人暴怒，拎起一个小桶，重重地扔过来，落在积水洼里，污泥浆溅得毛毛和小纳身上斑斑点点。呆子率先跑了，毛毛还想再还几句嘴，看楼人瞪着牛眼睛，作势要打他们，只好拉着小纳去追呆子。追上了呆子，毛毛怪呆子太胆小。

回到院子，三个人商量好去毛毛家玩。毛毛家没人，收拾得很干净。呆子鬼头鬼脑，东张西望，每个房间都探了探，站在客厅中间不敢动。他向来见毛毛的妈妈害怕，就是毛毛妈妈不在家也一样。毛毛看着小纳脸上的泥浆，笑着说："丑死了，还不洗洗。"便领着小纳和呆子进了卫生间。卫生间很小，呆子只能缩在角落里。小纳要自己洗脸，毛毛执拗着非要帮忙。毛毛连衣裙上都是泥浆，小纳说："你看看自己吧。还说我呢。"

毛毛上下打量了一番，又对镜子照了照，从头发上抠下一块泥浆来，不在乎地说："有什么关系，洗个澡就行了。"说着一挥手，脱了裙子，穿着短裤背心对呆子发布命令："替我把热水器开一开。"热水器在厨房，呆子忙了半天，最后还是毛毛垫了凳子自己开的。一切安排就绪，毛毛说："呆子，你是大人，不许看的，小纳你陪我。"

呆子讪讪地走出去。毛毛一边洗澡，一边问小纳到底几岁了，呆子一个人在外面无聊，一个劲地催毛毛快点。毛毛说："就不快，我高兴慢慢洗，就慢慢洗。"小纳说："快点洗还不行，看你洗澡有什么意思。"毛毛两手在胸前一捏，一本正经地说："我这儿马上要鼓起来了，到那时你想看也不可以的。"小纳说："不要脸。"毛毛说."你才不要脸，看人家女孩洗澡！"

呆子在外面催，一个劲地。最后生气说："再不快，我进来了。"毛毛说："你敢。"呆子一发狠，说："就敢。"推开门，大大咧咧进了卫生间。毛毛笑着叫了一声，赶紧冲洗清爽，穿上短裤背心，进房间找了件干净的裙子换上，披着湿漉漉的头发，领小纳和呆子进自己小房间玩。她关照他们不许乱翻，自己坐下来弹电子琴。毛毛学电子琴已有两年，弹得很像回事。小纳边听，边说："这歌我知道，这我也知道。"一道夕阳西边射进来，正刺在毛毛的湿头发上。小纳无端地觉得毛毛挺好看。

没想到晚上闹翻了天。吃了晚饭，小纳外婆刚打开电视机，毛毛妈妈找上门来，气势汹汹，问这问那。小纳很有些害怕。毛毛妈妈问一句，他老老实实答一句。她所有的兴趣都在呆子有没有看毛毛洗澡这一点上。看得出她很着急，又是跺脚，又是叹气。小纳有一种大祸临头的恐怖。果然，毛毛家和呆子家大动干戈，实实在在吵了一场。毛毛被死死揍了一顿，哭着求饶。呆子也被揍，就听见结结实实的抽打声，听不见呆子的反应。

呆子显然被打得不轻。牙敲掉了几颗，眼角下拉开一个口子，足有一寸多长。隔了好几天，小纳去找呆子玩，呆子眼角下的伤口似乎还在渗血水。呆子的奶奶一见到小纳就说："哎哟，小祖宗呀，下次可再也不能出去了。"说着，赶不及地把门反锁起来。又把小纳放进呆子的房间，那房门也是锁着的，呆子奶奶说："好娃儿，你陪他玩一会吧，他也可怜，人傻，又有什么办法？"

小纳和呆子仿佛老朋友相见，都笑。小纳说："我们再出去玩，怎么样？"

呆子说："好。"

房间里坐了一会儿，小纳觉得没意思，便喊呆子奶奶开门，说回去拿跳棋来下。呆子奶奶眉开眼笑，一口一个"好娃儿"，让小纳赶快去。下到第二盘，呆子越下越认真，越下越不像样，小纳一生气，把棋子搅乱了说："真是呆子，不跟你下了。"收拾了跳棋要走，呆子依依不舍，嘴里支支吾吾喊："再下，再下。"呆子奶奶也过来求小纳，小纳说："下棋，他又不会下。你们家有什么好玩的。"

直到呆子失踪，小纳都没有再去过呆子家。没人知道呆子是怎么跑出去的，更没人知道呆子跑到了什么地方。呆子有呆子的去处，正常人永远想不到。呆子奶奶失魂落魄，找了几天，唉声叹气，天天痴痴地在门口等。小纳第一次见到了呆子妈妈，那女人来了好几次，每次都怪呆子爸爸不该毒打呆子，不该把呆子猴一样地锁在家里。呆子爸爸脸部表情永远的嫌烦，央人写了大叠的寻人启事，四处张贴。

炎热的夏天很快过去，小纳开始读小学。要穿过两条马路，他爸爸吃辛吃苦，天天赶来送赶来接。有时来迟了，怪这怪那。外婆变得越来越啰唆，高兴时，横关照竖关照，过马路当心汽车撞，跑远了不要认不得家，别和呆子一样。不高兴了，最有力的那句话，就是："怎么不跟你爸爸过日子去！"有一天，外婆发现小纳床头的镜框，早换成了女儿的遗照，心头一种异样情感，摸着小纳新剃的头皮，叹了口气说："你看，我家小纳又变了，不做运动员了！"

那幢十三层的大楼成了小纳一个人的秘密。他常偷偷爬上楼顶，独自一人向菜场方向瞭望。看楼人也不像原来那么凶，那么恶，知道了小纳是个没娘的孩子，并不硬撑他走，只是让他当心不要跌下去。"这孩子，空的楼顶有什么好看？"看楼人很不明白，觉得这孩子怪得很。终于有天大楼竣工，楼道的铁栅栏装上了铁锁，看楼人领着小纳挨个房间走遍。所有的房间都是空的，地上一层灰。白白大大的玻璃窗，钢的框架，孤零零的几盏日光灯吊在那儿。小纳问，他以后还能来吗。看楼人笑了笑，慢慢地慢慢地摇摇头。

小纳发现自己已经到了菜场上。他围着大楼转了一圈，那菜场不当一回事地就在他面前。人真多。买菜的、卖菜的、老的、少的、男的和女的。一个穿黑连衣裙的女人在前头走，小纳不知不觉跟了上去。黑连衣裙女人和小纳设想的一样，一样的漂亮，一样的亲切。她回过头，眨眨明亮的眼睛，充满爱怜地一笑，低下头，一边和鱼贩子讨价还价，一边拎起条活鱼往秤盘上摔。"哐啷"一声，鱼反弹下来，水哗哗地响。忙乱的手又把鱼放好。突然，一个又粗又壮又黑的鱼贩子搡了小纳一下，嘴里骂骂咧咧，嫌小纳挡路碍事。

一个女人的声音为小纳打抱不平。小纳回头看，是毛毛的妈妈。毛毛妈妈说："怎么一个人在这儿，小孩子，跑这么远，可不好，我送你回去，小纳。"

黑连衣裙的女人顿时无影无踪。

小纳的手指在嘴里含了好一会，说："不，我认识回家。我自己走。"

一九八八年四月

绿了芭蕉

征婚启事的结果，老赵第一次充分认识了自己的价值。办公室里有了过年的气氛，一封封应征的信摊在办公桌上。虽然各科各室的人都光临了，能丢下手头事不管的都在为老赵义务劳动，大叠的信仍然来不及看。小钱的态度最认真，正以挑剔的眼光，审视着一封封经过粗选的应征信函。凡是结过婚的，或者自称相貌一般的，都进了废纸筐。"美貌的姑娘，我们还来不及应付呢。"小钱一边忙，一边不厌其烦地嘀咕："'相貌尚可'，这是什么意思？尚可？活见鬼！"于是揉成一团，一道白的抛物线，纸团砸在废纸筐外，在地上滚了几下，落在老赵脚下。老赵随手捡了起来，他正站在窗子前，如果没有纱窗，老赵想他肯定会去掷那傻竖在路边的电线杆。窗外就是一条街，汽车轰轰地走过，人很多，春天午到，已经有了穿裙子的时髦女人。

小钱和一个叫老孙的女人争起来，焦点是婚否问题。老孙觉得小钱在这一点上，把关过严。既然老赵已是再婚，又有一个女儿，硬要求对方未婚，未免有些不公平。"这是我们女人的主权问题，要求维护我们自己的领土主权完整，不受侵犯，是我们女人自己的事，与你们何关？"小钱听了大笑，周围还有未婚的男男女女，他尽量使自己的语言文雅："我们不谈什么主权不主权的，问题之关键，关键之问题，是比较。如果端上来一盘苹果,有好有坏,你捡哪一个?"老孙说:"你少来这种恶俗的例子。我跟你说,最了解女人的,还是我们女人自己。三十几岁了,还不结婚,这女人肯定不正常。你们既是讲究那个,干脆找年轻点的。"

小钱慌不迭地说:"不能玩,不能玩。我们处长就是个例子,成天蜂王浆枸杞子的,还是不行。你让我们老赵多活几天算了。想当年,处长带我们上黄山,什么气派?现在呢,就这三层楼,哪次不喘?喏,小李在这儿,人家是处长秘书,不信问她!"

小李是快三十岁的姑娘,她因为觉得老孙的一番话,有针对自己之嫌,说不出的不痛快,冷眼看着小钱,冷冷地说:"老赵找对象,你们烦那么多神干什么?"小钱和老孙有个共同想法,就是小李怨他们不为她帮忙,但都知道她是个难说话脾气,不像老赵菩萨脾气,怎么起哄作弄都没关系。

近两百封信经过归类整理,小钱挑了二十封,交给老赵。老赵不肯接。小钱笑着说:"什么话?下面的事,都该你自己干了,难道还要我们包娶媳妇,也一同包养儿子?"

老赵不以为然地笑笑。因为快到下班时间,又是星期六,习惯上他总是去接女儿,便收拾收拾准备走。小钱有些发急,依旧笑着说:"老赵,你还当真准备弟兄们为你白忙一场?"老赵想说:"我又没要你们写征婚启事。"又打算说:"我从来没想到再结婚。"话到嘴边,什么都没说,只觉得小钱"皇帝不急急煞太监"的样子可笑。

四十岁的老赵,看上去将近五十岁。他离婚已经八年。女儿小菲最初判给老婆,老婆后来又跟别的男人结婚,老赵便把女儿接过来和自己一起住。小菲的成绩极好，是重点小学的学生，同时也在市业余体校训练，教师认为她是艺术体操的好苗子。

路上已经很挤，自行车形成的流线，水一般直淌。红绿灯变换，人仿佛牙膏管里的内容，一段一段被挤出去。到市业余体校，要经过许许多多的红绿灯。小菲常常埋怨老赵接得太迟。如今的女孩子形成新风气，谁的家长去接得早，也是一种时髦。不过这时髦，对小菲也许已经是过去的事。连续几个星期六，小菲都向老赵提出来，用不着他接了。"我们大了，自己能走的。"甚至口气里极不客气，"谁要你接？"

传达室没人，老赵熟门熟路，窗台里伸进手去，拧了拧保险门锁的旋钮，另一只手一推，进了体校。小菲她们正在训练。看门的老头子蹲在门口，十分专注地看着。老赵没进体操房，门前一株古槐，树下一条石凳，摸出香烟来，坐着吸烟。两个小运动员往厕所去，穿着半湿透的体操服，勾肩搭背地从老赵面前走过。老赵听见其中一个低声对另一个说，小菲爸爸怎么怎么……具体内容听不清。厕所就在不远处，两人进去了，隔了一会，一个先出来了，不住声地催另一个，一边眼光不住地朝老赵这边看。老赵记起这位便是小菲的同学，到自己家来过的。那两人又勾肩搭背走过来，两人中个子高的那位，脸上还是孩子一般的表情，胸口已经发育了，体操服绷得极紧，让人联想到那高起的地方，硬而且结实。

抽完烟，老赵起身进体操室。小菲远远看见他，不当回事地点点头。倒是立在身边的看门老头，和他主动搭腔。老赵看看表，快到训练结束的时间，那边教练正在喊再来最后一遍。都是差不多和小菲一般大小的丫头，如果不是看门老头色迷迷的眼光提醒，老赵眼前只是一群不辨阴阳雌雄的孩子。仅仅是凭直觉，老赵便知道看门老头正盯着什么地方看，一阵懊悔之情油然而生。小菲的体操服太旧太小，而且小孩子天真不顾羞耻。老赵第一次意识到女儿开始发育，胸前蛋黄似的凸起两个小圆球。父亲的责任心，唤起老赵内心一种异样感觉。他承认看看女人大腿，是个极美的享受。让自己女儿学什么艺术体操，显然是不明智的选择。

小菲洗澡换衣服，和小伙伴们有说有笑，眼睛里根本没有老赵的存在。老赵有一种遭遗弃之感，他默默地推着自行车，默默跟在女儿她们后面，听她们说笑，插不上嘴。到了汽车站，他陪着她们等汽车，显然十分多余。女儿不耐烦地催他先走，又和小伙伴说一些他似懂非懂的事。总算汽车来了，小菲撅着嘴说："要你别等，非要等！"老赵苦笑着跨上自行车，想在汽车到鼓楼前到达目的地。女儿明年就要上初中，天知道中学生时，女儿会是一副什么腔调。老赵想到小菲在幼儿园时，他去接女儿，小菲向他扑过来的激动样子，不免一阵由衷的悲哀。过去的日子里，老赵不止一次地觉得女儿的多余，现在，新的信号已经出现，轮到女儿来觉着他的多余了。

鼓楼站是小菲换坐公共汽车的地方。习惯上，每星期六，老赵都领着女儿在这附近上馆子。小菲见到老赵的第一个要求，是嚷着喝汽水，吃冰砖。他十分愉快地掏出钱，一刹那间做父亲的甜蜜直涌上来，讨好地对女儿说："爸爸今天刚拿的奖金，请你吃西餐，怎么样？"小菲说："好，不过要快，我和同学约好的，晚上到她那儿看电视，今天有体操。"

"家里不是有电视吗？"

"跟你一起看没劲，你又不懂！"小菲看看挂在胸前的镶链表，说："吃什么都行，反正要快，今天晚上是国际水平的比赛。"她老气横秋地看了爸爸一眼，汽水瓶递过去，要老赵帮她喝完，她自己极小心地揭了冰砖上的包装纸，边吃，边催。

老赵没想到吃西餐也得下工夫死等。先是等位子，这还快，最可怕的是格利鱼饼，足足等了四十分钟。小菲发尽了小姐脾气，从西餐馆出来，又孩子气地要吃冰棍。老赵由她的性子买了，和她商量晚上还是在自己家看电视好。小菲似乎懒得再辩，眼白一翻，老赵立刻明白说什么都多余。幸好小菲的同学家就在附近，老赵把女儿送到楼下，看着她头也不回地往楼上去，没了影了，才垂头丧气独自回家。天早就黑了，气候仿佛也有些颠倒，初春的日子就让人不停地出汗，难怪有人卖冷饮买冷饮。电视里的体操比赛已经开始，一阵一阵的掌声，老赵以一种近乎敌对的眼光，注视着屏幕上人影跳来跳去。将近十点钟，该死的体操还没完，老赵猛然意识到自己允许女儿上别人家看电视，是个原则上的错误。做父亲的应该有父亲的权威，女儿毕竟还是小学生。那大楼房之间的阴影，陡然在老赵心头引起一种不安全之感，因此关了电视，去接小菲。他不是个乐意敷衍的人，情愿在大楼底下等女儿。体操比赛已到了尾声的尾声。老赵的手无意间放进口袋，摸着一个纸团，好奇地掏出来，凑着昏黄的路灯细看，竟是白天的那封婚姻应征信。字迹娟秀，行文也马马虎虎算有些文采，他看到"本人相貌尚可"几个字，不禁失笑，手一握，那纸团便扔进楼道口的垃圾盆里，又有些后悔，觉得没把信看完。

"孙美人"到底是怎么几个字，老赵一直没弄清。"美"或许是"玫",也可能是"梅"。早在形式上的婚姻结束之前,老赵便和孙美人眉来眼去。这无疑是桩极不光彩的事。老赵不像个风流倜傥之徒,不过他觉得这段经历有实用价值。

正式离婚前的两年分居,日子最不好过。老赵享受的是一种受了限制的不充分自由。情欲这玩意显然也有惯性,看电影也罢,去公园闲逛也罢,任何试图压制的手段,一到临了都会变成催化剂。老赵始终恨不起自己的妻子来,正是因为恨不了她,她一提出离婚,便毫不犹豫答应了她。既然离婚对一个人有好处,另一个人就应该成全对方。婚姻的神圣一直被放错了地方。如果什么事都像外国电影上一样,多好。

孙美人住在老赵的楼下,她男人在大西北一个莫名其妙的地方。除了结实的一身肉外,孙美人不算漂亮。脑筋看来十分的笨,楼道里挨家负责收水电费,轮到她,总错得一塌糊涂。老赵不知不觉中成了她的代理人,甚至每月看水电表度数这类简单问题,也必定要来找他。水流千里归大海,老赵从一开始就看到了结局,不过他还是极慎重地挑了个好日子。这一天便是离婚的最后判决日,也许为了道义上的轻松之感,或者只不过有了堂而皇之的借口,他理直气壮地扑在孙美人怀里。孙美人比他年轻十岁,特定的时间之内,他比孙美人年轻十岁。

孙美人的丈夫十分魁梧,一眼看过去就知道是条硬汉子。老赵梦中的自己和孙美人,不止一次让中国的奥赛罗追杀。孙美人越是夸耀自己男人的痴心,老赵的那种担心便越来越严重。情杀是人们津津乐道的事情,不过当真在这种戏剧场面里扮一回角色,却又是另一回事。偷鸡摸狗可以使一种欲望火一般地炽烈,炽烈的火未必烧得长。两年的夫妻分居,老赵下流得成了色情狂。

孙美人吃惊他过盛的精力，问他分居的日子怎么熬过来的，"我男人在那鬼地方，就是自己解决的。你一定也这样吧？据说百分之九十的男人，都干过这种下流事。要不，像你这样的，还不憋死！"孙美人过于直率，老赵不免狼狈，又不免得意。这得意是做人的乐趣，提高了老赵在办公室工作的效率，当同事们说不完的低级趣味，停留在口头腐化阶段，偷尝禁果的老赵，仿佛置身于人间烟火之外。不叫的狗最会咬人，这话一点不错。同事眼中的老赵，和实际生活中的老赵是两个人。

　　老赵享受到了丈夫的权力，却用不着尽丈夫的义务。很显然，在这组不正当的结合中，几乎找不到什么感情因素。不过老赵有时也会吃醋。孙美人丈夫回家探亲的时候，夜深人静，楼上住家走动的声音，常常被老赵误听作从楼下传上来的。即使是抽水马桶的放水声，也会引起老赵辗转反侧地叹息。

　　潜在的危机仿佛春天里的毒蛇，一条条从冬眠中苏醒过来。老赵觉得自己的日子越来越难过。小菲正在一天天长大，到了所谓懂事的年头，偷鸡摸狗瞒住她就十分吃力。孙美人丈夫的调动已大有眉目，而且他似乎有了疑心，常常措手不及地杀回家来。老赵早不是人们所说的那种男子汉，他想象自己在捉奸的场面里，一定几倍的狼狈。为了并非正当的防卫，老赵甚至考虑练习气功。

　　事态的发展总比预料的更差，虽然只是不惑的四十岁，老赵提前尝到了未老先衰的滋味。在孙美人这样有一身结实肉的女人身上，没完没了地扮演唐璜登徒子一类角色，远不是桩轻松愉快之事。物极必反，很难说孙美人丈夫调回来就是坏消息。老天爷没必要永远和人过不去。事实上，老赵借着一股惯性，干着那种可干可不干的事，说着可说可不说的话。难怪孙美人后来会安慰他,看透了实质似的说:"别看我那男人邪头邪脑的,我们是哑巴吃汤团,心里有数。我手里捏着他乱搞女人的把柄,他拿我们也没办法。他回来怎么了,我们还是我们!"这"我们"两字好像是极经嚼的青果橄榄,能咬嚼出许多种味道来。

星期天对许多人都意味着<u>重复</u>。春夏秋冬,岁月汽车轮子一般地滚着。

小菲的母亲似乎已经知道老赵登了征婚启事,连续几个星期天来接小菲。小菲说:"我不去你们家。"又说:"你们家没劲!"

小菲的母亲说:"什么我们家你们家,妈妈的家难道不是你的家?"

小菲说了声带拖腔的"本来嘛",继续忙她的事。她母亲遭了冷落,不怨孩子,只怪罪自己前头的丈夫。老赵离婚前是个低首下心的男人,离了婚依然硬气不起来。这一向,他时常看见小菲母女关起门来说悄悄话,有时就在卫生间没完没了地攀谈。小菲自小大便干结,抽水马桶上一坐就是半天。

离婚八年,小菲母亲的形象几乎没有变,起码在老赵眼里是这样。和孙美人相比,她显然属于那种没有性感的女人。性感这字眼在老赵耳朵里总有些别扭,但是办公室的几个人常常谈到它。老赵忘乎所以之时,曾经告诉孙美人,她前头的那个老婆是部难以发动的机器。这比喻过于生动,因此老赵说过了,一想起来便有些后悔。孙美人的比喻也不逊色,她说像老赵这样的驾驶员,难道也有开不了的汽车?

小菲母亲一连来了几个星期天。小菲叫母亲教训烦了,挑衅地向老赵发脾气,发完了小姐脾气便上同学家玩,直到母亲走了才回来。做母亲的因此转向教训父亲，怪老赵不会带孩子，把女儿教坏了。"说什么，我也不能把这孩子交给什么后妈管，后妈没一个是好东西。"她说得理直气壮，好像老赵就算是为了女儿，也没有义务再娶，"你当真要弄个女人回来，告诉你，我可要把小菲接走的。我不会让孩子落在后妈手上，像你这样的窝囊货色，不找个母老虎回来才怪呢！"

老赵想说，女儿交给后爹也没什么好的，但是这种针锋相对的话他说不来。老赵有老赵自己的主意，女儿毕竟是女儿，如果是儿子做父亲的可以撒手不管，女儿可不能交给什么后爹去糟蹋。男人里头没有多少好东西，老赵自从搭上了孙美人，对包括自己在内的男人群体整个地失去了信心。他心头正对小菲母亲说着极尖刻的话，嘴里说出来的却是："根本没这事，一个玩笑，不过是个玩笑，你知道，办公室的人，那征婚广告是瞒着我的。"

"算了吧，这种事瞒得了你！"小菲母亲似笑非笑看着老赵，悠悠地说："听说应征的还一大堆呢？"老赵刚想接口说有两百多，被迎头打断，"你别太得意，笑什么？"

通常情况下，小菲母亲不吃中饭就走，或者匆匆吃一些，留着肚子回去再吃。自从报纸上登过老赵的征婚广告，老赵已经和前妻在一起吃过几次中饭。有一次，趁小菲不在，老赵忽然发现他的前妻关心起他的性生活来，她对他一个人的处境表示理解，自然她想不到老赵这样老实巴交的人，会有什么孙美人。她说，男人没女人的日子，当然不好过。

事实上，老赵已经苦于孙美人的纠缠。偷情的欢乐，早让孙美人那结结实实的一身肉打了折扣。只有那些不知道三十岁的女人是怎么一回事的小伙子，才会在办公室夸夸其谈精力过剩是怎么一回事。男人分明处在被动的位置上，却偏偏喜欢扮演主动的角色。老赵十分犹豫，同时又是毫不含糊地接受了前妻的挑战。

小菲回来幸好晚了一步。她有钥匙，因此可以登堂入室。她显然十分惊奇父母会在一张床上，毫不客气地质问妈妈："你怎么在这儿睡觉？"母亲掩饰性的无力解释，更引起小菲的怀疑，她踮起脚尖走到正装睡着的老赵面前，默默地注视了一会，然后去干自己的事。老赵只感到女儿的鼻息在自己脸上搔来搔去，差一点想笑出声来。

到晚上，小菲说："她不是离了婚吗，干吗老来！"电视机上的频道选择开关，让她挨个地揿了几遍，又不大不小地说："我妈找的那个后爸爸，难看死了，那天我跟我们班同学在玄武湖玩，他看到我了，想跟我搭腔，傻笑傻笑的，哪个理他，哼！"老赵心里咯噔一下，过了一会才问："他和你说话了？"

"哪个理他！"小菲站起来，毫无意识地四周看了下，回答说："让他讨个没趣。"

"你现在不得了了，动不动就说让人讨没趣。"

"本来嘛。"

"你也老让爸爸讨没趣就是了——"

"本来嘛。"小菲再把电视频道挨个地揿了个遍，不客气地说："你又要讨老婆了？"

老赵苦笑笑说："什么叫又要？"

临睡前，父女俩隔着一道虚掩的卫生间门商量。父亲说，根本就没这事，爸爸一把年纪了，何苦再娶。女儿说，这有什么，比你大的老头还找老太婆呢。父亲又说，你真要爸爸找个后妈呀。女儿说，你找就是了。父亲说，后妈才凶呢。女儿说，凶

39

也不怕她。说到临了，老赵笑着说："我知道你为什么要爸爸找个后妈，你想住到你妈那里去，和那个后爸在一起。"小菲从卫生间伸出头来，生着气说："我和哪个也不在一起。以后，我上大学，去北京。"

老赵不明白，为什么那么多人都来关心他的再娶。征婚启事的热闹劲儿刚刚过去，他们处长又几乎硬塞了个女人给他。"我说没错就是没错，成不成再说，先见见面。小王，明天你用车子送他们，去中山陵，我批准了。"驾驶员小王似乎连加班也不抱怨，笑着说："一句话，老赵的事，没说的，赶明儿有杯喜酒喝喝就行。"

看相貌，处长介绍的女人绝不像嫁不出去的样子。第二天，小王开着小车，当真把那女的接了来，又当真接了老赵，风驰电掣地驶向中山陵。到了目的地，小王手不离方向盘，回过头来说："我等你们，多长都行。"老赵想邀请小王一起登中山陵，话到嘴边，偷偷看了女的一眼，没好意思开口。那女的也在偷偷对他看，人却在笑。

阳光极好，老赵只觉得眼前一片亮，背上仿佛披了床热毯子，懒洋洋地想睡觉。沿着台阶一步步走上去，老赵忽然有一种无话可说的苦恼。尽管事前已有所准备，临到头依然措手不及。老赵知道司机小王一定在背后瞪着眼盯着他们看，而且一定在不怀好意地笑。他并没有什么再娶的念头，起码说是这几年里还不想为小菲找个后妈。

继续沉默下去便有些失体统。几次说话都是女的先开口。老赵无可奈何，只好没话找话地和她谈他们的处长。处长是个极其讨厌的角色，老赵打心底里有几分厌恶。他觉得自己硬着头皮答应处长，吃错药一样地和一个毫不相干莫名其妙的女人见面，完全不是因为顶头上司的面子大，而只不过是一种习惯上的让步。给领导一个面子总不会有什么错。老赵知道处长在女人问题上声名狼藉，声名狼藉的处长介绍的女人自然不足取。

中山陵凭着几百级台阶获得壮观之誉。那女的提议在中途休息一会。也许她觉察到老赵有那么点力不从心的气喘吁吁，也许只是为了打破没话说的僵局。她撩了撩额角上的头发，笑着赞美眼前的景色，说了一会，又说她多少年没来过中山陵。居高临下，又是春光明媚，老赵忽然发现面前的女人并不像想象中那么差，她说不上漂亮，却也不算难看。很显然是春天在作怪。老赵偷偷地拿她和孙美人以及自己的前妻相比较。她不是孙美人那般胖，也不是前妻的那般瘦。不胖不瘦的女人是什么样，老赵想象不出。传闻中的她是一位叫丈夫抛弃的女人，抛弃的理由是有了位比她略漂亮的第三者。大约同情心或类似处境的缘故，原有的拘谨和矜持陡然间无影无踪。老赵情场老手一般地注视着面前的女人，样子十分专注。中山陵仍然是中山陵，春光明媚照样春光明媚，熙来攘往的人群和山脚下痴等着的司机小王，却仿佛都不存在。那女人经不起他看，先是笑，后是脸红，不敢对视，接下来眼睛一亮，眼锋对着老赵一笑，这一亮一笑，那种称之为距离的玩意便少了许多许多。

下山时心情大不一样。依然沿着石阶，有了说笑，而且十分轻松。话题渐渐到了老赵的女儿小菲身上。那女人对小菲母亲不要女儿的心情无法理解，作为另一位女人，她觉得老赵的前妻大失其责。世界上只有最厉害和最不像话的女人，才会主动放弃做母亲的权利。批评完了做母亲的，便轮到做父亲的听表扬。那女人觉得既然是个男人，老赵能带大一个女儿，确实是不容易。

老赵很自然地就抱怨女儿的任性。他表示最理想的解决办法，就是让女儿考进有住宿条件的重点中学。"我姐姐一再说要把小菲接到她那儿去住，这孩子是太娇气了，我姐姐说，你把她惯成这样，哪个后妈吃得消！"老赵忽然住口，他觉察到了对方脸上飘过的一丝不愉快。后妈这字眼有些刺耳，而且老赵一番多余的话也有损于自己的形象。

他们总算说笑着坐进小汽车。司机小王让车速保持在不快不慢，中山陵越来越远，他相信这次义务加班不会白忙。五一、十一、元旦，这样的节日里总有一天会有酒喝。

然而这事终于不了了之。处长似乎忘了通风报信。也许那女人不乐意，也许处长不乐意。老赵也懒得去问，依然在星期六去接女儿。女儿依然是小姐脾气。孙美人的丈夫已经调回来，老赵的前妻很长时间不曾登门。该变的都变了，不变的一样不变。只有司机小王一个人，痴痴地等着派定的那顿酒席。

一九八八年四月

八根芦柴花

1

她变得话很多，唠唠叨叨的，一说就是半天。大家都知道她有病，都随她去说。她婆婆面子上有些难看，家丑外扬，训斥又训不得，打碎了的牙齿，硬往肚里咽。

两个月前是春天。春天的时候，她随着丈夫和女儿，闷闷不乐来到婆家。乡下人最初见到的是城里人的矜持。一切都小心翼翼，小心翼翼，小心翼翼地笑，小心翼翼地敷衍。

"我家媳妇是来养病的。"儿子领了孙女去了，做婆婆的宣布什么似的对人说："乡下空气好，空气好。"

她从来不觉得自己有病。自丈夫去了以后，她一直盼望他很快就能来接她。"我主要是受了刺激。"她极认真地对别人说，"像我这样，我这样，就是气出神经病来也可能，真的可能。"她知道自己的话太多，但是忍不住总是要说。每次说完了都是后悔，越后悔，越害怕下一次自己不知又说什么。

春天的步伐去得极慢。先是遇上了有气无力的细雨，断断续续，仿佛无数只蚕在天上吐着银丝。穿绿衣服的邮差总不见来。她穿上已故的公公的旧套鞋，踩着泥路，东家走，西家串。乡下人对她都很客气。她有病，而且她是城里人，她丈夫是这村上唯一的老字号的大学生，她极漂亮。

大家的劝慰都差不多。既然她女儿都快要考大学，既然她和丈夫已经共同生活了这么多年，既然这样，既然那样，为什么不可以太太平平地过日子。

淅淅沥沥的雨终于停了，春天的太阳晒得人浑身发痒。潮湿的泥土逐渐收干。青的颜色绿的颜色在加深，她的故事开始变陈旧。故事的主角是她丈夫。故事的情节是她丈夫不停地勾引女人，女人不停地勾引她丈夫。并不是所有的风流韵事都让人津津有味。言过必失，她不擅长编造，甚至想象力也一般。即兴发挥往往煞有介事，东扯西拉的情节却到处露出破绽。春天的乡下人太忙。太忙的乡下人没时间听她说故事。

只有一个人还在听她的故事。

这个人是放鹅的小姑娘。一群半大不小的仔鹅，黄黄的羽毛正在泛白。放鹅小姑娘扛一根细细长长的竹竿，竹梢上系一把破扇，嘴里不时地吆喝，整日徘徊在小河边。菜花黄，麦苗青，放鹅小姑娘穿的是件红花布衣裳。

"你为什么整天说这个呢？"放鹅小姑娘和她坐在小河边老柳树下，一边看鹅在河里扎猛子，一边问她。

"我，我我，主要是受了刺激。"她侧过头，目不转睛看着放鹅小姑娘，想了一会才说："刺激！你知道？"

"你是不是有病呢？"

"有病？有什么病？"她无可奈何地笑了笑，问，"你多大了？"

"十四。"

"十四？乡下姑娘都早婚，早了好，你可以嫁人了。"

放鹅小姑娘红着脸，瞪眼看她，嗔怒道："我才十四。"

"你爸爸你妈妈好吗，我是说他们要好吗？你看你——"她说着，脑子里突然乱起来。小河里的鹅群似乎都着了魔，蹒跚地爬上岸，一只只在她的眼前消失。一阵茫然之后，那群鹅重新再现在她的脑海里，它们在脑浆中戏水，扎猛子。她闭上眼睛，好不容易才平静下来。鹅没有了，脑子里一片空白。又过了一会，她听见放鹅小姑娘的声音："就这么静静地坐着，多好，你有时干吗老是要说，都没人要听。"

老柳树上几只小鸟在叫。她懒得睁开眼睛。风吹柳丝，细细的阴影纹在她脸上晃。眼前的情景令人心乱。她知道这是幻觉。幻觉里的男人正上楼。很高的楼，每一层的台阶数都是十三。那男人步子沉重，身上有一大串钥匙。一大串钥匙，多得能打开世界上所有的锁。301房间没人。401房间没人。601房间也没人。510房间里有张床，床上一男一女。身上有一大串钥匙的男人在上楼。步子沉重，一大串钥匙，那男人东张西望，先盯着301房门看，又盯着401房门。510房门上有电铃揿钮，那男人一大串钥匙抖得哗哗响，找了把白铜钥匙戳了戳红颜色的电铃揿钮。电铃声断断续续。断断续续的电铃声。白铜钥匙往锁眼里去，锁刚修过，新加了油，一戳就滑进去。男人身子一歪，手一拧，一推，站在床面前。

"我男人什么也没穿，光着的，那女的也是。那男的，那挂着一大串钥匙的，是丈夫，你知道，是那女人的丈夫。"她猛地十分认真地说，全不在意放鹅小姑娘的吃惊、嫌烦、不满意，"我男人说，你知道我男人怎么说，他说'对不起，都怪我'，两个男人便打起来，打起来。那女的在旁边看，光着身子，一直到邻居接二连三地进来。就这样，光着身子——楼下的老太太说，快，快，穿件什么，这么多男人，算什么，算什么——"

放鹅小姑娘已经远去。有几只鹅掉了队，放鹅小姑娘挥竹竿撵着，撵着。菜花黄，麦苗青，穿红花布衣裳的放鹅小姑娘走远了。

她孤零零独坐老柳树下。老柳树下只坐着她一个人。河面上残留着仔鹅戏水后泛起的泡沫。残阳、老柳树、鸟鸣，没人知道她在自言自语什么。远远地还能看见放鹅小姑娘的红红的身影。她脱下当外套的灰毛衣，找到了线头，扯住了，用力一拉，拼命地拆，拆散的毛线在小河边越堆越高。散乱的毛线被扔进河里，浮在水面上，像是洗澡缸里的肥皂沫。一刹那间，她有种赤身裸体的感觉。

菜花黄，麦苗青，穿红花布衣裳的放鹅小姑娘没了踪影。春天的最后气息在消失。她不当回事地向河中心走去，走过去。水很凉，凉的感觉给她一种安慰。老柳树上的鸟突然不再鸣叫。她撇开水面上的泡沫，撇开泛着的灰色毛线，一步一步往前走。河水太浅，走出去一大截，很凉的河水才淹到她的腰际。

2

这是妈妈生前最爱哼的一首歌。我一直弄不清，究竟是《八根芦柴花》，还是《拔根芦柴花》，老听着妈妈哼，我觉得还是《八根芦柴花》好。

妈妈的死，使我成绩一落千丈。我都没信心了。注意力老是集中不起来。今年夏天就要高考，我一点信心都没有。

是这样，妈妈死，对我刺激太大。我爱妈妈。都一年了，我做梦老梦着她,她穿着过去的衣服,有时在家里,有时在一个不知什么的地方,和我说话。一切都和过去一样。

我妈妈很漂亮。不,她比我漂亮。她爱我,我爱她,我们像姐妹一样。要是你见了妈妈的照片,你就知道她多漂亮。真的。她好像从来也不变,老是那么年轻,那么漂亮。我简直就没办法形容她,要是看过照片,你就知道。

小时候,我老偷看妈妈的情书。你不要不相信,绝对是真正的情书,一个男的写的。我那时候其实也不小了,反正这种事什么的,我都懂了。你知道,我爸爸那时候不是在外地吗,一年里只有寒暑假才回来。妈妈的情书就锁在写字台的抽屉里。有一次,抽屉钥匙没拔。我发现了那叠信,细细一看,哎呀——当时吓我一跳。

那家伙那时候三天两头来。说真的,那时候我也不算讨厌他。他勤快得很,一等的会拍马屁,整天做事。我知道他就是那个不断写信的家伙,他真能写,多的时候天天一封。他肉麻兮兮地叫妈妈什么姐什么姐的,我都不好意思讲。他常常是一个人来,有时候,还带一个男的来。那人也和妈妈熟。他们常常两个人自顾自地下棋,妈妈便领着我在旁边看。

我知道妈妈的钥匙藏在什么地方。她一点都没察觉。他们以为我什么都不知道,一本正经的。我绝对沉得住气。我知道钥匙在哪。妈妈不在,我想怎么偷看,就怎么偷看。你不晓得,当时,当时看那信真好玩。我告诉你,那家伙真喜欢我妈。

我觉得这事一点没什么。信不信由你。当然,我并不喜欢那家伙。他长得难看死了,瘦瘦的,个不高,黑,还戴副白边眼镜。妈妈也不会太喜欢他。他太难看。好多事情就是这样,其实你也不一定多喜欢他，但是他拼命地追你。他要追你，有什么办法。

那么多情书后来不知道都到哪里去了。多厚的一大叠呢。妈妈死了以后，我拼命找过，就是找不到。也许早被妈妈烧了。自从爸爸从县城里调回来，写字台的抽屉当然不能再放。我想我爸爸保证保证不知道这事。你知道，我爸爸那人的脑筋，他知道了，那还了得。他的思想意识旧得不得了，真知道了有这些信，还不知道要怎么闹呢！

人家都说，女儿喜欢爸爸。但是我和爸爸没缘。很可能是因为我在妈妈身边长大的关系。我爱妈妈，没有人能分去一丝一毫我对妈妈的热爱。当然，爸爸也很喜欢妈妈，也很喜欢我。不过，我更喜欢妈妈，妈妈更喜欢我。真的，我就是喜欢妈妈。你不知道，妈妈的死，对我影响多大。我觉得我也死了一半。我敢说我都尝到了死的味道。

妈妈是部队里下来的。她在文工团跳过舞。后来就进了工厂。在工厂这么多年，她一直是先进生产者。她跟我一样，特别好强。应该说我跟她一样。你知道，人都喜欢妒忌，要是你每次都是先进什么的，保证就有人和你过不去。你譬如像我们在学校，你要是每年都是三好生，不容易。我妈呢，不是跟你讲了吗，年年是三好，不，是年年先进，当然有人和她过不去。而且你知道，妈妈的那个厂，是纺织厂，那里面的女人，不晓得多俗。有一个女人就讲，她绝对是瞎讲，她说，她说我妈跟车间主任有关系。

这事根本是瞎讲。你知道，妈妈那么漂亮的人，有人追并不奇怪。妈妈跟那个车间主任根本没关系。当时厂领导就把那女的教训了一顿。因为那女的是在车间门口骂的，后来就叫她在车间大会上作检查。

这事本来应该没有事了。本来就是瞎讲的。但是我爸爸多心了。他自大学毕业，一直在县城教书，教中学，他调回南京才几年。都已经没什么事了，他一多心，就越来越有事。也不知怎么搞的，我爸爸就经常和我妈妈吵起来。刚开始，他们还瞒着我吵。后来当着我的面，照样吵。

其实我爸爸是死脾气。他是老实人。但他这个人死脾气。你不要看他是大学的讲师，他这个封建意识强得不得了。他跟妈妈结婚这么多年，可以说什么事都让着妈妈。这个家全靠妈妈撑着。我爸爸回来以后，我们新分了房子，他是我们那栋楼有名的怕老婆的男人。他一向是我们家绝对的老农民，我们要他干什么，他就乖乖地干什么。

出了事以后，爸爸就老发脾气。也不为什么，一动就吵、就板脸。他们老关在房间吵。有一段时候，爸爸甚至搬到了办公室去住。他要妈妈换个单位，妈妈不肯。

那个车间主任，的确到我们家来过。但是，这又有什么关系呢。自从出了那件事，爸爸一直恶声恶气。老实人发起犟脾气来，也真让人吃不消。妈妈也好像变了个人，过去那么要强，却搞得什么事都没了主意。她成天恍恍惚惚，仿佛做错了什么事一样，跟我也没什么话讲。后来就有些精神失常，到医院看了，就在家里面休养。爸爸也不跟她吵了。其实，每次吵倒不是爸爸逗她吵。你知道，我那爸爸是个闷葫芦，什么东西都闷在肚子里。他就是不理妈妈。那段时间真别扭，我们家三个人，碰在一起，常常就这样什么话都不讲。真正憋死人。我知道妈妈有一肚子

49

话,但是她不说。爸爸也有一肚子话,他也不说。

妈妈的病后来就重了。这是医生说的。我们一点也没有察觉到。妈妈的举止开始不像正常人。医生说,她不能再受刺激了。又说,最好住医院。又说,帮她找个地方静心地养养也好。

妈妈就去了乡下奶奶家。我和爸爸一起送她去的。我们在奶奶家住了几天。爸爸妈妈好像也和好了。后来,我和爸爸就回了南京。爸爸上班,我上课。过了两个月,来了电报,说妈妈死了,跳了河。

我到现在都不明白,为什么妈妈要死,妈妈死了,就这么死了。我永远也想不通,想不通为什么。我离开妈妈的时候,还是好好的,但是,妈妈死了。就是到现在我也老在想,妈妈没有死,妈妈没死。但是,但是,妈妈死了。

妈妈死了,整整三个月,我没和爸爸说一句话。我恨他。我觉得是爸爸把妈妈害死的。他自己有时也这么承认。他和我说:"要是好好和你妈妈说几句话,要是我一直陪着她,要是——"

我一直不理爸爸。即使到现在,我也很少和他说话。我觉得我无论如何也没办法原谅他。

我知道爸爸也很痛苦。有一回,他哭着对我说:"你懂什么。要说你妈妈的死,我比你更难过。你还要用刀子捅我。"

爸爸的痛苦,是自找的,我一想到这个,就止不住地要恨他。爸爸说:"你妈妈死了,我就你这么一个女儿,你再不给我一点温暖,爸爸活着还有什么意思?"爸爸也的确够惨的,我躲在房间哭了半天。但是,我想到妈妈的死。妈妈的死,让我对着爸爸就流不出眼泪来。我心里很难过,有时真想,有时我也真想原谅爸爸，但是妈妈死了，妈妈的死——妈妈那张苍白的脸，总在我眼前。

有时，你知道，听着爸爸无意中哼着《八根芦柴花》，我的心都碎了。这是妈妈最爱哼的一首歌。虽然我自己无意中也常常哼起来。我们沉默着，都想哼这支歌，都不敢哼。

3

继有姓陆，高高的个儿，很结实。二十几年前，他刚考上师范的时候，带着一身的土气。他一直是那种被称为老实巴交的人。在大学里学的是化学，毕业了便当化学教师。正赶上文革开始，知识分子绝对的不值钱，他孤零零地赶到小县城去报到，说不出的寂寞。小县城太小。东西就那么一条街，短得仿佛人在这头喊一声，那头都听得见。有人做媒，他在南京找了个漂亮的妻子。夫妻分居，很快有了个女儿，漂亮妻子忙不过来，免不了要说些抱怨的话。忙调动是场让人精疲力竭的苦战。想象中比较艰难的事，具体办起来更艰难。有一段时间，他对调往南京整个地失去了信心。小县城科班出身的中学教师奇缺。除非妻子往县城调，否则只好永远的牛郎织女。小别犹如新婚，他全靠寒暑假回南京团聚，一年两度蜜月。

多少年以后，小县城大病方愈，突然变得繁华起来。东西一条街发疯似的膨胀延长。岁月不饶人，继有也从青年小伙子，步入鬓角杂有白发的中年。人到中年，事业上混得也不错，他被提升为教研组组长，又是学校一个重点班的班主任。

这学校曾出过一位全国闻名的大化学家。县志里必定提到过这位化学家的大名。重视化学教学是这学校的风气，化学教师远比其他教师吃得开。大家心里都有数，老校长若下台，继有是毫无争议的最佳人选。

新学期开始，继有按惯例，对新生进行摸底测验。化学的最高分，被一位叫作湛连姣的女生得到。继有觉得这名字有些特别，便让她做化学课的课代表。

湛连姣远不像她的名字那么漂亮，五短身材，小鼻子小眼，一身肉。除了化学成绩，她还是班上的体育明星。校运动会上，凡是她参加的项目，都有名次。

学校里有一部分同学是住读的。湛连姣家离得近，不在此列。但是她一再向继有提要求，想搬到学校来住。继有说："住学校当然可以，不过你家我去过，不远，房子也不小，何必花钱住宿舍呢？"湛连姣脸一红，难言之隐的样子。隔了一段时间，她跑到继有住处，红着脸说："陆老师，我真的想搬到学校里来住。"

继有内心里并不想答应，敷衍说："好吧，我帮你说一下。不过，总要有点理由吧？"

湛连姣不说话，拿起写字台上一本英文杂志，吃惊地问："陆老师英文这么好！"继有不介意地说："国外的化学杂志，随便翻翻。我的那点英文水平都快丢光了。"说着，又捡起先前的话题，"你要住校，总得有点借口。"

湛连姣沉默了一会，突然爆发似的说："当然有借口。我继父他不怀好意。"说完了，脸红得发紫，眼泪直落。继有顿时感到有些歉意，怪湛连姣为什么不早说。他自己心里也明白，这种事小姑娘很难说出口。

于是，湛连姣搬到学校来住。继有对她多了份同情。继父耍流氓的事常有所闻。继有觉得学校有责任保护学生。

女生宿舍离继有住的地方很近。湛连姣有意无意地总喜欢去看他,有时硬抢着帮忙洗衣服,收拾房间。继有过意不去,说说她,她却赌着气回答:"我高兴。"时间一天天地过去,继有几次想问湛连姣继父的事,都没好意思开口。

一天放学,湛连姣陪继有一起去拿化学测验的分数。一路走,湛连姣一路抱怨天热得太突然。她穿着极短的裙子、长筒丝袜、T恤衫,笑着对继有说:"人家都说胖子怕热,我太胖了。"

到了住处门口,继有突然发现钥匙丢在房间里面,叹气说:"你等等,我去找张椅子来,爬进去拿。"

湛连姣格格地笑,说:"陆老师也会爬窗子。"

继有说:"那怎么办,我记性不好,都好几次了。其实那钥匙就在写字台上,用竹竿一挑就行。"

湛连姣顺着继有的手指看过去,见墙角边有根小竹竿,跳着跑过去,拿在手中说:"陆老师,拿什么椅子呀,你扶我一把,保证挑出来。"

继有怔了怔,犹豫着说:"你行吗?"湛连姣说:"当然行,班上的同学都叫我小男孩。"说着,让继有托着她的腿,她伏在气窗上,用竹竿去挑钥匙。刚开始进展顺利,就听见钥匙串相互碰撞的响声。竹竿慢慢地向外抽送,关键时刻,湛连姣惊叫一声,那钥匙掉在了竹竿够不到的地方。"太可惜了,太可惜了。"湛连姣连声叫屈,竹竿往地上一摔,让继有再托她一把,她自己手一撑,头一缩,半个身子进了气窗。继有忙说:"这怎么行,你得先把腿放进去,这不行。"湛连姣照继有的话办,先一条腿伸进气窗,人侧过来,挪另一条腿,"扑通"一声,人跳了进去。

继有拿了脸盆手巾让湛连姣洗一洗，又倒了杯凉开水，突然想到似的加了些橘汁，一边加橘汁，一边说："这橘汁还是你买的呢。"湛连姣擦着脸说："我买了是自己吃的，你看，每次都是我吃。"

继有后来曾和湛连姣谈起过她的汗毛。他也惊奇自己竟然可以提出这样的疑问。他和湛连姣开玩笑说："以科学的观点看，汗毛长的人，离猴子更近。"湛连姣说："真讨厌死了，汗毛长了，才麻烦呢。夏天再热，也得穿丝袜。还有这——"她指了指自己的胳肢窝，"我每次都用剪刀剪，要不然，老是龇出来，难看死了。"说完，脸通红，不好意思用眼睛看继有。继有因为她陡然难为情，也有些不自然。又有一次，继有觉得湛连姣胖得可爱，问她到底有多少体重。湛连姣嗔笑道："你猜猜看，反正我比我妈都重。"

一学期过去了，又是一学期过去了。继有和湛连姣关系有些不一般，有心人都看在眼里。

老天爷总是存心和人开玩笑。继有升为副校长，刚过了几个月，回南京的调令来了。有人劝他完成了校长的过渡再走，这日子近得一伸手就能抓到。继有考虑再三，还是决定走。调回南京毕竟是多年的愿望。南京有漂亮的妻子，有一个要上中学的女儿，叶落归根的念头占了上风，虽然南京算不上他的什么根。

继有在教学上从不马虎，他的学生都喜欢他。同事中有几个好妒忌的人，继有决定回南京，潜在威胁自消，落得礼送出境，大家凑份子在饭店里摆了一桌酒。他的学生们知道此事，也嚷着要请陆老师喝酒，继有坚决不答应。班干部们没办法，商量来，商量去，决定买一样规格不是太低的工艺品给陆老师作纪念。

最让继有想不通的，是湛连姣自从知道他要调回南京，就再也没到他住处来过。毫无疑问，在依依不舍的学生中，湛连姣应该是最舍不得他走的一个人。在继有的心目中，湛连姣有特殊地位。他突然怀疑，湛连姣对他好，只是因为他是她的班主任，是她最喜欢的化学课的任课老师。他的行李已托运去南京，住处只剩下公家的一张床，一张写字台，一张冰凉的硬木椅子。人去室空，人一走茶就凉。继有免不了有些垂头丧气。

一天，从食堂出来，正好和湛连姣同路，继有说："你怎么不来了，我都要走了，也不来送送我。"湛连姣只当没听见，分手时招呼也不打，怏怏地回自己宿舍。

继有很快有些后悔。自那天起，湛连姣天天去他那里。

一向性格快乐的湛连姣变了个人，变得沉默寡言。继有和她谈功课，她撅着小嘴，说："陆老师都要走了，你还管我功课干什么。"继有说："我因为喜欢你，才管呢，真不识好人心。"湛连姣咬牙说："算了吧，你才不敢喜欢我呢！"

继有一时很慌乱，脸有些红，说："你怎么这样说话！"又说，"我女儿都和你差不多大了，我一直把你当女儿看的。"

湛连姣做出不想听的样子。

继有做了个手势，表示信不信由你。

湛连姣拿起写字台上一封已拆过的电报稿，抿着嘴看着，抬起眼睛看继有，极认真地说："陆老师，我说真话你要不要听？"

继有吃不透她想说什么。

湛连姣眼睛瞟着电报稿："我真希望上面这么写：'妻死速归。'"

继有一惊，忙说："你怎么这么说。"

湛连姣充满恶意说："你老婆死了，你就永远不会走。"

继有有些不高兴，想板脸，看着湛连姣那副受委屈的样子，眼泪都快落下来，实在不忍心说她。接下来的场面十分尴尬，湛连姣坐在那儿一声不吭，无论继有怎么敷衍她，一概不回答。天渐渐暗下来，继有要开灯，湛连姣执意不让开。继有没办法，只好站起来说："就在我这儿吃晚饭，我去买，要不食堂要关门了。"晚饭买回来，房间里的灯已经亮了，湛连姣依然坐在老地方一动不动。继有劝她吃饭，她不理。

一直到很晚，湛连姣都是金口难开。继有发急说："我这么大年纪了，难道还能够跟你捉什么迷藏。你心里到底在想什么，不说，人家怎么知道！"湛连姣说："陆老师，你别想哄我说。我想什么，你肯定知道。你想什么，我也知道。"继有还是没办法，除了催湛连姣回宿舍睡觉，无话好讲。湛连姣理都不理他，下巴几乎垂到了胸脯上，那胸脯结实得像两块竖在那的石头。继有有一种尿急的感觉，开了门正要出去，没想到湛连姣站起来，要跟着走。继有只好说："怎么，你走了？那，那我送你。"

这晚上继有根本没办法睡好。胡思乱想搅得他头昏脑涨。一时睡，一时醒，一时崇高，一时卑鄙，到了半夜里，他发现自己不得不起来换条短裤。他为自己的行为感到害羞。虽然夜深人静，虽然事实上人常有这种控制不了的冲动，继有还是难免一种犯罪的恐慌。他开门出去端了一大盆清水，蹲在地上，赌气似的用力洗自己的短裤。洗完了，晾了，重新上床，他像一台被打开开关的电视机，脑海每一个频道里都是湛连姣的影子。这个并不漂亮、小鼻子小眼、胖、胸脯结实、汗毛浓重的姑娘无时无刻不在引诱他。充满青春活力的诱惑笼罩着他。继有为管不住自己的大脑苦恼。电视机的开关就在手边，但是开关已失灵。毫无疑义，在肉体上占有这个情窦初开的女学生并不难。继有缺少的只是轻而易举的最后的一点点勇气。他甚至可以肯定湛连姣身上每个汗毛孔对他都是开放的。这样的好事被他遇上简直就是一种浪费，继有有些怨天尤人，恨自己果真没有那么一点点的勇气。他承认自己的确顾虑重重。那个被称为理智的玩意已经精疲力竭，精疲力竭却不意味着最后的投降。生命意识中的情欲像一头狮子似的在怒吼，而最后的道德感依然死守着最后的阵地。首先，他改变不了自己的保护人的形象。作为一个教师，作为丈夫和父亲，他不可能和湛连姣的继父一丘之貉。要是心灵深处的隐私都能光明正大地公开就好了。也许湛连姣根本就不是什么处女，这个受伤害的不幸的女孩子，很可能根本不把和心爱的老师睡一觉当回事。很可能，心爱的老师毫不动情地回绝她才真是一种伤害。人心和人心永远隔着无边的沙漠。很显然，如果湛连姣是块白璧无瑕，继有得一时之痛快，她未来的丈夫绝不会因为她是为了爱情的缘故忍气吞声。没有一位丈夫会喜欢不贞洁的妻子。继有是那种真心喜爱自己老婆的男人。他是个忠实的丈夫，尽管长期以来他一直忍受着妻子的性冷淡。为一个并不出众的女学生，毁了家庭，得罪漂亮的妻子实在有些不值得。也许有一天他会向妻子打折扣地叙述自己的艳遇，不过他又清楚地知道，事实上他一定不会这么做。他永远没有必要去承认那些冲动。谁都有这样的冲动，谁都有的东西，说出来了也不值钱。人是有理智的动物。理智阻挡不住人这样那样的下流念头，理智只为了让人不实现这些念头。理智不是不让人想，理智是不让人做。谁脑子里都有一大堆垃圾。理智的丧失，便是这些垃圾涌向世界，变为我们行为的一部分。天到一定时候就会黑下来，到一定时候又会重新发白。当黎明的第一道阳光射进继有住处时，最先领略阳光的，是继有晾在那儿的依旧湿漉漉的短裤。人类最初的遮羞布只不过是一片树叶。短短的裤衩是人类最初也是最后文明的象征，即使是湿漉漉的挂在衣架上的也一样。

一九八八年四月

五千元

五千元钱真够呛。我是说，五千元就可以搞得人狼狈不堪，稀里糊涂。为五千元钞票寻短见，多少有些小家子气，而且没什么现实意义。我尽量装得若无其事，好像这五千元公款是别人丢的一样。问题的关键，是我必须做出着急的样子。首先，这钱毕竟是我丢的。秃子头上的疤，赖不掉的事。五千元不是个小数目。我不是万元户，就是万元户也不乐意不明不白丢五千元。五千元得五年的薪水。我比雅人眼里的两袖清风俗人嘴里的穷光蛋阔一些。五千元就是五千元，弄不好，我得像植物人那样活五年，不吃、不喝。当然，就算是植物人也得花钱。说植物人不吃不喝根本是个错误。我真有些糊涂了。

其次，我毕竟是首当其冲的怀疑对象。老吕在部队里待过，懂点办案子的事。他说，高明的侦探，总是在不可能中，琢磨出可能来。一方面，我不可能偷自己保管的公款，另一方面，偷自己保管的公款到底最容易。老吕的分析，使我觉得自己有一种犯罪的心慌。毫无疑问，公安人员绝不会忽视贼喊捉贼。

我们的车子停在梅园门口。参加笔会的作家、评论家、出版家，蜂拥而下。那时候我的钱还没有丢，挤在说说笑笑的人群中，说说笑笑。不是开梅花的季节，文人雅聚，象征性地赏着梅，兴高采烈。我和年轻的漂亮的又是大学生的女作家余青高谈阔论。作为她小说的发现者和责任编辑,我和余青有一种特殊的亲热。一路散步,我们一路为琼瑶是不是好作家争得莫名其妙。看着她面红耳赤地为她喜爱的女作家打抱不平,我心里说不出的快活。余青说:"为什么你们这些做编辑的,都有些玩世不恭呢?"我告诉她,玩世不恭有时和潇洒是一回事,一首流行歌不是这么唱的吗:"男人爱漂亮,女人爱潇洒!"我极得意地说了句我不该说的话。

余青突然不高兴了,也许她觉得我太轻薄,也许怀疑我用心不良,她找了个机会,和旁人搭上腔,从此撇下我不闻不问,女人一做了作家,便让人永远吃不透。虽然我还走在她身边,虽然我还是她的小说的发现者和责任编辑,但是我们之间的距离,已经扩大到了十万八千里。

从梅园出来,参加笔会的人陆陆续续上了车。我受了余青的冷落,有那么点垂头丧气。车子开了,向浩瀚的太湖驶去。快到太湖宾馆,我才陡然意识到自己负责保管的黑皮包没有了。黑皮包里装着用于笔会的五千元公款,我惊叫了一声,笑着问谁把我的黑皮包藏了起来,车上的人都回头看我。

直到拨通了报警电话,我才真正意识到,那五千元公款确确实实叫人偷了,没人和我开这么大的玩笑。很显然,小偷早就注意到了我的黑皮包,那种公家发的黑皮包并不起眼。我一向小心翼翼,正是因为小心翼翼,老吕才把那五千元公款交给我保管。我们坐的是专车,车门一锁,应该是万无一失。然而,小偷很可能就是趁我和余青在梅园里说笑的时候下的手,车子离开梅园以后,有人注意到原以为紧闭的一扇车窗,其实隙着一道缝,既然我的黑皮包被偷了,大家事后诸葛亮,一致推断那是小偷做的手脚。

公安人员很快就赶到，看得出他们很重视，三轮摩托的车斗里，带了条多大的狼狗来。五千元的盗窃案，对公安机关来说算不上一回事，不过这一向类似的盗窃十分频繁。前两天，一个外宾丢失了一万美金，再前两天，是个个体户遭的殃，参加笔会的人都觉得我的前途比较乐观，凡事就怕顶真，只要公安人员玩命下了决心，就没有破不了的盗窃案，那小偷先偷外宾，再偷有钱的个体户，最后找到我，猖狂得也太不把公安人员和法律放在眼里，虽然艺高人胆大，那小偷一再得手，毕竟是常在河边走，自有踩湿了鞋子的一天。

那五千元彻底改变了我的形象，小偷在坑了我的同时，无意中抬高了我的身价，这以前，我只是笔会主办单位的办事人员，混在那些作家、评论家和作为我们单位领导的出版家中间，我渺小得连自己都看不到自己，除了余青，除了我们单位的领导，我谁都不认识。甚至余青也只是这次会议初次见面，我饱尝了小人物被冷落的滋味，没人把我当回事，什么人都问我火车什么时候开，汽车什么时候到，好像我是法定的笔会老妈子一样，宾馆的淋浴断了水，房门锁不上，余青同房间的那位女评论家没手纸，凡是乱七八糟的事都找我。老吕是出版社的副总编，是这次笔会的大老板，那些作家和评论家出于自己的目的，涎着脸和老吕说话，他们越是对老吕毕恭毕敬，越是存心在我身上寻找他们失去的尊严。"如今的年轻编辑，根本就不懂什么小说。"他们常当着老吕的面调侃我："你不会写小说，做什么编辑呢？"他们认为我所以能当编辑，完全是有了一张分文不值的中文系文凭。老吕发表过小说，老吕没念过大学，作家和评论家们做什么事都恰到好处，无论是拍老吕马屁还是打我耳光，想想不太自然的事，都干得十分自然。好在五千元钱改变了局势。我的不幸唤起了作家们和评论家们的同情。笔会照日程安排的那样进行着，我却成了大家注意的中心。所有的眼睛有意无意地都盯着我看，甚至公安人员牵来协助破案的那条大狼狗，也用一种带着怜悯的目光注视我。我敢说所有的人对我都有些怀疑，包括我自己也不例外，只有那条大狼狗深信我是无辜的。当公安人员牵着它围着我们走来走去的时候，它龇牙咧嘴、东闻西嗅，一副凶相，独独走到我的面前，友好地摇了摇尾巴。我忍不住在它的头上摸了一下，它抬起头来，舌头善意地舔舔我。要不是怕大家见笑，我准会流出感激的眼泪。理解太重要了。狼狗没有人的智力和文明程度，也许我是自作多情，可是既然陷在我这样的处境，无动于衷实在有那么一点点不可能。自从我惊慌失措地发现那黑皮包失踪，老吕就没有停止过啰唆。他后悔不该把钱交给我保管，又抱怨我不把钱随身带着跑。"又不是一块两块，五千块大洋，你就这么不当回事？"他怪这怪那，搞得我可怜兮兮，垂头丧气，"要你赔吧，你赔不起。不要你赔吧，公家的损失又算谁的？"他反反复复地唠叨这两句话，一会生气，一会叹气。公安人员因为老吕是领导，所有的意见都找他提。他们怪老吕没有保护好现场，又怪老吕不该把参加笔会的人，从关闭的车厢内放回宾馆，"虽然没有多少可能性，但并非所有的作家什么的都是正人君子。"公安人员全不顾老吕的脸色已经十分难看，板着脸只管教训，这些话自然是瞒着参加笔会的人说的，然而作家和评论家们照样大大地不满意。那条狼狗在宾馆铺着地毯的走廊里蹿来蹿去，串门似的进出一个个房间。王某人作为这次笔会知名度最高的作家，大出洋相，他的华丽的黑皮箱引起狼狗的极大兴趣。那畜生嗅着嗅着，突然很得意地叫了两声，王某人暴跳如雷，为了表示清白，不得不把皮箱的钥匙扔给公安人员，皮箱里只有衣服和手稿。公安人员手伸进皮箱的夹袋捏了一会，拎出一长串进口的避孕套。王某人恼羞成怒，讥笑着问公安人员要不要拿一只去试试。公安人员似乎有些歉意，所有的过错往那条大狼狗身上一推了事。如果不是老吕好说歹劝，王某人肯定拂袖而去，退出笔会。"为什么你丢了五千元，要我跟着你倒霉呢？"第二天吃晚饭，王某人宽宏大量地对我说："那五千元找不到就算，找到了，你可得请我客。"王某人四五十岁的样子，头发一根根都往后梳，他的小说以性方面的大胆著名，每出一本书，都能让出版社赚一大笔钱。他对公安人员依旧耿耿于怀，"他们懂个屁的法，这样的非法检查，我都可以去告他们。"王某人在饭桌上大谈那进口避孕套的来历和功效。我们这桌全是男的，大家一边吃饭，一边笑。我摆脱不了五千元损失的阴影，被动地吃，被动地听，被动地笑，被动地这样和那样。王某人说："公家的钞票，节省下来也没用。要不然，要不然这该死的什么笔会散掉拉倒，省下来的钱，权当被小偷偷去了。你真倒霉！"老吕说我已经成了明星，因为一切话题最后都会回到那五千元上。连宾馆的工作人员也全知道我就是那个"被偷了五千元的倒霉蛋"。女服务员来收拾房间，有意无意地要和我聊那五千元。经常站在服务台前的是个漂亮姑娘，很显然她对我越来越不同寻常，也许只是先同情我，于是产生了爱的可能性。她脉脉含情地看着我，好像渴望我去爱她一样。我的那点骑士精神早就荡然无存。万恶淫为首。我因为害怕，所以纯洁。不管有没有道理，我下意识里觉得，小偷所以决定要教训教训我，和我对余青的态度有关。人不能骨头轻。当然，人难免骨头轻。骨头轻，所以，所以有了报应那玩意儿。

人生就像个漩涡，我被偷了五千元，七转八转，便进了漩涡的中心。出人头地的日子实在短暂。又是几个圈子下来，我回到了原来的地方。不引人注目，依然不引人注目。

笔会照章办事，一次辩论赶一次辩论，撵鸭子似的，大家理直气壮，辩得昏天黑地，争论的热点是"当代小说中的现代意识"。新派批评家气势夺人，挖好了坟墓逼老派作家和老派批评家跳。和余青同房间的张女士奋起反击，她是年轻的老派批评家，说话简练而且干脆："为什么不把海明威、福克纳、罗布·格里耶，还有你们那位新红起来的米兰·昆德拉送进坟墓，凭什么说他们比我们还不老，凭什么？"

我成了地地道道的局外人，不想发言，也发不了言，新派老派各自发挥很好，都到了最佳竞技状态，公说公理，婆说婆理，谁都想说服谁都没有说服谁，我向来佩服能说会道的人，但是，那五千元弄得我心思全无，人们激动无比，我却傻坐在冷板凳上。

新派批评家忽然起了内讧，为一个有人喜欢有人不喜欢的作家大动干戈，都是年轻人，肝火旺，也顾不上老派的人正看笑话，你来我去，一句话不相让，小说家王某人是老派中的新派，因为只写小说，形象思维大于逻辑思维，新派批评家的理论阐述搞得他七荤八素，憋了半天，不知道向谁开火，趁吵架间歇那片刻平静，发布自己独家的见解：

"我们小说家，写小说说胡话，骗读者；你们也好，搞理论的，动不动就一大套，都是玄的，骗我们小说家。大家都骗人蒙人就是了，其实你们那套我也会，争来争去争什么呢？其实什么也没争出来，一句意思，我是说一句话的意思，各人有各人的理解。你比如说，我过去是搞戏的，我们搞戏的说戏，有句话叫作'高潮迭起'，现在体育界也用，要是你把它用在性关系上——大家不要笑，我也只是举个例子，这叫什么，这就叫错位，怎么样，这种时髦的术语我也会吧？"

"高潮迭起"和"错位"因此成了这次笔会的专用语。会议期间，天天晚上都举办舞会，太湖宾馆有了挺像样的舞厅，在那儿跳舞的几乎都是专业水平。我们笔会的舞场设在大会议厅，这是老吕的主意，一来可以省些钱，二来那些作家和评论家们为水平限制，也不乐意到正经八百的舞场上献丑。参加笔会的女士太少，物以稀为贵，老吕天天去拉一帮不当班的女服务员来伴舞。女服务员中不乏文学青年，打扮得花枝招展，都穿着高跟鞋，跳完了舞便掏出笔记本请作家签字。

王某人占了知名度的光大出风头，都晓得他的小说大胆出格，女服务员们忍不住用惊奇的眼光打量他。也许是女性多余的矜持，所有的女人都喜欢成群结队地去找王某人，和王某人单独在一起似乎是种冒险。

不止一个人劝我借跳舞散散心："和这些漂亮的女郎搂着，你究竟还有什么忧愁呢？"他们用王某人的行为开导我，"一寸光阴一寸金，五千元算什么，你年轻，这就是本钱。四五十岁的人都想得开，你何苦！"令人遗憾的是，那位我熟悉的经常站在服务台前的姑娘，始终不曾上过舞场。虽然我们很少说话，但是凭直觉我就知道她一直在注意我、关心我。"你晚上跳舞了吗?"有一天,她终于这么问我,漂亮的大眼睛闪闪发光。

老吕再三劝大家不要在背后瞎议论,笔会越进行到后面越无聊,传说中的小说家王某人和评论家张女士关系密切,关系密切在一大帮会开得无聊的人嘴里,不会有好的意思。从舞场下来,凡是余兴未尽的笔会代表,都喜欢聚在我房间里凑热闹,会务组就设在我房间,代表们毫不客气地抽会议烟,喝会议茶,还偷喝准备在告别宴会上用的罐头啤酒,王某人住在我对面的房间,他的名气大,所以安排他一个人住,到处都是警惕的眼睛,评论家张女士一进小说家王某人房间,我的房门便会隙开一道缝,夜深人不静,大家精力过剩,都不累,都不想睡,有时已到了深夜一两点,还有人冒充宾馆的工作人员,往王某人房里打电话。

想象不出人生永远是开笔会该什么模样,当代小说中的现代意识喋喋不休地重复着,已经没什么可以让人激动不安。那天正开会,宾馆保卫处打来电话,说游客在太湖边的杂草碎石里散步,发现了一个废弃的黑皮包,保卫处叫我去认一下,因为那被偷了五千元的皮包也是黑的。我匆匆离开,十分沮丧而又同样匆匆回到会议厅,世上黑颜色的皮包数不清,数不清的黑皮包中,就算是找到我的黑皮包也没什么了不起,问题的关键是五千元,况且那捡到的黑皮包与我毫不相干!大小、款式、质料,没一点相似之处。会议照常,烟雾腾腾,依然讨论现代意识,我或进或出,对别人无任何影响妨碍,我是五千元损失的唯一受害者。人们短暂的业余侦探的推理兴趣早已没了影,文人们相聚,唾沫自来水一样用，仿佛除了没完没了的争、斗嘴，就没什么可干。

太湖宾馆建在小山上，山下是座小庙，黄颜色的围墙，只有篮球场那么大。笔会代表们逃会，除了登高看太湖，这是最理想的去处。庙前一片竹林，竹林中有石，坐在那儿可以看见香客进出。小庙养三个老和尚，一个卖票，一个掌门，一个负责打扫清洁和放录音。不大不小的音箱就放在菩萨的脚下，冲着天，音量拨到了最大，余音绕梁。甚至和尚的诵经也有了流行音乐的味道。游客很少，凡经过，必进小庙，稀稀落落来，稀稀落落去。

如果那小偷迎面走来，也许凭直觉，我就可以认出他，问题的关键是我到底有没有直觉，直觉玄而又玄，有大道理，却时时是思维方式的一种偷懒。我还不至于被偷了五千元就牢骚满腹。问题的关键，我是说，关键的问题，是我知道直觉就是这么回事。

从背影看，我常把余青和宾馆站柜台的女服务员混淆起来。苗条的女人都这样，削肩、细腰、屁股结实，腿长。坐在竹林的石头上，风吹竹叶响，只要年龄相仿的漂亮女人走进小庙，我都会产生是余青或者女服务员的错觉。人和人本来都相似，老实说那小偷也和我差不多，偷不偷，都一样。

当警笛尖叫，摩托车载着狼狗和公安人员，沿林阴道驶进太湖宾馆，我敢说每个人都产生了可能是罪犯的感觉。一刹那间可能就是永恒。人们自以为是，一本正经。五千元造就了短时间的天翻地覆，大家冷冰冰地反省，先看自己，然后再看别人。这世界太大，大得所有人都成了局外人。五千元的盗窃案迟早都会了结，天下没有不散的宴席。公安人员信心十足，既当回事，又不当回事。那天笔会正进行，我突然被唤出去问这问那。隔着大玻璃门，小说家们评论家们喋喋不休，高谈，阔论。一个又高又瘦又白净又戴着变色茶镜的公安员对什么都感兴趣，谁是谁，谁写了什么，谁做了什么，他都要问。谁和谁都不一样，谁都是谁的怀疑对象。五千元作为一种媒介，想沟通什么，什么也没沟通。三天以后，笔会就要结束，三天以后，笔会已经结束。三天以后，天知道。

绿色咖啡馆

　　绿色咖啡馆开张，很可能没大放爆竹，冷清得难以忍受。虽然是在喧嚣的路口，李谟发现来来往往的人流中，只有他注意到了这家咖啡馆。咖啡馆的门面很小，沉重的茶色玻璃门总关着，天生了一种神秘气氛。没什么人进出。"绿色咖啡馆"几个字，厚重古朴，仿佛从古代墓碑上拓下来的。门前一对小石狮子，蹲在一人高、一尺见方的细水泥石柱顶端，低着头，冷冷地看行人。

　　这家咖啡馆最初引起李谟的注意，和一本小说有关。那小说打头的第一句话写着："路口一家咖啡馆，走出来一位神秘的女人。"小说的情节和李谟的故事有些类似。

　　李谟是在阅读小说的第二天发现了绿色咖啡馆，绿色咖啡馆突然出现在他面前，就像神话中描写的那样。一刹那间，李谟有些惊奇，想不通究竟怎么一回事。这条路天天走，路边的一切都熟悉。从天而降的绿色咖啡馆明摆着开业已久，他不可能也不应该才意识到咖啡馆的存在。行人匆匆地走着，没人在意绿色咖啡馆的突然出现。正是交通拥挤高峰，一个上学的孩子猛地撞在李谟身上，接着是位壮实的中年汉子。人太多了，大家都很匆忙。李谟随着人流在走。四下里乱成一团，什么样的声音都有，他忍不住地要回头望。

那个神秘女人几天后才从咖啡馆里出来。她似乎一下子就认出了李谟,笑了笑,迎面走了过去。李谟只觉得脸熟,一时却想不出在什么地方见过。这是个三十多岁的女人,不漂亮,也不难看,有些病态的憔悴和瘦。李谟的印象中,她的笑很甜,带着点神秘。

这以后,李谟经常碰到她。每次路过咖啡馆,他都有会遇上她的预感。预感十次中有九次会实现。她是李谟见到的唯一的从咖啡馆里走出来的人。好像就藏在那沉重的茶色玻璃门后一样,每次的情形都有些仿佛,她慢慢走出来,迟疑又带那么几分友好地冲李谟一笑,然后迎面走过。

时间长了,李谟见了她,已经习惯先打招呼。他的招呼就两个字:

"你好。"

她的回答唯有笑,带着些甜蜜和神秘的微笑,点点头。这种匆忙的礼节性的招呼,在"你好"和"微笑"的层次上,停留了一个阶段。李谟始终想不起她究竟是谁。天天上班前的小插曲,成了他生活中不为人知的秘密。这秘密像花朵似的点缀了单身汉的日子。李谟刚过三十岁的生日,没什么和女人打交道的经验,潜意识里那女人似乎有心和他结识,然而生性腼腆的李谟不知道如何进一步发展关系。

终于有一天,李谟不得不停下来,红着脸问她是不是绿色咖啡馆的人。她神秘莫测地笑笑,点头,又摇头。她的态度依然十分友好,只是不乐意说话。

"也许,你喜欢天天早上喝杯咖啡?"

李谟没得到确切回答。她仿佛正急着去做什么事,微笑中突然有了些歉意，急匆匆从李谟身边走过，消失在熙来攘往的人流中。

经常性的路遇，李谟和她已有老熟人之感。进一步的交谈好像从来没有发生过。他们之间的配合十分默契，这默契天天重复，像一个惯性的球一样，旋转着无止境地滚出去。寒冷的冬天渐渐消逝，上班的路上永远拥挤，只要有一天见不到她，李谟便有些说不出的惆怅，他不准备打一辈子光棍，可是对怎样找一个女人，却缺少应有的信心。一个机会分明摆在他的面前，虽然那女人老了些，很可能是有夫之妇，甚至离过婚的，然而光凭一种直觉，李谟便意识到他和这女人的关系将会非同一般。她似乎一直在等待，等待着他说什么，做什么。很显然，她吸引了他，她想吸引他。他发现他们之间有一种潜在的性的兴趣。

直到有一段时期她突然消失，李谟才明白他可能失去了一次千载难逢的机会。连续许多天，走过咖啡馆，那沉重的茶色玻璃门再也不为他打开。她的突然消失和突然出现一样不可思议。有几次，李谟甚至不惜上班迟到，痴痴地在那咖啡馆门口等。周围的世界生气勃勃。行人匆匆，春天已经到了，街上的女人变得漂亮起来。

一天，他毫不犹豫地走进了咖啡馆。在李谟的记忆中，除了那位神秘的女人出来之外，他从没见过任何人进这家咖啡馆。一个小孩子尖叫着穿过马路。李谟用力推开门，一边往里走，一边奇怪自己为什么过去没想到光顾这家带有神秘气氛的咖啡馆。

迎面是一对黑颜色的大音箱。咖啡馆有个不小的厅，很静，灯色微暗，绿色的地毯上撒着五彩缤纷的碎纸屑。几张桌子，没有椅子。有个很长的柜台，漆着生硬的奶白色，就一个服务员，手撑在柜台上打瞌睡。李谟走过去，要了杯咖啡。

服务员支撑起眼皮，随手端了杯咖啡给他，依然垂下头打瞌睡。李谟拿了咖啡，转了一圈，找不到椅子坐，只得孤零零地站在一张空桌子面前喝咖啡。绿色咖啡馆没顾客光临，很可能就是没位子坐的缘故。"干吗不配备些椅子呢？"李谟忍不住自言自语。服务员远远地举起头来，睡眼惺忪，冷漠中充满了一种陌生感，李谟实在想不通那位神秘的女人就是从这儿走出去的。

咖啡的味很难喝，不仅苦，而且涩，还有些酸。这味道让李谟回忆起他向来怕喝的中药汤。绿色咖啡馆的咖啡实实在在有股很重的药味。他硬着头皮把杯子里的咖啡一口饮尽，走过去付钱。"多少钱一杯呢？这咖啡，真——多少钱？"他问服务员，服务员眼皮也没抬，懒洋洋地倚在柜台上，不回答。柜台上端有块大黑板，用彩色粉笔写着价码。咖啡，五角一杯。

价钱倒不贵，李谟心里想着，掏出皮夹，抽出一张贰元的票子，喊醒了服务员，递过去。服务员懒得看，把钱往柜台的角落一扔。李谟等了一会，不见找钱，无意中抬头，发现黑板上的价码，已改写成了贰块钱一杯咖啡。

张英是办公室的美人儿，丈夫在外地工作，说岁数比李谟还大一岁，谁也想不到她已有个上小学的儿子。处长每次下基层检查工作，习惯上都带他称之为一文一武的两个搭档。文的是李谟，他的笔快，是写汇报之类文章的好手。武的是张英，天生的公关材料，买车票、联系吃住、做账，干净利索，风风火火。

有一天在办公室，李谟和张英谈起绿色咖啡馆。张英听了，说什么也不肯相信："怎么会呢，我们家就住在那附近，要有咖啡馆，我能不知道？"李谟说："这不一定，家门口的事，不知道的，多着呢，那咖啡馆一点都不显眼。"

过了些日子，张英突然质问李谟："见你的鬼，哪来的什么咖啡馆，我今天特地注意了，那一排房子都有人家住，告诉你，那一带很快就要拆迁，户口都冻结了。"

李谟觉得没什么好争辩的。张英因为长得漂亮，总自以为是。自从那神秘女人不再出现，李谟内心深处老觉得缺少了什么。这个秘密他谁也不准备告诉，既然连一个实实在在的咖啡馆，张英都不乐意相信，谁还会相信来无影去无踪的女人呢。

处长又要带他和张英下基层，这次是去苏北。说好了他和处长在办公室碰头，然后一同坐小车去张英家接她。车过绿色咖啡馆时，李谟忍不住对处长说："你看，那儿是不是有家咖啡馆，张英非不相信。"

"什么咖啡馆？"处长头侧过来看，小汽车正好拐弯，人差点摔倒，"张英什么不相信？"

小汽车接了张英，调过头来往回开，车快到绿色咖啡馆，李谟不无得意地说："你看，张英，你——"他吃了一惊。眼前的事实令人难以相信，什么都没了。厚重古朴的题字没了，沉重的茶色玻璃门没了，蹲在一人高、一尺见方的细柱子顶端的小石狮子也没了。李谟已熟悉的一切全无踪影。代替绿色咖啡馆的是一排房子，几户人家，一扇门敞开着，黑黑的，看不清内部。

"停一下，"李谟十分激动地拉了拉司机抓方向盘的手，"停一下，我买点东西，"车未停稳，他便跳下车，朝那排房子走过去。张英跟着下车，嘴里喊着："买什么，一起去。"

两人走到那排房子面前。李谟说："我发誓这儿原来有家咖啡馆的,我发誓!"张英笑着,似乎觉得李谟的话不值一驳,憋不住说:"这儿解放前可能是有过一家咖啡馆。"

"我说的是真的,我发誓!"

敞开着的门后面走出一个老太婆,小孩子一般专注的眼光看着李谟和张英,张英推了推神情恍惚的李谟,说:"你发什么誓,喏,这儿有个小店,你到底要买什么?"那排房子顶头是家私人开的烟酒杂货店,当他们走近时,一位衣着时髦、嘴唇上涂着口红的少妇殷勤地问他们买什么。

李谟很被动地买了几瓶神州牌汽水。少妇找钱时,张英提议再拿几块泡泡糖,她的理由是处长的口臭太厉害。

一路上,李谟的思路断断续续,像是被快刀斩过的乱麻。绿色咖啡馆突然地无影无踪,他有一种活见鬼的感觉。车外阳光灿烂,春天的日子已剩不了多少。处长带头打起瞌睡,紧接着的是张英。一盘流行歌曲磁带被颠来倒去地放着,赶牛群的少年在路边悠悠地走,前边的路忽然堵了,一个披红纱巾的少女俯在敞篷大卡车上看他们。卡车终于动了,披红纱巾的少女作跌倒状。李谟想记住那卡车的牌号,记了一会,结果还是忘了。

处长对李谟的表现极不满意。他们下榻在一家极考究的县招待所里,彩电冰箱浴室应有尽有。处长的意思,是李谟把材料整理好再带回去,偏偏李谟的笔头迟钝得让人无法相信。张英常来他们房间聊天,后来干脆连同屋也一起带来。张英的同屋是一家小报记者,相貌平常,一个人走南闯北惯了,看上去风流得很。嘻嘻哈哈海阔天空地聊天,总是聊到很晚,天天睡觉时,处长都要千叮万嘱叫李谟抓紧。

张英的同屋先走了,处长于是换个房间吹牛。李谟一个人关在那儿写，一有可能便走神，虽然他一而再再而三想集中精神，他的笔老是出故障，不是写不出，就是出其不意的漏水。夜里做梦也成了笔糊涂账，他起来小便，直到进了卫生间，才突然发现自己一点没有排泄的欲望。一天夜里，他似乎觉得处长聊天过了头，通宵没回来，可是天亮时，处长却反问他为什么要在床上坐一夜。

童年时代听说过的鬼故事开始重新冒出来纠缠李谟。他有意无意地要回忆起在绿色咖啡馆喝过的那杯咖啡。车回南京，他们再一次经过那里，经过那个喧嚣的路口，李谟见到的依然是一排房子几户住家一扇黑洞洞敞开着的门。时髦少妇十分寂寞地磕在柜台上，李谟想象到了那张口红涂得仿佛欲滴血的嘴唇。绿色咖啡馆的消失已经确凿无疑。

大约在一个月内，李谟没勇气再次涉足那个喧嚣的路口。他不得不绕道而行，并且迫使自己尽量不去想那些令人百思不解的难题。他正变得混乱的脑子里，颠来倒去反复设想了许多可能性。各种简单的复杂的可能性搅得李谟胃口全无。一个月里做的都是类似的梦。梦的世界自成体系，和现实世界电缆线一般地缠绕在一起，短路的火花越来越让他神情恍惚。那喧嚣的路口仿佛万有引力似的诱惑着李谟身上的每个分子，他想象不出自己的再次涉足会有什么样的结局。什么样的结局都会有。一切已经不可思议，所有的可能性他都想到了，他想到了所有可能的可能性。

他再一次看见绿色咖啡馆时，甚至一点也没有感到吃惊。所有的可能性都在预料之中。绿色咖啡馆说不上有任何变化，除了那对蹲在一人高、一尺见方的细水泥石柱顶端的石狮子。石狮子低着头，冷冷地看李谟，久违之后，李谟的感觉中，那对石狮子似乎瘦了不少。公的那只说不出的一副疲倦样，懒懒的好像纵欲过度。母石狮子的脚前添了只小石狮，皮球一般大，皮球一般淘气。

周围的行人仍然和过去一样多，匆匆来去，大家互不相干，一辆公共汽车缓慢地开过，车厢里两个女人正在破口相骂，猥亵的字眼带着串串小伙子们的嘲笑，李谟望定公共汽车远去，回过头来，推开沉重的茶色玻璃门，走进绿色咖啡馆。

那个神秘女人果然在咖啡馆里，一身白，白西装上衣、白西装裙，厅中间只还剩一张方桌，新添了两只时髦的圆椅子。神秘女人占了一张椅子，李谟走到那对黑颜色的大音箱旁，向那位倚在柜台上打瞌睡的服务员要了杯咖啡端着走回来，坐在另一张椅子上。

"你好！"他打了个带挑战性的招呼。

"你好。"

李谟像个初次登台的演员，背熟的台词忽然全无了，他极尴尬地注视着神秘女人，一时不知说什么好。他想说"见到你真不容易"，又想说"你到底是什么人"，还想说"知道你准在这儿"，更想说"我不是做梦吧"。慌乱了一会，他突然说：

"我想，我想这是真的。"

"什么真的？"

李谟喝了口咖啡，笑了笑，说："我觉得我们真有些缘分。真的，其实我根本不认识你，但是我觉得我已经认识你了。其实，我都不知道你姓什么，真滑稽。"

神秘女人微微一笑，李谟脑子里最后的戒意顿时烟消云散。

他一下子变得轻松起来，笑着说："有一次，我和同事路过这儿，你知道，这家咖啡馆，没了，全没了，一点影子都不剩。你知道变成了什么，一排旧房子，变成一排旧房子，还有个小店。小店——"他觉得自己没必要提到那位衣着时髦、涂口红的少妇。聪明的男人没必要在一位女人面前说另一位女人。

过了一会，神秘女人的咖啡早已喝完，李谟的那一杯几乎还没动。他皱着眉头，用力喝了一大口，叹着气说："也怪，这咖啡的味道，实在没什么好喝的，人真怪，有时候偏要吃一些不好吃的东西，噢，对了，我忘了你是喜欢喝咖啡的了。"

"你怎么知道我喜欢喝咖啡？"神秘女人眼睛一亮，笑着问。

"我当然知道，"李谟带着点神气十足，重复说，"我当然知道。"

春天的末日里，下起没完没了的细雨。李谟在绿色咖啡馆里坐了几次，好像已经习惯了咖啡的怪味道。他去食品店买了一大听雀巢咖啡，上班时冲着吃，边吃，边模仿电视广告里的腔调，对张英说："味道好极了。"张英不无讽刺地说："想不到，你还真变得洋派起来。怎么，又发现了什么新的咖啡馆？"说了，拿了个杯子，让李谟给她些咖啡。

李谟一阵尴尬，看张英冲了咖啡，端着杯子在鼻下闻，他自言自语道："有些事，说给你听也不信。"

张英说："你得去医院查查，你的脸色绝对不正常，发青，正经八百地有些发青。"

李谟说："我见了鬼了，你信不信？"

张英端着咖啡杯，向办公室的门走去，临出门，回过头来，笑得十分好看地说："你当然是见了鬼！"

第二天，走过绿色咖啡馆的绿色地毯，李谟端了咖啡坐在已经固定的椅子上，深深抿了一口，对神秘女人说："我们单位的同事，说我脸色不好看，该去医院查查。"

神秘女人说："你脸色是不好。"

李谟不介意地说："我只是胃口不好。"

"那你得注意，"神秘女人关切地看着李谟的脸，"你得去查查肝，我的一个熟人，就是肝不好，死了，你得当心。"

李谟感到一股寒意从脚底升起，到了肝脏部位停下来，忍不住用手去揉。"我从来没有肝炎什么的，"他自言自语地说，"其实，其实你的脸色也不好。"

绿色咖啡馆里的气氛陡然有些紧张，正在打瞌睡的服务员，出其不意地睁开一只眼睛，对他们望了望，又闭上。

神秘女人笑笑说："我们的脸色的确不好。"

接下来是别的话题。谈了一会轻松愉快的话题，李谟说："我买了一大听咖啡，雀巢的。"神秘女人掏出手绢擦了擦嘴，站起来，一边和李谟往外走，一边："那好，下次到你那儿喝咖啡。"李谟爽快地说："行啊。"神秘女人又问："你住哪儿？"李谟如实说了，神秘女人眉头一皱，脱口说："集体宿舍？那不好，以后你到我那儿，我一个人住。"李谟听了，心头一阵乱跳，只觉得自己随便再说什么话，都有些冒昧。

神秘女人住在一大群楼房的最西边的一幢里，是三楼，距离绿色咖啡馆不远。那是个阳光明媚的下午，李谟发现自己充满了一种冒险和献身精神。上楼时什么人也没遇上，路过的门全关着，到处死一般的寂静。神秘女人摸出一大串钥匙来开门，门开了，李谟迟疑着有些不敢进。神秘女人微笑说："怎么了，请呀!"

李谟首先闻到的是他已经熟悉的咖啡味道。他慢腾腾地走进房间,东张西望,最引起他注意的是那只搁满了各种咖啡罐的小装饰柜。角落里有一张小床,小铁床。床上铺着绿色的床单,一条卷得方方正正的绿羊毛毯,床头的镜框里放着张男人的照片。李谟走过去,对那镜框看了一会,一时不知道照片上的陌生男人是谁。神秘女人去厨房煮咖啡了。李谟孤零零一个人,空气中流动着咖啡刺鼻的香味,他一时不知所措,傻在那儿发怔。一切表现得那样不可思议,他似乎早就盼望着这一天,盼望着这一特定的时刻。很显然,李谟的本意并不是为了喝什么咖啡。咖啡作为一种媒介使命已经完成。他的本意太显而易见。机会就在面前。厨房里,神秘女人喊了声什么,李谟身上那种被唤为性冲动的激情,火一般地燃烧起来。陌生感觉正在退化消失,仿佛钟声的回音越来越淡越来越轻。突然,李谟意识到眼前的一切太熟悉。他似乎早就熟悉了这一切。失而复得的记性一下子凸现在大脑的某一层屏幕上。他恍然大悟,猛地明白那像框里的男人就是自己,自己就是照片上的男人。

张英指着报纸上的一条消息说:"你看,李谟,这条街整个地要拆了。"李谟不解地问:"哪条街?"张英不满意地说:"就那条,你说有什么咖啡馆的那条。这下好,一家伙,全拆,是该拆,我跟你说,这条路交通太挤了,老出事故。"办公室里就只有李谟和张英,快到下班的时间,两人都不停地看表。张英接着说:"跟你讲都不相信,那儿老轧死人,你知道,几次了,而且都是女的,有一次,那姑娘最惨了,汽车后轮一下子碾过去,脑袋全碎了，简直不能看。"

李谟把报纸折了折，塞在口袋里，准备带回去看。张英注视着他的脸，狡黠地说："李谟，你这向脸色不错。"

"见你的鬼，说脸色不好的是你，说好，又是你。"

张英说，见你的鬼，好就是好，不好就是不好。她用带点审问的口气问李谟近来是不是交了什么桃花运。李谟说，当然有桃花运。张英发现下班时间到了，和李谟一起走出办公室，歪过头来，笑得十分好看："喂，给你介绍个对象，怎么样？"李谟笑着不答应，心里有些恶毒地想："介绍屁的对象，你男人不是在外地吗，你跟我搞对象就是了。"

下班的人流涌向四面八方，李谟跨上自行车，用力踩了两下，向他熟悉的方向骑过去。

一九八八年十一月

古老话题

1

  我是那天事件的第一个见证人。当时我正巧去门房取牛奶。是我帮忙查的电话号码。她用哆嗦的手指猛拨号码盘，紧接着气喘吁吁对电话里乱叫。那是漫长夏季让人最受不了的一天。清晨湿漉漉的雾像弥漫在公共浴室的蒸汽。张英家的门突然打开，首先挤出来的是那只全白波斯猫。印象中，张英似乎在软绵绵的猫身上绊了一下。她跌跌撞撞朝我冲过来，一边干咳，一边问我要救护车的电话怎么挂。

  救护车迟迟没来。雪白的太阳逼得树梢垂头丧气，见不到一片叶子在动。已经记不清张英是第几次号啕大哭。天热，大家都有些心烦，都擦汗，都在怪那救护车为什么还不来。很显然我们都闻到了房间里的一股异味。如果不是那身上正冒着黑色的油汗，张英的丈夫已死这一点无需怀疑。所有的电风扇都打开了，一阵阵热浪仿佛音响中播放着节奏强烈的迪斯科。

  天实在太热。吐口痰在地上便升起一道白烟。张英的丈夫赤膊躺在那，黄黄的肚皮似乎还在充气，黑颜色的油汗不断从皮肤下渗出来。电话一个接一个挂着，救护车迟迟不露面。张英突然哭不出声地抽搐一阵。是她第一个注意到丈夫的嘴角动了动，冒出一股番茄酱似的血浆。那血浆像是让人挤出的红鞋油，软塌塌地硬挺着，然后垂下头去小蚯蚓那样无目的地乱游。白色的救护车怪叫着从太阳的阴影中驶过，死神的喘气声陡然在大院里回响。天还是热得叫人透不过气。一刹那间很静，白救护车里蹦出一位赤膊穿白大褂的小伙子，撩起衣襟擦了擦汗，脸色十分难看。

张英丈夫嘴里的血浆源源不断。那血浆浓得像胶水。几乎不用任何判断就可证实躺在那里的是具尸首。赤膊穿白大褂的小伙子脸色更难看，接过旁人递上的香烟，背对电风扇，凑在别人的打火机上取火，然后极潇洒地喷一口烟，做了个手势扬长而去。

往公安局的电话是张英的小姑子打的。她一赶到，二话没说，大叫她哥哥死得冤枉。"我哥哥说的，这女人外头有人。"当时救护车还没来，她歇斯底里死哭一场，咬牙切齿去挂电话。"这是谋杀。谋杀！"她的话斩钉截铁。一路走，唾沫和汗水一路飞溅。公安分局的黑色三轮摩托很快也赶到了，而且差点撞上那正打算离去的救护车。众目睽睽之下的大院显得太小，警笛声此起彼伏，就好像拍电影一样。"这里头有鬼，有鬼，"张英的小姑子发现救星似的向三位警察迎过去，"你们要做主，要做主！"三位警察中，只有一个穿着制服，他脸上是那种因为热而十分痛苦的表情。小姑子喋喋不休大谈嫂子的不是。穿制服的警察走进张英家，对床上躺着的尸首看了一眼，一边用毛巾抹汗一边用身体去凑电风扇，一边皱着眉头说："这事可不是瞎说的，你得有证据。"

"证据，证据？人都死了，还不是证据？"

小姑子从一开始就坚信不疑。她始终认定这是桩谋杀案。

甚至在殡仪馆，公安分局出面操办了她哥哥的遗体告别仪式，她哥哥的丈母娘和亲家大哭大闹，众人连哄带劝加上吓唬，她也没有低头认错。"我女儿不能就这么白白地，白白地让人冤枉了。她做小姑子的，不能想怎么说，就怎么说。得有证据，她得有证据。"老太太显然不肯息事宁人，她处在有理不饶人的地位上，一遍又一遍逼亲家表态："你好歹也是做干部的，亲家，你说，你说呀，谋杀亲夫，你说你媳妇以后怎么做人？"小姑子以沉默相对抗。公安局的人说，他们不放过一个坏人，当然也绝不冤枉一个好人。时间拖得无疑有些长。当整过容的尸首要离去时，张英扑通一声跪下去，抱着丈夫硬邦邦的双腿失声痛哭。在场的人员又一次分成两派，一个阵营劝嫂子，一个阵营说小姑子。还是那个穿制服的警察不耐烦了，挥挥手，宣布仪式已经结束。上来了一个工作人员，推起放尸首的车子就走。遗体告别仪式的高潮，是姑嫂二人在众人的簇拥下象征性地抱在一起。

　　张英成了我们大院的中心人物。天还是那么热得让人垂头丧气。饭桌上的热门话题多少和她有关。传说正源源不断地被制造，每天都有崭新的小道消息发布。真相大白的欲望不断扣人心弦。大家都注意到张英一直穿着件黑色丝绸连衣裙。那是一件地地道道的丧服，质料和款式无不恰如其分。所有见过她的人都记得，无论是在出事的当天，还是为她丈夫举行告别仪式时，她看上去都更像黑色的影子。她显得那样的憔悴，那样的孤立无援，那样的惹人可怜、同情和庄重。丧夫的悲哀让这位仍然迷人的少妇丢魂失魄。丢魂失魄的少妇穿着黑丝质连衣裙别具一种魅力。张英像影子一样地移来移去，她的一举一动想不留在别人的脑子里也不容易。

穿制服的警察曾经是个不大不小的谜。大家很快知道了这人姓李，而且还是队长一类的角色。虽然事实表明，警察队长老李和张英素昧平生，但他处处护着她这一点谁都看在眼里。警察的身份和队长的地位，足以使他说每句话都有分量都有结论的意味。这显然是个不在乎别人会怎么想的警官。他竭尽安慰之能事，以一个有失身份的局外人的姿态和张英说三道四。身为对立面的小姑子不止一次受到呵斥。他的倾向性过于直露，很快就给大家留下喜怒无常的印象。这么热的天能捂住制服不脱本身就是桩奇迹。谁都看得出他的不耐烦和天太热有关。他总免不了像轰小孩子一样撵人，嘴里不留意地便冒出不适合身份的粗话。出了这样的事件没人围观事实上根本不可能。

张英对穿制服的警察队长老李充满了信任感。从一开始，她就流露出有话只愿对他一个人说的意思。大院里的人都注意到，当警笛呼叫三位警察跳下摩托，匆匆的身影从白得耀眼的太阳下穿过，例行公事地走进张英家时，警察队长老李有种一眼就明白是怎么回事的吃惊。吃惊之余，便是那种谁都能察觉的一丝淡淡微笑。大家注意到了他手上缠着一块已不太干净的花毛巾，在表现出对小姑子的态度不耐烦的同时，那条花毛巾十分娴熟地在出汗部位忙乱。擦了一阵汗以后，他用主持公道的口吻安慰张英不要惊惶。

房间里乱得仿佛刚刚遭了抢劫。那股令人作呕的异味被摆着头的电风扇赶来赶去。小姑子哭天喊地，两名便衣警察在她的追击下焦头烂额狼狈不堪。警察队长老李十分客观，站在那儿享受电风扇，胸有成竹地喝一瓶不知什么人递上来的冰镇汽水。

门口筑起了警戒线。凑热闹的旁观者正开小会。看门人老李是最后见着张英丈夫的证人之一。就在出事的当天晚上，大约十二点钟，他看见张英丈夫惊慌失措往外赶，过了一会儿，又急匆匆跑回来。在人坐着都淌汗的大热天张英丈夫的举动难免出人意料。他当时的表情不仅十分焦急，而且让人一眼就看出有种难忍的痛苦。"他的手一直掐在脖子上，就这样，就这样。"看门人是个矮胖子，秃顶上剩不了几根白发，他因为自己引起身边几位女人的注目兴奋异常，手比划着，踮起脚，对远远躺着的尸首看一眼，继续他的叙述表演。

周围的嘈杂声似乎和警察队长老李毫不相干。他总算向尸首走去，围着尸首转了三圈，目不转睛地瞻仰遗容。门口的议论和小姑子的哭闹开始变弱。他伸出手，抹了些死尸嘴边似凝非凝的血浆，在手指间反复捻着，好像是为了试试黏度。拍照的闪光灯啪啪直闪。他甚至用鼻子闻了闻那让人想着就恶心的红色黏液。两名警察分别以眼光向他询问，他却耸了耸肩膀，脸部表情有些滑稽地又闻闻手指，点着看门人老李，含几分嘲弄地说：

"喂，你能讲，你不是能讲嘛，好，请进来，进来呀！"

看门人老李不知深浅，僵在那里。警察队长老李又说：

"这么热的天，工厂都放假了，有什么好看的，不就是死了个人吗？在家守着电风扇多好。跑这儿看热闹！中国人，就他妈这么俗气。"

在以后的讯问中，看门人老李一直采取不合作态度。他对警察队长老李耿耿于怀。谁也不可能忍受那种突如其来扑头盖面的训斥。门口的人群逐渐作鸟兽散。警察队长老李走进卫生间，找了块肥皂狠狠搓了阵手。他再一次走出来时，张英求救的目光正迎着他。她可怜兮兮地坐在那儿，手紧紧抓住膝盖，一副受尽了委屈的模样。警察队长老李用身子凑了凑电风扇，摆了摆手势，直勾勾的眼睛从张英脸上不知不觉移下去。这是个十二分丰满的女人。不是胖。上上下下的肉绷得极紧，胸部高得似乎有些作假。

记录在案的张英丈夫死因，最初是心脏病猝发致死。心脏病猝发的直接原因是非正常的性行为。据张英说，她丈夫长年苦于阳痿，新近因为不知得了一种什么药，男女之欢不免有些过度。也许是为了急于解脱自己，也许是由于警察队长老李听得津津有味，张英叙述时最初的羞答答很快无影无踪。丧夫的悲哀使她多少还有点结巴。她十分伶俐地打开锁着的抽屉，拿出一本病历。病历上有关于她丈夫心脏不太好的记录。她用手指逐条指示给警察队长老李看，一边解说，一边叹气。她丈夫断气时赤身裸体已经毫无疑义，她却有意无意一次又一次提到这一点。很显然，为了引起对方对这方面的注意，她甚至作了些近乎猥亵而且并非必要的暗示。虽然结结巴巴，她说话的分寸还不至于乱得让人摸不着头脑。就在她正准备就某个具体细节展开的时候，警察队长老李突然十分有礼貌地打断了她。他笑着说："好，很好，我们都知道了。"

2

公安分局操办的遗体告别仪式深入民心。有关谋杀亲夫的流言蜚语骤然中止。大院里派出了代表，坐上带警笛的面包车，汗流浃背直奔火葬场。到处都是汗腥味，天实在热得不像话，殡仪馆冷库里的人多得来不及烧。因为公安分局的面子，总算去了就开会。哭的哭一场，闹的闹一阵，轰轰烈烈风风火火，排着队再退出来，淌着酸汗，挤上先前那辆面包车，都回家。代表们跨进家门，顾不上洗把澡，便被揪住了问这问那。平时不来往的邻居，忽然互相露了笑脸。男人之间或者夫妇关在房间里，少不了问那桩事。死在花丛中，做鬼也风流。问多了，被问得不耐烦，反问道："他穿着裤子，那玩意挺不挺在那儿，我怎么知道？"

到晚上不知怎么停了电，大院里一片叫苦声。房间里热得熬不住，都出来，都下楼，都说这么热的天断电，非再出人命案子不可。扯着嗓子往电话局挂电话，僵了一小时，来了三个电工。那三个电工拎着拎着工具包，大大咧咧地院子里走一圈，爬上张英家门口的一根电线杆，忙了好一阵，又忙好一阵，说说笑笑跳下来。谁也没注意到，三个电工中，有一位就是出事那天来过的专门拍照的便衣警察。

那男人是在遗体告别后的第五天溜进张英家的。他偷偷从掩着的门挤进时，张英家那只全白波斯猫叫人踩着尾巴似的大叫起来。张英试图把猫赶走，然而那猫却别有用心地捉起了迷藏。正是深更半夜，很多人都被猫的惨叫声惊醒。张英和那男人各自站在那儿不敢动。猫叫声不断，带着凄楚，又好像是叫春。"这猫今儿个是怎么了？"那男人胆战心惊问着，猛地扑过去，抓住了猫。猫挣扎着，在那男人手腕上狠狠抓了一记。那男人喉咙口似乎也发出一串低沉的猫叫，触电般地猛抖一下，把猫抛向空中，张英亲昵地呼唤着波斯猫，一边悄悄向猫逼近，一边吩咐正弯腰作伸手状的那男人别动。波斯猫极通人性地往后退，突然一转身奔向床底下。张英和那男人隔床相望，默默对视了一阵，分别低头去看又在那儿尖声怪叫的波斯猫。床底下就一团白糊糊的影子，看不清那两只暗绿色的猫眼珠。那男人趴下来挥手撵猫，挥了半天手，波斯猫岿然不动。在猫叫的间歇，张英轻轻说了句什么，那男人叹着气站起身，摸出香烟，不顾张英阻止的手势，划了火柴，迫不及待地吸了一口。火柴的光芒像一道闪电，黑房间里顿时更黑，猫叫声顿时更惨，更怪，更凄楚，更像是叫春。张英忍不住一阵呻吟，跪在地上，十分痛苦地唤那猫。波斯猫终于小心翼翼充满媚态地向她走过去。

波斯猫在以后的发展中，始终是个不祥的预兆。它像白色幽灵一样钻来钻去，跳上跳下。那男人天亮前离开张英家。在红外线摄像机的监视之下，他心怀鬼胎地消失在夜幕中。猫叫声令所有的人心烦意乱。事实上，几分钟以后，那男人就被逮捕归案。当警车又一次缓慢地驶进大院，警察队长老李领着人兴致勃勃，轻轻敲击张英家敞开的房门时，波斯猫迎接熟人似的向他们奔过去，"就是这猫！"警察队长老李用脚拨弄那正在他裤管上蹭来蹭去的肉乎乎的全白波斯猫，笑着对手下说，"这猫真不赖，它保证把什么都看在眼里了。"公安分局已掌握了确凿证据，天还是很热，结案在即，警察们的心情显得有几分轻松。"要是把摄像机装在这畜生身上，那才叫绝呢。"专门负责拍照的便衣警察笑着应声说，"嗨，这还不成了货真价实的色情片了。"在张英即将被带走的一刹那间，波斯猫突然十分悲哀地大叫一声，它依依不舍含情脉脉地看着张英，仿佛有很多话要说。

和那男人遇到的情形差不多。一旦审讯室的录音机被打开，沙沙的磁带声响成一片，张英最先听到的是波斯猫不寻常的熟悉叫声。那叫声尖刻刺耳，悠远，令人毛骨悚然。警察们笑容可掬在一旁听，轻声私语或做手势。那男人低沉焦虑的声音，终于像阵冷风似的吹了过来:"这猫今儿个是怎么了?""咔嗒"一声,警察队长老李按了按录音键开关,退了一段磁带,请张英注意并认真欣赏一下公安分局窃听的成绩。张英屏住了呼吸,等待那熟悉而又更加恐怖的声音:

"这猫今儿是怎么了这猫今儿这猫猫怎么了怎么了猫今儿这是怎么了今儿个个是猫猫猫猫猫猫猫怎么了?"

一片绿颜色的雾在张英眼前飘来飘去。彻底崩溃的沮丧影子一般地附在她身上。她完全失去了逃脱的希望,所有良好的可能性像捧起来的水,只留下指缝里一些最后的湿的感觉。审讯沿着固定程序无限制进行,不断地颠倒重复,不断地智力测验,不断地狼狈和乘胜追击。张英成了一群猫爪下的老鼠,六神无主东张西望,一次次有失体统地提出要上厕所。厕所的尿臊味留在她的嗅觉中迟迟不肯去。电风扇正摇头摆尾调节审讯室的空气。警察们和警察队长老李一次一次掏出手绢和毛巾擦汗。录音机里那男人的声音像连绵不息的秋雨,一点一点滴在记忆的沙漠里。

警察队长老李有保留地让张英看了一段红外线摄像机偷拍下来的录像。紫红色的灯芯绒窗帘拉上时,张英有种和黑压压人群同坐在电影院里的错觉。录像带的片头上已煞有介事地标上编号与相应的技术说明。警察队长老李示意揿快进钮,画面跳着闪着变形着向前翻滚。那男人模模糊糊的身影,突然出现在荧屏上,他低着头,一路走,一路沉思,然后消失在拐角处。镜头再转,更黑更不清楚,可以分辨出张英家的门、窗,阳台,晾着的内衣。一个黑影子伏在窗台上往里看。黑影子回头,正视着摄像机镜头,画面定格,放大,那男人惊惶粗糙变形的脸静止在荧屏的框框中。画面恢复正常,那男人迟疑着向门口走去,作推门状。

张英猛地站起来,警察们都回头看她。警察队长老李不动声色地问:"你,干什么?"

"上厕所。"她木木地竖在那儿。

"你还有什么要说?"警察队长老李示意关录像机,拉开窗帘,"说说看。"

"没有。"

"没有?"

张英往四下看,挨个琢磨警察们的相貌。

"看了这录像,有什么想法?"

"没有。"

"没有?"

"没——"

"看了这么精彩的录像,会没想法?"

"没想法。"

"你到底怎么想?"

"我,我想上厕所。"

在后来的日子里,张英事实上一直小便失禁。她的小肚子下老有那种发胀发痒的感觉。一切仍然按法律程序进行着。漫长的夏季好歹到了尾声,第一场秋雨或有或无地下起来。所有的讯问都差不多,都是走过场。其至本市一家报纸的女记者,在采访的过程中,也用检察官的口吻问张英:"通奸的事,向来多的是,你为什么一定要杀人呢?"女记者年轻漂亮,衣着时髦,这篇后来题名为《现代潘金莲》的通讯报道,是她记者生涯中第一篇头条新闻。"通奸并不触犯刑法,可是杀人偿命的道理,你难道不懂?"

张英老实巴交坐在那儿，双手小学生似的盖住了膝盖。女记者百思不解却又语重心长："杀人偿命，一命换一命，这，值得吗？"

女记者的头条新闻大受读者欢迎。在行文里，正处于热恋中的女记者，用调侃和近乎洒脱的笔调，攻击了中国的离婚制度。"你为什么不积极争取离婚呢？"采访过程中，女记者的提问不断，四处开火出击。"你究竟怎么想的，还有，那老鼠药，我是说那药老鼠的玩意，到底哪来的？"她这么提问，是针对张英突然否认有什么老鼠药。"这怎么可能，怎么可能，你已经招认，你不是什么都承认了吗？"女记者意识到张英有些恍惚，"问题明摆着，不是你，就是那男人，而且实际上你已经，你已经承认了。"

张英在十分钟内，第三次毫无表情地站起来，用商量的口吻要求上厕所。看守冷冷地看着她，只当没听见。女记者十分怀疑地问她为什么老要上厕所。"你——"看守的表情由惊愕转向愤怒。女记者眼睁睁看着张英走向白白的墙壁，面壁而立，撩起裙摆，褪下里面的汗布裤衩，蹲下去洒水似的撒了一小摊尿在地上。呈现在女记者眼前的是幅现代趣味的行为绘画。张英一动不动，蹲在那儿，静得像尊泥塑，赤裸裸两片屁股仿佛熟透的苹果用刀从中间切开。白颜色的墙壁作为广大的背影充满象征意味。

女记者走近张英，在等她站起来时说："你是不是有什么病？"正说着，一连串亮晶晶的小便尖叫着又滴起来。"应该——"女记者想说该找个医生看看，但是张英十分不友好地侧过头来瞪她一眼。看守在一旁喝叫着要她放老实些站好。突然，张英极其麻利地直起身，手伸进裙子里，很有情绪很肆无忌惮地揉了揉，说："我，我根本没杀他。"女记者发现自己已成了张英的仇恨对象，她虎视眈眈地瞪着她，好像要不是因为旁边还有看守，她定会毫不含糊地扑上来。"这，你这是何苦呢，明明都已经杀了人了，你——"女记者在张英的逼视下有些狼狈。

"你才杀了人了。"张英斩钉截铁咬牙切齿。

女记者终于又恢复了自信。事实上，张英的可怜相很快再一次充分暴露，她的眼眶红得就像刚使劲揉过一样。女记者冷笑着说："你这人真有些神经质。谋杀亲夫？想想都可怕。而且，而且这事实在也有些滑稽，都二十世纪了，马上都快二十一世纪了，还干这种事！谋杀亲夫，你不觉得从形式到内容，都，都太陈旧了一点吗？真让人想不通。你要说什么？"

张英对女记者看了一会儿，想说又不敢说的样子，她向看守偷偷扫了一眼，透露什么小道消息似的，悄悄说道："他没有死！"

"谁？"

"我丈夫。"

女记者止不住一阵失望。张英又说："他来看过我。真的。"女记者觉得自己已无话可说，既带着同情，又有些挖苦，也表示这次采访结束："好吧，就算你丈夫还没有死。"

"我什么时候还能再见到他？"

"再见到他？"女记者似笑非笑，再看看张英，神气十足扬长而去，"嗯，快了，你，就要见到他了。"

张英又一次见到她丈夫，是在收到死刑判决书的前一天。和上次一样，她丈夫沉默得像块竖在那儿的太湖石。"我保证，"她身上洋溢出那种回心转意的温柔，"我真的保证，你信不信，一切都会重新开始，一切。"远方一弯新月正在往上升，一颗流星缓缓散着步。张英猛然间精力充沛，浑身每个毛孔都散发着女人的种种欲望。"我不要你一声不吭，"她像猫一般地拱了拱身子，贴近她丈夫，手在那不知怎么新长了毛的胸口捂了一阵，弹钢琴似的由弱渐强滑动。她丈夫冰冷的身躯开始分泌出黏糊糊的汗珠。她喘着粗气，忍住了一阵恶心，不怀好意地笑了。

3

多少年以后，当那位年轻漂亮，而且越来越信心十足的女记者，与我关系非同一般的时候，我和公安分局当年专门拍照的便衣警察成了好朋友。女记者因为不断写法制文章声名大振，我喝着精致的江南绿茶，在枕头边很轻易地获得了小说素材。专门拍照的便衣警察也姓李，他是我同校同届不同班从未打过招呼的中学同学，在后来的很长一段时间内，我们频繁地交换市面上难见到的高档录像带。这时期的便衣警察小李已经有了提升的希望，他的衣着仍然是普通人打扮，"不到迫不得已，我坚决不穿那倒霉的制服，"他不止一次这么说，并且对我一再流露出的关于张英谋杀亲夫案的兴趣感到不耐烦，"多少年都过去了，这种事你也会念念不忘，真是吃饱了饭没事干。"

我确实保留了许多疑问。依我的傻想法，侦破一个如此简单的谋杀亲夫案，动用什么红外线摄像设备，安排什么假的遗体告别仪式，实实在在有些小题大做。天那么热，大家都在出汗，尸首直挺挺躺在那儿，张英不间断地痛哭和要昏过去。公安分局引蛇出洞，一大帮人陪着受折腾。叫人哭笑不得的是，小李甚至懒得为他们的误入歧途辩护。他只告诉我，在张英丈夫被谋杀的日子里，接二连三发生了类似的猝死。尽管尸体解剖立刻证明了他杀无疑，然而小李不得不承认当时所以这么郑重其事，完全是因为害怕或者说怀疑。

包括张英丈夫在内的一系列猝死背后，存在着一个共同的谋杀犯罪团伙。

张英的母亲几乎和女儿同时被捕归案。她以超人的开玩笑气魄，狠狠地让人混乱了一阵。"我想来想去，觉得他反正活不了，不如少受些罪。"即使在审讯室，这位年近花甲、保养得极好的非凡妇人，也显示出令警察们吃惊的自信。"我想，我想，反正怎么也是杀了他，我动了手，就没我女儿什么事。"据她交代，女儿女婿不和，还有女儿和别人私通，女儿要离婚，女婿不肯，所有这些都是公开的秘密，她把一切过错都推在与女儿通奸的那个男人身上，"那天晚上，我女婿捂着喉咙跑到我这儿，他说，那男人，就是那和我女儿有关系的男人，要，要毒死他。"她说女婿已掌握了确凿证据，所以不去告发，是怕她女儿吃官司。"可怜我女婿真是好人，死到临头，还是舍不得老婆。"她让女婿先回去，自己洗了下身子，换件衣服随后赶到。等她到了女儿家，那男人已经溜之大吉，女婿痛得在床上打滚，女儿却在一旁手足无措，不知如何是好。"我女婿大叫：'哎哟，痛死我了，哎哟，'他可怜一个劲地叫哎哟，又对我说，'妈，找条被子来，闷死我吧，求求你了，'他老说没我家女儿什么事，她什么都不知道，都是那家伙干的。他老说他肯定不行了，肯定活不了了，求我赶快弄死他，快弄死他。"

张英母亲的叙述栩栩如生，但是事实很快证明她在胡说八道。公安分局找到了她不在现场的有力证据。事实证明，她不仅与这起谋杀没有直接的关系，而且对女儿的通奸行为一无所知。事实是，在被请进公安分局之前，她既不知道有关犯罪的任何蛛丝马迹，也不知道有关谋杀的具体细节。

据说，在押往刑场的途中，张英自始至终十分平静。她像个小学生似的端坐在那儿，两眼睛认真地瞪着，一字一句聆听已事先知道的判决词。她的不动声色多少有些让人难堪，那位跳上跳下吵着闹着替哥哥申冤报仇的小姑子，在大获全胜的局势下，令人失望地流露出达到目的的沮丧。"骚货，别看她一声不吭，不声不吭的女人才真都是骚货呢！"小姑子在法庭上再次有失体统甚至对象不明地乱骂一通，一会儿哭，一会儿笑，一会儿同时哭同时笑。作为后话，略懂些面相的人印证说，张英天生了一种淫相，理由是她那似近视非近视的大眼睛和红红湿湿厚厚的肉嘴唇绝对性感。到一切都面临结束之际，天逐渐转凉，触目尽是黄纸片一样的落叶，张英依然穿着那件黑丝绸连衣裙，不同点不过是在上身套了件未加罩衫的旧棉袄。奸夫奸妇双双问斩的半年后，完全因为偶然的闲谈，我在火车上遇见了张英谋杀亲夫案中男主角的一个熟人。他对我们侃侃而谈，充满一种莫名其妙的信心大发议论。我至今仍然忘不了他那种略知内情的得意神态。他像谈老朋友似的大谈他那位当代西门庆，丝毫不给人插话的机会。我所得到的印象是，已被处以死刑并被谈腻的当事人，充其量不过是位爱占女人便宜的角色。"要说谋杀，实在不敢相信，你说，何苦呢？"火车奔驰在春天的原野上，窗外景色来不及看，我心不在焉地听着，"这又不是什么秘密，不就是玩了个女人吗？那小子生来好这行，女人一上他的手，嗨，你听他整天吹吧。这女人，既不是头一个，也不是最后一个，说他为了她，真的,为了那姓张的什么女人,谋杀,何苦,你们说何苦?玩女人?"

检察机关当真调查过张英丈夫自杀的可能性。虽然张英供认不讳,但是那男人一次次地招供反供,一次次地认罪叫屈,迫使检察机关不得不慎重其事。那男人男女关系上的确声名狼藉,而且向来出尔反尔。

事实终究是事实。毕竟是二十世纪九十年代,重演杨乃武小白菜一类的古装戏未免太荒唐。各种各样的可能性都考虑到了。张英丈夫有过自杀的历史,这历史凭空增添了一种麻烦。谋杀亲夫案已经真相大白,真相大白的谋杀案永远摆脱不了疑虑的阴影。事实是,盛毒药的有着极花哨图案的搪瓷碗,淘金似的从浮着死鼠和避孕套的化粪池里捞出来后,一切都铁板钉钉无可置疑。清新扑鼻的屎臭绅士般地在大院徘徊。好戏总算到了暂时收场的尽头。当警车十分潇洒地划破晨雾,又一次缓缓驶入大院时,我取了牛奶正从门房走出来。大家的眼睛都注视着警察们兴致勃勃跳下车,边说边笑走进张英家。天变得越来越亮,警察队长老李突然转过身,冷冷地看了看渐渐围上来的人影,想说什么,却什么也没说。朦朦胧胧的晨雾依然有几分朦胧。混在三三两两的人群中,我是唯一在这节骨眼上捞着机会进入张英家的看客。张英显然刚从床上跳下来,睡眼惺忪地瞪着眼睛,看自家的那只波斯猫在人腿中钻来钻去。突如其来的警察从天而降,张英甚至连思索的空闲都没有。她不由得惊慌失措,脸部表情似笑非笑似哭非哭,两只手乱动着没地方放。警察们的兴趣一刹那间似乎都落在波斯猫身上,并说笑着,张英顿时有了大遭冷落的感觉。她忐忑不安地走向衣架,动作夸张而且有些赌气地取下黑丝连衣裙，在身上比了比，胸部尽可能地挺，人像张弓似的摆在那儿，极生硬地问是否能够换了衣服再走。得到允许以后，她进一步提出了洗个澡的要求。这也许是她一生中最后一次洗澡。事实是，在警察队长老李犹豫的时候，张英已毫无拘束地走进卫生间，哗哗倒起热水。因为一时找不到女警察监视，为了防止意外，卫生间的门就一直虚掩在那儿。让人心乱的撩水声说响起就响起，站在我的位置，透过细细的门缝，隐隐可以看见张英白白的手臂在动。记忆中，我和警察小李的漫长友谊，就是从那难忘的时候开始，我们像老熟人那样第一次互相打了招呼，同时摸出精制香烟，比了比各自的牌子，择优录取地抽起来。当时他还是身着便衣，胸前挂着高档的照相机，额头上全是夏日的汗水，人显得疲惫不堪。我一只手拿牛奶瓶，另一只手为警察队长老李点烟。张英家的客厅立刻烟雾腾腾。聚在院子里的人越来越多，有几个孩子围在那儿研究警车的公安标记，悦耳的撩水声断断续续，一只绿头苍蝇呼啸着飞进来，波斯猫做好了袭击的准备，天热得不让人喘气。警察队长老李低头琢磨了一会儿手表。哗哗的水声骤然而止，张英正湿漉漉地从浴缸里往外跨，不安分地上下擦着冒热气的身体。陡然之间非常静，静得连呼啸的苍蝇声都听得见。虚掩的卫生间门终于打开，身着黑连衣裙的张英镶在门框里像一幅画。那全白的波斯猫高高竖起尾巴，拱了拱软绵绵的身子，众目睽睽之下，骑士一般地向张英走过去。

一九八九年四月

活证

> 獬 xiè，古代传说中的异兽，能辨曲直，见人争斗就用角去顶坏人。

那辆完全进口部件组装的黑色大卡车疯狂奔过来时，他们彻底被轰隆的金属声震晕。噪音像一大群蝙蝠似的飞来飞去。强烈的灯光连同热浪仿佛一阵卷过来的飓风。黑色大卡车耷拉着青蛙一般的脑袋，围绕他们死气沉沉兜了一会儿圈子，猛然急刹车，粗粗地喘气。车门啪的一下撞开，衣着时髦系领带戴金丝眼镜的司机怒气冲冲跳出来，挺了挺白皙的脖子，用极娴熟的普通话大声训斥他们。

他们早就预感到了注定的不幸。虽然到处都是退路，经过一段无望不安的骚动，他们依然孩子气地低声商量一阵，然后硬着头皮，极坚决地走过去。

衣着时髦系领带戴金丝眼镜的司机没任何慌张，摸出了老式的无线电对讲机，看了看走在他们最前列的人，又看了看走在他们最后面的人，有预谋而且很潇洒地大声咳嗽。第一声咳嗽成了黑色大卡车车灯又一次大亮的信号。那车灯就像射出的火箭，闪了闪，随着另一声咳嗽顿时消逝。大声的咳嗽令人想起老年人的病毒性感冒。他们混乱的步伐情不自禁地加快，眼见着到了那辆快熄火的大卡车前面。

三辆老牌国产车气喘吁吁赶到的时候，他们所担心的最后末日终于来临。三辆老式的卡车来自不同的方向，零部件发出了零当啷的声响，时速显然已到了极限。

他们陷于东西南北四个方向的包围。卡车们虎视眈眈，引擎声嘶力竭喘了一阵，突然发起了决定性的进攻。大声的咳嗽甚至掩盖了金属的轰鸣。他们开始不由自主地逃窜，在卡车娱乐性的追逐下，狼狈又带着几分侥幸地逃窜。

卡车上装满各种型号的机器人。卡车一路狂奔，机器人纷纷被颠下来。经过缓缓地充电和揿按钮，机器人开始各就各位，伸出粗细不等的胳膊，揪住了正在东躲西逃南面拼命北面求饶的他们，不当回事地往车轮里塞。

脑袋像球一样在地上滚，到处是断胳膊断腿，是红的肉酱和白的骨髓。有几个机器人因为程序上的差错，很淘气地捡起地上滚着的脑袋，开始了完全符合规则的手球比赛。其中一个最胖最圆睁眼睛的脑袋，极准确地扔向卡车，驾驶室的玻璃窗上砸出了几道裂纹。

天亮前，机器人们显然有些电力不足。僵硬的动作预示着充电已是迫不得已。司机们一个接一个跳下车，在一旁十分着急十分得意地乱揿按钮。具有警告意味的红灯亮成一片。天总算大亮，他们的尸体小心翼翼地堆在那儿。

他们的尸体被堆成一个供上万人吃的大馒头。几具男尸的生殖器坚硬地挺在那儿，仿佛一门门正欲发射的小钢炮。挤裂的睾丸像散了神的眼珠点缀在表面。衣着时髦系领带戴金丝眼镜的司机冲人肉馒头研究半天，十二分沮丧地捡了路边的一道小沟，滴滴答答稀稀疏疏若有若无地撒了一阵尿。

三辆老式的国产车里各有三名看上去还算年轻的老司机。三三得九，三九二十七，三七二十一。老司机们有几分吃力地跳下车，找到了橡皮胶管，拧开油箱，胶管伸进去，嘴对着胶管的另一头，拼命吸，憋足了气玩命地吸。第一口汽油当作烧酒喝下了肚，汽油开始源源不断地从橡皮胶管里冒出来。

源源不断的汽油浇在人肉馒头上。衣着时髦系领带戴金丝眼镜的司机又是一阵怪异的咳嗽。足足三分钟的咳嗽。进口的高档洋烟被掏了出来，老司机们人手一支。人手一只的高档电子打火机叭嗒叭嗒响。

人肉馒头燃起熊熊大火。

惨案很快众所周知。据说国家特地成立了专案组。到处都在议论，到处都在添油加醋，到处都是嘴。他小心翼翼地来到车站时，几乎是人的都立刻认出了他。怀疑和怜悯的目光两条狗似的跟踪着。

他迷迷糊糊倒在候车厅的长椅上。人群海潮一般起伏着向检票口涌去。他梦见自己正躺在一艘远洋的油轮上，舒适的床铺面对大海和天空的蓝颜色，厨房诱人的香味一阵阵往外飘。要不是那位长得太像他母亲的女人叫醒他，他很快就会梦到自己已正襟危坐在豪华的餐厅，漂亮的穿漂亮裙子的小姐笑得非常漂亮地端上一道道美味佳肴。口水在他的喉咙口酝酿着暴动，耳旁的噪声使他回到活生生嘈杂的车站，他很不高兴地挤鼻子瞪眼睛，弄不明白面前的女人凭什么要打破别人的美梦。经过短暂的迟疑，他仿佛又一次听见了衣着时髦系领带戴金丝眼镜的司机的咳嗽声。

事实上他已被一群陌生人围了起来。陌生人们正商量把他送到什么地方。

"我有票!"他尽量装得若无其事,大声狡辩。

陌生人们全无查票的意思。大家似乎统一地知道了他是谁。各式各样的眼光都盯着他看。

"我有票。"他情不自禁地嘀咕,理直气壮又难免胆战心惊地摸出车票,递给离他最近的一个小伙子。小伙子看也不看,就把车票扔还给他。车票在他手上跳了一下,跌落在地上。弯腰捡票的时候,他突然想起,前面的小伙子,就是那个卖票给他的售票员。售票员旁边站着位眼睛有些斜视的姑娘。姑娘冷冷地看他,冷冷问道:"你想想,想想,这票,哪来的?"

他先只是感到耳熟。一分钟的茫然以后,他明白自己原来是身无分文来到这个车站。毫无疑问,买票的钱是这位姑娘同情的结果。"这票,这……"他结结巴巴,不理解姑娘干吗明知故问。

"你说呀,说呀,"陌生人们圈着他,兴致勃勃地劝他说。

"我,你们知道,那机器人,"他觉得自己有必要解释几句,"那机器人,"他立刻觉得自己永远都是有必要却没有办法解释清楚。陌生人们开始起哄,脸上变幻出各种表情。

那个长得像他母亲的女人,猛地东推西搡,从众陌生人中分出一条路,蛮不讲理地拉着他就走。起哄的嘘声山歌般此起彼伏。售票的小伙子和眼睛斜视的姑娘,事先安排好地手挽着手,主动扮演起纠察队员的角色。

"你怎么能在这儿瞎说八道呢?"长得像他母亲的女人一路气势汹汹地拉他,一路东张西望。很显然她是车站的工作人员,身上的制服刷洗得极干净,当她和他拉扯着走过时,候车厅有一种捉小偷的混乱。

他跌跌撞撞走着，嘴里分辩说，"真的，我说的，都是真的。"

"什么真的？"长得像他母亲的女人用劲捏他手腕，步子迈得更快。

"那机器人——"

"什么机器人，叫你别说了，别说了。"

"真的，那机器人，"

"别说了。"

"那机器人，真的，唉，我怎么才能跟你说清楚！"

"叫你别说！"

"我——"

"你什么？"

"那机器人大大小小，什么样子的都有。"

"别说你的机器人了，你有完没完？"

"我——"他孩子气地撅起嘴，非常委屈。

"什么机器人，你这人怎么一点也不明白，叫你别说别说，"长得像他母亲的女人把他拖进一条细细长长的楼道，"你别说了，我们全知道，全知道，你老老实实跟我走，"她像哄孩子一样牵着他，走进一个门，又走进一个门，"谁也别信，现在你谁也别相信，"她嘀嘀咕咕马不停蹄，一会上楼一会下楼，进这房间，出那房间。

列车进站的声音惊天动地。长得像他母亲的女人迟疑了一会，将他领进一个有白色屏风的房间。房间的一扇窗子可以俯视南来北往的火车。一个熄了火的车头像座公共厕所似的停在车站顶端。"你就在这儿等着,我去弄些吃的来,你一定饿了。"

他顿时感受到了深深的饥饿。又是一列火车奔驰而过,空气中的余音在颤抖。他回过身,细细打量自己所在的位置。这是一个空荡荡的房间。白色的屏风挡住了通往过道的房门。右边靠墙是一排木柜,一扇扇带锁的小门关得极严。角落里有个水池,未拧紧的水龙头正在滴滴答答滴水。水池边一张旧桌子,旧桌子上有只大白搪瓷碗,印着铁路上的标记,碗中放着用剩的各种颜色的肥皂头。"这是更衣室,你放心好了,不会有人来的。"长得像他母亲的女人端着饭盒从白屏风后一闪而出,把满满一饭盒水饺递给他,走到水池边洗了洗匙子,安排他在角落坐下,劝他快吃,"这儿绝对没事,你快吃吧。"

一高一矮两个车站工作人员走进更衣室。她们显然没意识到他的存在,而且显然在谈论和他有关的事。高的那位极麻利地换了衣服,找出一把大的绿塑料梳子,对着小镜子梳披肩长发。矮的那位脱剩胸罩和三角裤,哼着歌往水池子那边扭过去。

完全可以料想到的女人的尖叫声,被长得像他母亲的女人有效地阻止住。他无动于衷地垂头吃水饺。矮个女工作人员慌忙穿衣服,长得像他母亲的女人满脸赔笑,高个女工作人员十分同情地走到他身边。

"他饿坏了,唉,真可怜!"长得像他母亲的女人叹气说。

高个女工作人员赞同地点点头。

矮个女工作人员红着脸走过来,眼睛不好意思直视他,站在他背后傻了一会,对着高个女工作人员摇头叹气。

"机器人,"他抬起头,看了看身边三位女人,忍不住委屈地又想说。

三位女人匆忙得似乎没时间听他说什么。她们商量了一下，分头去拿洗脸盆手巾肥皂，要他好好洗一洗。他脱去引人注目的血迹斑斑的外衣，穿着短裤背心，羞答答地站在水池边上，一遍又一遍上上下下擦个不停。长得像他母亲的女人不知从哪儿弄了一套男人的衣服，举在手上对着他试了试，很不满意地要他重擦这重擦那。高矮两位女工作人员也走上来指手画脚。

车站保卫组长站在楼道往女更衣室做窥探动作时，三个女人正挑剔地带他穿衣服。车站保卫组长明知故问：

"喂，里面有人吗？"

长得像他母亲的女人惊慌地对另两位女人看了看，三步两步赶到门口，人倚在白屏风上，不说话，镇定自若地看着车站保卫组长。

"你——"车站保卫组长眼睛一亮，又甜甜地眯成一条线，"原来是你在这儿？"

"怎么样？"

"你——"

"什么你不你的，有话快说。"

车站保卫组长继续作窥探状。

"哎，这里面是你看的吗？"

"今儿个是怎么了，说话怎么这么硬邦邦的，就冲咱俩的交情，你说——"

"少来这套。"

"妈的，你这女人说变脸就变脸，我招你惹你了，真是的。"

"本来嘛，你一个男人，跑到人家女更衣室来转个什么？"

长得像他母亲的女人忍不住笑了。车站保卫组长也跟着发出笑声。

矮个女工作人员突然哼起歌来，紧接着是高个女工作人员的随声附和。

他第一次注意到矮个女工作人员非常漂亮，光洁的额头和小巧的嘴非常像他偷偷喜欢的女明星。

两个穿风衣的男人，刚开始一直坐在他的对面。火车慢腾腾开着，逢站必停。如果不是长得像他母亲的女人再三叮嘱，很可能在火车到达第一个小站的时候，他便会滔滔不绝绘声绘色地叙述他的故事。

很长一段时间内，他充满一种渴望睡觉的欲望。铁轨单调的呻吟一步步把他诱入梦境。在梦和现实的连接地带，矮个女工作人员的漂亮脸蛋时隐时现。他的思绪仿佛一条断断续续的小路，一会野草丛生，蛇和老鼠仓皇而过，一会柳暗花明，叫不出名的鸟儿在树梢上跳。到处都是参天的大树和坟堆，到处都是花岗岩太湖石，到处都是美味佳肴宴会，到处都是生锈的荣誉，到处都是艾滋病与无兴趣综合征，到处都是真理。他突然睁开眼睛，神色痴迷地看着对面两个穿风衣的男人，一种似曾相识的感觉油然而生。他重新被带回正行进的车厢。车厢里人满为患，甚至过道里也挤着人。

两个穿风衣的男人显得文质彬彬。一个笑着点点头，一个十分同情地看着他，好像正等他说什么。火车有气无力地开着，依然逢站必停。天知道目的地在什么地方。

"机器人怎么样，你说呀？"两个穿风衣的男人异口同声地问他，似乎已和他谈了好半天。

"机器人，"他忍不住一阵激动，血直往眼睛上涌。火车猛然一个急刹车，停在一个简陋无名的小站上。他整个的身子向前冲去，与此同时，那个长得像他母亲的女人出现在他的幻觉中，无形的手紧紧卡住他的喉咙。过了好一会，他深深吸了一口气，带着几分掩饰地自问："机器人，什么机器人？"

文质彬彬、穿风衣的两个男人看透了似的会意一笑。车厢里的拥挤有增无减，漫长的铁轨又发出不可忍受的呻吟。车厢外，一会下着大雨，一会却是阳光灿烂。其中一个穿风衣的男人，解开胸口的一排铜扣，摸出一包装潢怪异的高档洋烟，散给在场的人抽。"抽一支？"当那只僵硬的手伸过来时，他看见了装在手表上的红色指示灯，看见了藏在袖子深处红红绿绿的塑料导线。

"你怎么了？"另一个穿风衣的男人喷出第一口烟，有些迷惑不解地问他。

"你，你们，"他立刻深深陷入恐怖的沼泽地。车厢里立刻烟雾缭绕，所有的嘴都撅起着向外吐烟。他想到敞开胸口，露出藏在那儿的红色指示灯和各种颜色的塑料导线。强烈的咳嗽声此起彼伏。巨大的恐怖仿佛鸟飞过时的影子，在他脸上滑过来滑过去。他觉得自己越变越小，越变越小，人群一圈圈把他围起来，甚至行李架上也挤满了人。愤怒的情绪一触即发。

穿风衣、文质彬彬的两个男人同时弯着腰挪过来，和坐在他身边的两个人换了位子。他被夹在了两件风衣中间。围观者的情绪越来越趋激烈，挤在行李架上的几个人突然脱去军用胶鞋，愤怒地把湿漉漉的袜子撕成碎片撒向空中。令人窒息的脚臭和呛人的烟雾源源不断，肆无忌惮地向周围蔓延扩散。那包装潢怪异的高档洋烟再一次被掏出来示众，无数只手伸过来抢烟。

他想站出来大声诉说自己的故事。他站了出来，耷拉着脑袋像受难者的雕塑差点戳破车厢顶。火车不急不慢地开着。围观者的欢呼震天动地。震天动地的欢呼好像要把他扔出车外。大声的喧嚣迫使乘警不得不赶来维持秩序。一个腰上系着小手枪的乘警十分吃力地拨开人群，有警徽标志的大盖帽在人头上移动，行李架上的捣乱分子望风而逃，嘻嘻哈哈地跳了下来，钻在人群中鱼一样地游走了。

乘警从他身边走过的时候，他全心全意想到了要求保护。生的本能像一张网似的将他死死罩住。他张开嘴，试图叫出声音来，却很可惜地失去了最后的机会。事实上他已经身不由己动弹不得。乘警的注意力瞄准了一个小偷模样的人，奋不顾身英勇无比地追向另一节车厢。最后的机会落日般缓缓下沉，五颜六色的肥皂泡一个一个爆裂，他的巨人一样的形象正在迅速萎缩。两个穿风衣的男人又一次牢牢地把他夹在当中。当那火烧火燎的焦灼感越来越强烈越难以忍受时，肥瘦不一的脂肪肌肉熬成了液体，烧熟的肉香和烤焦的煳味难舍难分，火车漫无目的没完没了地往下开，两把又细又长筷子似的尖刀实实在在顶住了他的腰眼。并没有什么不能用语言描述的特殊痛苦。在像燃着的蜡烛头即将被轻轻一口啐灭的瞬间，他又变成了他所属于的一部分。细长的尖刀持续深入，冰冷的小蛇嗖嗖地往里游，麻木了的痛苦逐渐无关紧要。两道极强烈的高压电流开始向纵深地带突击，那又细又长的刀尖一旦汇合碰撞，短路的火花无疑会最后一次将他整个地照亮。

一九八九年六月

雨中花园

雨下了一夜,这刻总算不下了。林林想了想,决定不带雨伞。他把雨伞朝床上一扔,随手带上宿舍门,下了楼。

这是个星期天。不一会,林林已到了新街口。人太多,大家肩膀撞肩膀。林林像条蛇,人堆中钻来钻去,不时听见有人从后面骂他。很快,他进了中央商场,挤到化妆品柜台,向服务员要了一瓶装潢漂亮的珍珠霜。

"这香吗?"他说着,打开瓶盖闻了闻。他记得蓉蓉脸上总有一种说不出的香味。

"送人的?"旁边的一个姑娘和他搭茬儿。

"送人干什么?"林林把瓶盖拧紧,"自己就不能用?"

那姑娘用一种奇特的目光看看林林胸前的校徽。

林林接过服务员找的零钱,转身挤出去。一边走,一边把胸前的校徽扯下来,塞进口袋。商场旁边是家照相馆。许多人正伏在橱窗上,欣赏着里面的结婚照。那些幸福的新婚夫妇们,大约预感到逃脱不了展览的命运,在照片上极度呆板。林林禁不住好奇,也把头凑了过去,冲那些穿着结婚礼服的男人女人,匆匆扫了一眼。他突然有了个奇怪的念头,要是有个女的愿意和他拍一张这样的照片,再拿去给蓉蓉看,那一定是场好戏。蓉蓉一定会把这瓶为她买的珍珠霜扔在地上。

过了照相馆，前面不远是个剧场。剧场旁边的小巷拐弯，一直向前走，到底，是林林的姑姑家。

雨又下了，很小，是毛毛雨。

林林的姑姑正在试衣服。这是一个近六十岁的女人，看上去，比实际年龄要小。她对着大橱穿衣镜打量自己，一边偷偷观察女儿：

"姗姗，你说妈就穿这个？"

姗姗一手搭在淡蓝色的窗帘上，对着窗外出神。姑姑无法看到她脸上的表情。

"姗姗，"姑姑加重了语气，"怎么了？"

"穿什么还不是一样。"姗姗的脸依旧冲着窗外。

"唉，你以后可要常回来——听见了没有？"

"嗯？嗯。"

"别这样老冲着窗外，妈和你说话！"

"……"

"妈和你说话！"语气加得更重。

"我不是都听着吗？"

"妈就你一个女儿。"

"知道。"

"你爸和你哥都在外地。"

"知道！知——道。"

"你，你今天就只该这两个字？"

窗外，是个不太显眼的小花园。

"姗姗，你也换件衣服，那件太素。"

109

雨,那毛毛细雨,像一团团空中游动的薄雾。

"噢,对了,也别先急着回来,嗯?"

花园里什么花也没有。该开的,季节早过了,只剩下枯萎的花萼。不该开的永远也不会开。

"姗姗——"林林姑姑走过来,盯着姗姗的背影,止不住一阵心酸,眼泪滚了出来。这时,姗姗正好回头,她连忙用手一抹,笑着说:"真的,听妈一句话,换件衣服。"

"妈——"

"嗯?"姑姑一怔,不知女儿要说什么。

"林林来了。"姗姗却说了这样一句。

姑姑一阵失望,摇摇头,叹着气把门打开。

"姑姑,姗姗,你们都在。"林林捧着那瓶珍珠霜走进来,书包一扔,掸掉头上的水珠。

"怎么,就你?蓉蓉呢?"

"她,没来。"林林把手中的珍珠霜往窗台上一搁,脱了外衣,挂在一张椅子的靠背上,"怎么了?"他看着穿得整整齐齐的姑姑。她的头发刚刚烫过,乌黑,眼睛有些红,一脸不高兴的样子站在那里。

"今天这日子,她不该不来。"

"她呀,忙着呢,要考试了。"林林随口扯了个谎,他不知姑姑为什么不高兴。

"再忙,你表姐结婚,也该来!"

"结婚?"林林眼睛睁得多大,看着姑姑,再看看姗姗,"姗姗——"

"姗姗,你没告诉他?"

"姗姗，姗姗只叫我这个星期天来玩玩。"林林有些疑惑，又看看姑姑，看看表姐，"你干吗不告诉我结婚？"

姑姑转向姗姗，嘴直哆嗦："你这个死丫头，你，你这是什么意思？"

姗姗笑笑，什么也没说。姑姑狠狠地摇摇头，音调都变了，从口袋里掏出一块手绢，想了想，又塞进兜里，匆忙往里屋走。

林林不知道姑姑到里屋去干什么。

"姗姗，搞什么名堂，"他有些麻木，"真要结婚了？"

"什么真的假的，有你这么问人的吗？"姗姗一笑，"哎，该毕业了吧，嗯，是明年？"

"结了婚住哪儿？姗姗？"

"这阵子，你和蓉蓉怎么样，没吵架吧？"

"嗨，我问你呢，结了婚住哪儿？"

"噢，住——住他家。我说你还有完没完？"姗姗的脸有些红，林林想这也许是不好意思。

"那我下次来——"

"啪，"姗姗打开了收音机。有两个人在说相声。林林继续审问。相声正说到噱头地方，一阵哄笑喝彩声。

"姗姗，"姑姑在里屋喊，"你进来一下。"

姗姗把收音机关了，走进里屋。林林一个人留在外屋。他拿起那瓶搁在窗台上的珍珠霜，毫无意识地看了看，又打开收音机，想听听音乐，可是没有。

姗姗比林林大八岁，是大学生，毕业了在一个中学教书，教语文。她早就是一个三十岁的姑娘了，长得很漂亮，一双凤眼，长睫毛。看人，老是斜着眼，天生地不爱搭理人。小鼻子，细细打量，可以看见鼻梁上有几粒淡淡的雀斑。小时候，林林的父母还没有调到外地工作。他特别喜欢上姑姑家，和姗姗一块玩。他们倒有些像亲姐弟。林林哭了，姗姗一哄就好。姑姑和林林开玩笑，常说他没出息，说他直到念小学，还是老缠着表姐姐亲嘴玩。

　　姗姗文静，话不多，爱看外国小说，最爱看法国和俄国的。床头常放的书，是莫泊桑和屠格涅夫的小说。她偶尔也会和别人争起来，话题多数是人生、生活以及爱情。争论起来就绝不饶人。有过许多小伙子追求她，谁见着她又都有些怕。林林知道好几个傻小子，给姗姗写了一打信，都只是在那个高尚的"爱"字边缘转圈圈。

　　龙配凤，凤配龙，林林总觉得自己的表姐夫，应该是个了不得的人。去年，林林妈到南方出差，林林听见妈和姑姑谈到姗姗的对象。

　　"你觉得姗姗的男朋友怎么样，还满意？"

　　"嗨，这碍着我什么事。先不说女儿过了三十，咱做妈的这档事不该管了，就说如今这些年轻人，谈的叫什么恋爱？相中了，告诉你一声，给你一个老面子不就完了。"

　　"那姗姗自己总算满意吧？"

　　"总、总满意吧，都三十好几的人了。"

　　林林第一次听说表姐有了对象。他悄悄地溜进厨房。姗姗正在炒菜，挡腰系了一条白围裙，袖子卷得高高的。

　　"姗姗，你的男朋友来了。"

　　"嗯？"她怔了一下，继续炒菜。

"快点，怎么这么稳，人家等着呢！"

姗姗把炒熟的菜盛到盘子里，关了煤气，围裙也不解，慢吞吞地向客厅走去。

林林尽量不让自己笑出声来。很快，姗姗回来了，什么也没说，只是在林林的背上用劲拧了一把。然后，点上煤气，拿起油瓶往铁锅里倒。

"什么日子，倒是让我们见见。"林林把手搭在后背上，揉着那被拧的地方。

铁锅里的油起泡沫了，接着一阵青烟，姗姗的眉头紧皱起来。

"唉，姗姗，我倒是该怎么称呼，这姐夫一词真有点，还是——"林林碰碰姗姗的胳膊。

"嚓，"姗姗把生菜倒进锅，飞快地炒起来。一滴热油溅到林林的手背上，痛得他直甩手，姗姗抿着嘴笑。等到铁锅里的沸腾声消沉下去，林林继续说："哼哼，这回总如愿以偿了吧——唉，姗姗同志，别老不吭气呀，怎么样？"

"什么怎么样怎么样，烦死了。你呀，一有了个蓉蓉，脸皮竟变得这么厚起来！来尝尝，这菜是不是咸了？"姗姗用锅铲尖挑了一点菜递过来。

林林小心翼翼地伸出头，用牙齿去衔锅铲里的菜。他真担心她故意手一抖，烫他一下，菜一到嘴里，他的胆子又大了：

"我真是想不出，你会给我找个什么样的姐夫？我看他呀——"

"怎么样？"

"那还有话说，你还会看走了眼，要找——"

113

"要死，你还没完，我问你这菜味道怎么样？"

"什么味道？"

"这菜咸不咸？"

"噢，不咸不咸，我再尝尝。"

雨淅淅沥沥的，竟然大起来。雨丝儿笔直地往下落。姑姑和姗姗还在里屋，天知道她们娘俩在嘀咕什么。林林一个人无聊，倚在窗台上，望着外面无精打采的小花园。那是一个人工造的小花园。不时有雨点撞在玻璃上，有趣的是，那雨点并不沿着光滑的玻璃往下淌，而是像珍珠一样，挂在玻璃上，光做出要下滴的样子。

楼上的两个孩子，打着雨伞在园子里玩。林林认识他们。那个大一点的，小名叫蛮子。蛮，名副其实，有一回，从多高的砖堆上往下跳，手腕骨折了都没哭，也不知道是因为蛮起了名，还是起了名变蛮的。现在，蛮子正往东首的那株杨柳树上爬。他的弟弟穿了一双成人的大套鞋，噔噔地跑回家，扛了把黑乎乎的菜刀出来，递给哥哥，林林一时弄不清这两个孩子要玩些什么名堂。那菜刀大极了，就像把斧子。老半天，好不容易砍了一根不粗的树丫。哥哥跳下树来，没站稳，在地上爬了好几下。接着两人用那把菜刀在花园里挖坑。那柳树枝扔在一旁。小的一个动手挖着，干得挺起劲，大的打着伞，站在一边指手画脚。

有人骑车进了院子。两个小孩停下手来，相互耳语着，冲进来的人不住地傻笑。林林看着那人把车子扛上走廊，消失在大楼里。一阵锁车的金属碰撞声之后，隔了一会，有人敲门。

"你，找谁？"林林隙开门，问着。

"我?"来人推门进来,一边脱雨衣,一边用有些惊讶的神色打量林林,"你是——"说着进了屋,雨衣往角落里一扔,跟走进自己家似的,继续对林林打量。林林的第一印象,是此人一身新意,一件簇新的中山装,裤子笔挺,是筒裤,皮鞋刚刚抹过油,新吹过风的分头。

"姑姑,有人来了!"林林冲里屋大叫。

姑姑应声出来,一怔,笑起来:"呀,姗姗,小杨来了。"

"妈,"来人扭扭捏捏喊了一声。

这是和林林有过一面之缘的表"姐夫"。林林常到姑姑家,可姐夫只见过一次。那天,他和蓉蓉来吃晚饭,有两个年轻人也在姑姑家。那两个人都很腼腆,姑姑不住地往他们碗里搛菜。等到客人告辞,姗姗送他们出去,姑姑对林林说:那个穿黄褂子的,就是姗姗的男朋友。林林只觉得那两个人长得挺像,都不难看,高矮肥瘦也差不多,因此,"姐夫"的模样,他仅记住了是个穿黄衣服的。

姗姗出来以后,新娘新郎含情脉脉地对看了一下。新郎脸有些红,连忙转向姑姑:

"妈,都准备好了,到时有辆大面包来接人,一辆够了吧?"

"姗姗,在哪儿吃喜酒?"

"你就知道吃!"

"晚上一起去,热闹热闹,"新郎大约常听姑姑她们谈起林林,敷衍着,"要毕业了吧?"

"嗯嗯,明年,明年吧,"林林支吾着,挺识相地和姑姑一起跑到里屋去了。临进去,他仿佛听见新郎很亲切地叫了一声:

"姗姗——"

"你站着干什么,我去倒杯茶。"

"算了,马上就要走的,谢谢。"

林林很奇怪,这两个人真会这么客气。

"你笑什么,门不用带上了。"

"姑姑,这个人在哪儿工作?"林林还是把门带上了。姑姑坐在床沿上,叹了一口气,笑着说:

"和你表姐一个学校,教物理的,也是个书呆子。"

"人家姗姗就喜欢书呆子。"

姑姑瞪了林林一眼,又是淡淡一笑,想说些什么,却又没说出来。

"这表姐夫,好像不常来吧?"

姑姑看看林林。

"我怎么每次来,都见不着他?"

"尽说些孩子话。都三十好几的人了,哪还能像你和蓉蓉那样,成天泡在一起,分都分不开——我说蓉蓉今天不来,真正不该。"

"今天到底有多少人来吃喜酒?"林林随便问道。

"唉,别提了,一说到这事,我就光火。按说结婚本来就麻烦,更何况你表姐这样的年龄。就说酒席,不办不行,眼下是人是鬼都兴这一套,可办多了,又不好,人家背后少不得要说,也不过嫁这么个老姑娘,当那么回大事,好像你表姐嫁不出去似的。再一个,请谁不请谁,又是麻烦事。这人请了,那人不请,又得话多。反正是女儿大了,做妈的难。你不知道这些人的舌头是什么东西做的。"

雨下下，停停。

林林设想中的姐夫好像不该是这么个人。

喜酒订在晚上吃，中午马马虎虎将就着下面条。

下午，雨忽然大了，吃喜酒的人陆续集合。招呼的程序大致差不多。雨具都堆在门旁的角落，湿湿的淌了一地。主人忙着递香烟糖果应酬，来客纷纷说好话。姗姗的女友中，有一位也和林林熟悉，一边剥开糖纸往嘴里塞夹心糖，一边问林林准备给姗姗送什么礼物。林林一时想不到该送什么，索性直接征求姗姗的意见。

姗姗眨了眨眼睛，也许根本没听见林林说什么。房间里太吵了。姗姗只是笑，只是和她的客人敷衍。林林好像第一次听见姗姗会有这样放肆的笑声。在他的记忆中，姗姗永远话不多，矜持，清高，善于思考而又带点小感伤。

"林林，"姗姗的女友压低声音问他，"送东西，还有许多忌讳，懂不懂？"

"什么忌讳？"

"譬如说不能送伞，伞和散音太近了，懂不懂？又譬如不能送四，四的音太近死，懂不懂？别看你是大学生，得好好开开窍。"

"死又有什么不好，死可以表示白头到老么。"

"你小点声。"

林林不怀好意地笑。姗姗的朋友说："好，赶明儿你结婚，让人家给你送一对骨灰盒，表示祝你们白头到老好了。"

"这也没什么。"

"没什么？"

"唉呀呀,"那边一个女高音尖声叫起来,林林吓了一跳。女高音说:"你们不知道,你们哪里知道,姗姗这人多喜欢小孩子哟,那回,那回——"

"得得,别说了,人家这不就快了吗?唉,姗姗,今儿吃你的喜酒,下回养了儿子,我可是还得来吃。"说话的是个大胖子,五六十岁,叉开大腿坐在沙发上,样子很放肆。他是姗姗学校的副校长。

"钟校长,钟校长,"女高音又发话,"这生儿子的事可没一定。要是养女儿呢?哼,想不到你钟校长也重男轻女。再说,人家姗姗就喜欢女儿。儿子有什么好,我那儿子,烦死人了。"

"不管,不管,女儿也要吃。"副校长哈哈大笑。

于是又有人起哄:"新娘子脸红了,脸红好,脸红养儿子,准养儿子。"

屋子里一片欢笑。

林林跟着一起笑,随手在茶几上捞了根香烟,划火柴。

"你,哼,你也抽烟。"姗姗走过来,白了林林一眼。

"喜烟么!"

"你别嘴贫。"

"是喜烟么。"

姗姗把脸转过去,不理林林。

新郎总算来了,屋子里形成新的高潮。

新郎任众人起哄,脸上带笑,毕恭毕敬给大家递烟,先给副校长,然后挨个地敬,到了林林的面前,林林向他挥了挥手里正燃着的那支香烟。"没关系,没关系,续一根,续一根。"硬往林林手上塞了一根,继续向别人敬烟。

林林用劲吸了一口烟，想说什么，又突然决定不说，一打岔，呛得直咳。火辣辣的烟味，一股脑地顺鼻孔往里钻，眼泪顿时憋了出来，眼前一片模糊，新郎的影子飘动起来。林林的脑海中，隐隐约约又闪现出那个穿黄衣服的身影。那个只见过一面、穿着黄衣服的人即将成为林林的姐夫。姐夫这个词一时间似乎有些荒唐的意思。穿黄衣服的人好像都可以是林林的姐夫。

"林林，只许抽一根玩玩，再也不许抽了。"姑姑走过来，一脸不耐烦的样子，"好了好了，时间也差不多了，大家快上车吧，雨衣雨伞就留这儿，留这儿，丢不了。"

林林无端地一阵不痛快不高兴。他带头往车上去。雨下得很大，人们都想早点钻进去。胖校长挣扎了半天，总算进去了。

"林林，你下来，"姑姑叫道，"下来。"

林林奋力往外挤，从副校长的大腿上爬出来，把头伸出车门："怎么了？"

"你在这儿等，说不定还有人来呢。"

"就一辆车去算了，还等谁？"姗姗说。

"要不，我在这儿等。"新郎试探着说。

林林跳下车，往大楼跑，一边跑，一边说："走吧，走吧，你们快走。"

面包车隔了好半天都没开。

林林站在窗前往外看，不明白那车为什么不开。

园子里，两个小孩子新种的小树在雨中发抖。雨的声音似乎骤然大起来。那面包车静静地承受着雨的冲击，依然没有启动。车门突然开了，姗姗似下非下地探出头，对林林大叫，叫什么，林林听不清。林林推开玻璃窗，听见姗姗声嘶力竭地在叫："林林，一起走。"

"我等人。"

"没人了，没人了，别等了。"

"不，我再等一会。"

林林看见面包车里有只手正把姗姗往里拉。从姗姗身边挤出另一个身影，那是新郎，从大雨中往大楼这边跑。他站在楼下一处能避雨的地方，仰着脸，头发上的雨水直往下滴，对林林近乎命令地说："五点半准时到，你待会自己来，别误了。"

"五点半？"林林回头看看挂在墙上的石英钟。

"五点半。五点半准时开始吃。"新郎转身跑向面包车，跑到一半，又回头大叫，"喂，一定要来噢。"

雨哗哗地下着。面包车的车窗玻璃上挤着好几张东张西望的面孔。新郎终于上了车。马达轰响了一小会儿，从屁股后面喷出一团雾气，像个大甲虫似的往园子外开。园子里又变得空荡荡。林林随手拿起搁在窗台上的那瓶珍珠霜，拧开盖子闻了闻，又放在老地方，茫然地望着窗外。雨越来越大，黄豆大的雨点直往玻璃上撞击。窗外，雨中的人工小花园呈现出一派柔和的灰色，生机盎然，那棵由两个小孩新种下的小树，大雨中孤零零地站在那儿，非常倔强。

濡鳖

那两个人来捉金海的时候，他迷迷糊糊正在看电视。电视里乒乒乓乓播放着警匪片。那两个人突然站在了金海面前。

"你跟我们走吧。"那声音干巴巴，不容金海有任何迟疑。

"走，去哪？"

"去了就知道，走吧。"那声音依然干巴巴，金海闹不清两个人中是谁在说话。只觉得这两人有些面熟，似乎在哪儿见过。

"二位脸很熟，你们是？"

"我姓牛。"矮矮胖胖的一位说。

"我就算姓马吧。"高高瘦瘦的另一位说。

"你们叫我走，总得说说什么事吧。"金海很有些不高兴，他注意到电视的画面不知怎的突然静止成一张画，钟也停了，"不能你们这么莫名其妙叫我走，我就乖乖地跟你们走了，哪有那么容易的事。"

那两个人互相看了一眼，似笑非笑地做了个表情，开了门，大步往外走。好像有一股很强的吸引力，金海身不由己地被拖了出去。他想喊，喊不出。他老婆正在另一间房里打毛线。她老是在另一间房里打毛线。

上了大街，一阵阵阴森森的风直往颈子里灌。街上没什么人，阴风缓缓吹过，地面上枯树叶慢腾腾翻着身，像几只小鸟在地上觅食。什么声音也听不见。那两个人不急不忙前面走,金海跟在后面,脚底下轻飘飘,仿佛喝醉了酒,又仿佛叫前面那两人用绳子牵着,想不走也不行。

笔直的大街好像永远走不完。金海跌跌撞撞,终于站稳了脚跟,大声说:"我不跟你们走了,你们他妈的到底是谁?"又说,"就算是公安局的,你们也得把证件拿出来才行。"

那两人站得离他有三步远。瘦瘦高高的对矮矮胖胖的说:"牛头,这位先生问你呢!"矮矮胖胖的说:"瞎扯,这位先生分明是问你,哎,马面,别客气了,告诉他我们是谁。"

路边忽然有了家馆子。被称作马面的人说:"牛头,这车有会儿才来呢,我们进馆子喝两口,让这位先生请客。"

"我请客?"金海十分不情愿地说。

"怎么了,给你先生当差,喝两口酒难道还有话说。再说,这店里老板娘俊着呢,你难道不想见见?"马面和牛头不由分说,已经十分兴奋地进了馆子,大大咧咧喊拿酒来。果然有一位很漂亮的老板娘,衣着绝对时髦,天生了一种风流,眼睛直勾勾对着金海。

"老板娘,先拿酒,再调情。"马面迫不及待地拍拍手,说,"妈的,一见到小白脸,你就没命了。"

老板娘转身去斟酒,不服气:"我就是喜欢小白脸,怎么了,阎王都不管,还轮得着你们管吗?"

牛头讨好说:"我们不管,我们当然不管。"

老板娘对金海做了个媚眼,嗲声嗲气说:"我喜欢的人谁敢管。"

"瞧这劲,"马面一边喝酒,一边对牛头说,"阎王爷也是瞎了眼,派这么个骚货在这儿做老板娘。"

牛头说:"这怨不得阎王爷,都是判官太好色。嗨,好歹都是当差的,咱哥俩管那么多干什么?喝!"

老板娘扭着腰走到金海面前,说:"我们真是天生的一对,瞧我长得不丑吧。你这么年纪轻轻的就撒手走了,实在是苦了你老婆了。"金海闻到一股扑鼻的大蒜味,忍不住后退一步。老板娘脚下一滑,跌倒在金海怀中,他赶紧用手去扶,正巧按在老板娘胸上,金海害怕自己太冒昧,连声说对不起。老板娘浪声说:"哟,死到临头了,你怎么还这样羞答答的!别跟我来这套,说老实的,你这辈子,睡了几个女人了,你给我老老实实说。"

金海只记得那一句话,心里咯噔一跳,忙问:"我怎么死到临头了?"

"这傻子,都到了阴阳界了,还蒙在鼓里!妈的,牛头马面,你们真不是东西。"

牛头和马面站在那儿只顾喝酒。马面说:"算了吧,你快点,那车说来就来,一会儿又来不及。"

老板娘抖了抖系在金海腰间的一根又粗又大的铁链,"真是傻子,还不晓得自己已到了阴间。喏,这二位,就是催你命的小鬼呀。"

马面说:"小鬼差了,没听说阎王好见,小鬼难缠。喂,我说你快点好不好。"

金海这才注意到自己腰里那根又粗又大的铁链,那铁链长得没有尽头,天知道它一直通到什么地方。好在长归长,并不觉得重。冰冷的铁链有些灼手,牛头马面站在旁边慢吞吞喝酒,周围静得听不见其他声音,老板娘有些迫不及待地喘着下流的粗气,死的感觉由远而近向金海逼过去。

"这就是死了?"他茫然问道。

"唉,呆子,别问什么死啊活的,活就是死,死就是活,都一样。"

"马面,喝你的酒。"老板娘做出实在等不及的腔调,"哎,都什么时候了,还不赶快乐一乐。宝贝,动手呀!"

"这真是死了?"他继续茫然地问。

"可不就是死了,喂,老板娘,你可真得快些,那车一来,你的小白脸就完了。"马面从怀里摸出个破闹钟,看了看,照老样子喝酒。

"宝贝,动手,动手呀,你这个假正经的东西。"

扑鼻的大蒜味山一样压在金海身上。他隐隐约约有了些冲动。他想起了自己老婆才结婚时的样子。他老婆喝了几口酒,脸和身上的衣服一样红。老板娘蛇一般地往他怀里扭。他老婆羞羞答答不肯脱衣服。老板娘难过得喘不过气来。

远远地有火车开过来,轰隆轰隆地动山摇。牛头马面碰了碰酒杯,一口干了,摇摇晃晃向金海走过去,"喂,丢开你的小白脸,没听见车来了吗?"

一列老式的火车惊天动地地奔驰而来,阴风阵阵,就停在金海他们喝酒的馆子外面。金海发现那馆子原来是个巨大的车站,闹哄哄的都是人。老式的火车漫长得不见头不见尾。成群结队的人往车上挤。老板娘拉住了金海不肯放。马面说,没见过这样碰到男人就不要命的女人。老板娘说,妈的,回回都这样,回回都这样。牛头说,当然回回都这样。

成群结队的人撵鸭子似的往车上拥。金海领着牛头马面,仿佛带着两个保镖，神气活现地向软席车厢走过去。老板娘说回回都这样是什么意思？他边走，边问。牛头恭恭敬敬说，这是阎王老婆的意思。

"阎王也有老婆？"

"那当然，是男人，谁还没有个老婆。"马面讨好说，一个箭步跳上车厢的踏脚板，伸出手来扶金海，"老板娘生前是个有名的荡妇，一天没男人就不得过。"

"到了阴间，她竟然勾引阎王。"牛头抢着说。

"知道了。"金海突然显得有些不耐烦，横眉冷对牛头马面。牛头马面唯唯诺诺，不敢吭声。好像潜意识里有什么东西被触动了，金海发现有许多原来他是知道的。老式的火车疲惫不堪地响起金属的碰撞声，咣啷，咣啷，好像一个垂死的老人在咳嗽。咣啷声越来越急。金海坐在舒适的包厢里，牛头马面忙不迭地递茶送水点香烟。车窗外的世界逐渐淡化，那馆子忽大忽小变幻，老板娘心急如焚对着每一扇车窗挤眉弄眼。漫长的老式火车塞满了人，吭哧吭哧毛毛虫一般地往前拱。金海随手在自己腰间摸了摸，那又粗又大又长的铁链果然还在。他板着脸叫牛头马面替他把铁链解了，牛头屁颠颠地赶过来，不知所措的样子，马面满脸堆笑，卖乖地说："这铁链，说有就有，说没就没。"金海再一摸腰间，当真什么也没有了。马面又说："恭喜恭喜，你如今是说死就死，说活就活。不信你自己在心口摸摸，那心准保是说跳就跳，说不跳，哎，它还就是不跳，你试试。"金海一试，真是说跳就跳说不跳就不跳。

"就这么便算死了？"他似问非问地在脑子里盘算着，"这死倒容易，一点都不难过。"他忽然想到自己如此莫名其妙去了，他老婆一点都不知道，依然在另一间房里打毛线，说不出的一阵悲哀。"我都死了，她还打毛线。"他牢骚满腹地对牛头马面说。

阎王助理知道金海已到阴曹地府，拍手大叫道："带上来，现在就给我带上来。"

牛头马面屁颠颠带金海上殿。阎王助理坐在阎王的位子上，乐呵呵地说："来了就好，来了就好，金海，你知道我是谁？"

牛头在一边悄悄说："这是阎王助理。"

"什么助理不助理的，老阎王老了，我还不就是和阎王爷差不多。"

金海发现自己正处在一个很大的破庙里，四处都是蜘蛛网，阴风惨惨，黑雾漫漫，有人声嘶力竭地在叫喊，哭着叫，哭着喊。阴森森的大殿两旁，怪模怪样地立着魑魅魍魉，有龇牙的，有咧嘴的，有伸舌头的，有哭的，有笑的，有三个眼两个鼻子的，有没眼睛没鼻子的，有好几个脑袋没脑袋的。金海一尊尊匆匆打量，没想到怕，只觉得滑稽。

"看你这架势，见了阎王也不晓得磕头，定是有什么绝技了，"阎王助理穿一身还算挺括的中山装，脚上一双白皮鞋，脸上一副金丝眼镜，斯文中透出几分憨厚，乐滋滋地说："金海，快说，你会做什么拿手菜？"

"我？"

"可不是问你，你说，不问你，问谁？"

"我——"

"我什么，阎王爷问你话，你快说呀，"马面站在一旁提示说，"见着阎王了，你还想搭架子，也不看看地方。"

"我,我会做什么拿手菜?"金海丈二和尚摸不着头脑。阎王助理和牛头马面全神贯注等他下文。阴风黑雾逐渐加重,周围的哭叫呻吟逐渐虚无缥缈,他软绵绵咳了一声,又咳了一声。

阎王助理有些不耐烦,瞪了牛头马面一眼。

马面喝道:"大胆金海,还不快快回答!"

金海说:"我哪会做什么菜。"

阎王助理和牛头马面相互对看。

金海又说:"我在大学里教书,平日里常吃食堂,哪有时间自己烧呢?"

阎王助理大失所望:"此话当真?"

金海说:"这又有什么假的。"

"当真?"

"当然真的。"

阎王助理大怒:"牛头马面——"

牛头马面诚惶诚恐,连忙跪下:"在。"

"怎么又错了,你们存心捉弄本王?"

"小的不敢。"

阎王助理拂袖而去,临走前又大叫:"牛头马面——"

"在。"

"罚下油锅三次,不得饶了这呆子。"

"是。"

"什么'是',说'领旨'。"

"领——旨。"

牛头马面跪地上有一阵不敢动。隔了一会,牛头说:"怎么又捉错了?"

马面往四下里看看，对牛头说："起来吧，我们乖乖跪着，这呆子倒大模大样站那儿。"

牛头站起来，揉了揉膝盖，半信半疑问金海："你当真在烧菜上没本事？"

"我，我吃食堂。"

"你他妈没本事，在课堂上吹什么牛，"马面悻悻地说，"你既然连菜都不会做，凭什么在上面大谈古什么烹调？"

"古典烹调。"

"什么？"

"古、典、烹、调。"

"够了，你这呆子。"

"我是上课，我是大学的副教授，我……"

"够了，你这呆子。"

"我给学生讲古代的事。"

牛头说："你这呆子在课堂上瞎说一气，倒害得我们捉错了人。这下子好了，本月的奖金，又得扣。"

马面说："嗨，你和这呆子说这干什么？"

牛头叹气道："凭什么不能说。扣奖金总是真的吧，倒好像你一点都不在乎。"

马面说："哎哟，咱哥俩怄个什么气？"板着脸对金海喝道，"喂，走吧。"

金海由牛头马面领着，走出大殿，进了个小园子，穿过一小门，又穿过一道小门，来到一个极高的山坡前。马面说："呆子，你见见世面吧，这就是刀山。"金海细细一看，山坡上果然插着大大小小长短粗细各式各样的刀子，有的带倒刺，有的像锯齿，有的绞成麻花状，有的磨得雪亮，有的锈得像朽木。远远的一辆缆车开过来，缆车上有五个赤裸裸的男女，痛苦万状对着山坡上的刀子看，眼睛里一派绝望。缆车到了山顶，五个男女挨个地跳，沿着刀山往下滚。一片惨叫，一声高一声低，叫得山都晃起来。那五个人终于滚到金海面前，浑身都是形状不一的窟窿，血咆哮着往外涌，仿佛一朵朵红花正开。牛头马面若无其事地一旁看着，问金海感觉怎么样。金海已经忍不住对着自己的脚吐开了，脚背湿漉漉黏糊糊的。

五个男女慢吞吞地爬上缆车，重新向山顶驶去。牛头马面领着他继续走。路过绞肉车间，金海看到一架和家用绞肉机相仿佛的机器，马面跑上前，伸出细长的手臂，拎起把手摇了两圈，对金海嬉皮笑脸："这玩意，你这呆子没见识过吧。牛头，咱哥俩给呆子露一手。"牛头十分快活，"好，我先来。"说着，极笨拙地爬上绞肉机，威风神气地站了一会儿，突然又故意装作害怕地跌入绞肉机的填把手。填料口对于矮胖的牛头来说似乎小了些，就听见一声惨叫，牛头说："见鬼，我的一条腿没了，哎哟，另一条也没了。"马面继续疯狂地摇起把手，牛头整个身子消失在填料口里。肉浆哗哗地从出口出来，依稀还听得见牛头在叫，马面兴奋得差点晕过去，连声叫："呆子，你快来摇，快来摇呀。"金海胆战心惊地走过去，手搭在那摇把上，随着惯性转。"快、快，"马面自己撒了手，在一边催着，忽然一个舞蹈步，跳进绞肉机的填料口，眨眼间没了影子，金海想停手都来不及。

放在金海面前的是一大盆肉浆，他一时不知如何是好。忽然那肉浆开始说话，是马面的声音，"喂，呆子，我们完了。"又听见牛头在笑,是一种捂着嘴的窃笑。

马面说:"呆子,你一直往前面走,在油锅那儿等我们。"

牛头说:"老老实实地等着,你跑不了的,呆子。哎哟,我们好疼啊。"

马面又说:"你怎么尿都吓出来了?好臭!"

"嗯,是臭,我都闻到了,真臭。"

金海不知自己是怕还是不怕。说怕,不怕;说不怕,又怕。那一盆肉浆还在蠢蠢欲动。四下里没一个人。金海悄悄走了两步,突然拔腿急跑。他在学校读书时拿过长跑名次,做了副教授以后,有些心宽体胖,跑出去没多远,已经喘不过气来。眼前就一条路,他跑跑走走,走走跑跑,总算看到了那个破草棚。

破草棚上居然有块匾,写着两个古字,金海是研究历史的,知道那两个读不出音的字,就是油锅的意思。

果然有口大铁锅架在那儿。

牛头和马面正坐在地上等着他。边上放着两个大塑料桶,两个大麻袋。

金海尚未来得及想到逃跑,马面已经走到他面前,十分严肃地说:"喂,你在这上头签个字,五百斤香油八百斤炭给你领来了,喏,就签这儿。"金海接过笔和清单,傻傻地站在那儿。

马面不耐烦地说,"怎么,签个名都不会了?"

牛头在一旁插嘴,说画个圆圈或按个手印也行。马面说:"瞎说,人家堂堂正正的副教授,签个名还不会?"

"什么堂堂正正,"牛头不服气,"是副的。"

"副的也是教授,"马面教训说,"你懂个屁,这要是在宋朝,叫进士及第,要是前清,都抵得上一个翰林了。"

"进士大，翰林大？"

"你管他哪个大，到了阴曹地府，阎王最大。"

"阎王不在，阎王助理最大。"牛头脸上是一种开了窍的神气。马面白了牛头一眼，说："别顾着说废话了，时间不早，赶快点火。"牛头气喘吁吁地把油倒进铁锅，摸出火柴，连划了三根，总算把炭点着，那火苗一蹿一蹿跳了起来。马面说："慢着，用不了这么多油的，省着点，咱哥俩留着自己用。"牛头拍手叫好，兴冲冲地用勺子又往塑料桶里舀，舀了一会，有些担心，问马面说："是不是油太少了？"

"你舀，有我呢。"

那油开始冒气泡，一只癞蛤蟆从金海脚边蹦过，吓了他一跳。牛头马面十二分认真地开始捉癞蛤蟆。那癞蛤蟆东躲西藏，终于奋不顾身跳进油锅，顿时一阵嚓嚓声，一阵香味。马面用树枝夹起油炸癞蛤蟆，分了一半给牛头，津津有味地大嚼。

"喂，呆子，该你了。"马面对金海挤挤眼睛，"是不是你也自己跳进去？"

牛头往锅里看了看，担心地扫了马面一眼，问油太少了，炸不透怎么办。马面早有准备，说照老办法干，把金海锯成两截再炸。说着，已摸出了一把大锯子。

金海想跑，但是人跟生了根似的，动弹不得。牛头马面横着拉锯，在金海还没意识到大痛大苦的时候，他已经被拦腰锯成两截。好在那血不是流得太多，牛头马面放下锯子，一人抓住金海一只胳膊，拎起来便往油锅里送。那滚烫的香油响起欢乐的爆炸声。金海在油锅里陷得越来越深，他十分留恋地看了看周围的世界。令他惊叹不已的是，他身体的下半截，依然生了根一般，一本正经带些滑稽地站在那儿。

刚开始,金海每天活生生被炸三次。到后来,三天炸一次。油越来越少,到临了,油炸索性变成干煸。长痛不如短痛,油炸的日子不好过,毕竟说去就去,不像干煸,慢吞吞活受罪。牛头马面时时要为贪污的油多少而吵,马面机灵,能说会道,牛头总吃亏。

有一天,马面又递了张纸和笔给金海,让他签字。金海以为又是要领香油与炭,苦着脸不想签,又不敢不签。抖抖索索签了字,想到苦日子没尽头,金海擤了擤鼻涕,悄悄抹起眼泪。马面说:"呆子,你哭什么?"

牛头在一旁拍手说:"这呆子,到该笑的时候,反倒哭了。"

马面说:"人高兴了,也会哭。"

金海的志气早在油锅里炸掉了,可他依然不愿意太受牛头马面的气。"这下子,你们二位又得吵了,干脆,把香油都拿去,就把我搁在炭上烤烤算了。"

马面和牛头互相对看了几眼,想了会,恍然大悟。"这主意倒不错,"马面有节奏地点着头,"怎么不早说。唉,可惜你轮不上了。"

金海低头去看那张签了自己名字的纸片,却发现原来是个特赦令,前面附着新阎王的"就职告谕":

就职告谕

　　某年某月某日,大吉大利。老阎王年事过高,见好就收,正式退隐。阎王助理辅政期间鬼域口碑甚好甚好政绩极佳极佳。顺理成章瓜熟蒂落,助理从此扶正为阎王。布告天下。正儿八经不得含糊。

特赦令就几句话,主要意思无非是,自新阎王就职之日起,原来罚下油锅进绞肉机上刀山的,统统改判苦工。阴曹地府货源充足,老的去,新的来。

金海改行做铁匠,专门制造油锅。下油锅的日子历历在目,虽然脱离苦海,一想到那滚烫的香油正冒着沸腾的气泡,他便止不住心头一阵乱跳。油炸的滋味实在没法用笔墨来形容。痛苦的唯一药方是麻木,人所不能忍受的,到时都能忍受。金海回忆起下油锅的经历,想到自己居然能很顺利熬过来,不能不感到惊叹。

离刀山不远,有许多小河,小河里有许多鳖。金海做苦工之余,亲自做了渔竿,去钓鳖。那鳖多得仿佛不用钓,自己便会沿着钓竿爬上来。金海向来不爱吃鳖,只知道鳖在人间市场上值大价钱,不吃白不吃。吃多了,吃出了味道,越吃越讲究。一讲究,原来不会的事都会做了。值得做一做的事实在太少,金海于是一心研究烧鳖。

烧鳖果然可以有许多讲究,或蒸,或炸,或烤,或烹,或余,或煨,或熏,或炒,或烩,那味道千变万化。心无二用,金海总算是个极聪明的人,烧来烧去,吃鳖上得了道成了仙,名声越传越远。

做苦工得出力气,得老弯腰,得流汗。阴曹地府的油锅永远不会嫌多。

金海烧鳖烧出了名,偷点懒也无妨。

金海烧鳖烧出了名,人怕出名猪怕壮,因此大为声名所累。

都知道他会烧鳖,都知道他烧得好。

大家工余都去钓鳖,浩浩荡荡,小河里的鳖开始老钓不完。

大家工余都去钓鳖,浩浩荡荡,渔竿改良,钓鳖的钩子改良,钓饵改良,钓技改良,那鳖依然钓不完。

鳖好像都钓不完。

鳖终于越钓越少,越少越珍贵,越要钓,阎王不得已,不得已的阎王终于下了道戒钓令:

> 从今以后,钓鳖者,罚下油锅三次,绞肉机一次,抛刀山二次。无赦。

那戒钓令用铁铸成的字,固定在大木板上,威风凛凛竖着。又在那旁边,放了口油锅,一架绞肉机,一张抛刀山用的缆车票。

阴曹地府里永远是阴天,阴森森,阴沉沉,没有太阳,没有黑夜。刀山下那许多小河都是死水,静静的像一面面镜子。镜子般的死水反射着孤冷冷的戒钓令。金海时常独坐小河边,穷极无聊地陪着那戒钓令的倒影。

琢磨烧鳖成了金海生活的一部分。

因为禁止捉鳖,金海失却了原料,只好在脑子里研究烧鳖的种种技巧。起先不过为了解闷,渐渐地他的脑子变成了一部单调的机器,转来转去,所动的念头都是如何烧鳖。凡事越讲究越讲究。苦思加上冥想,金海终于明白,自己往日享有的吃鳖盛誉,实在徒具虚名。吃鳖的诀窍千变万化,千变万化最终难免花里胡哨。世人只知多、好，往往忽视少、精。名者，实之宾也。是名也，止于是实也。天下的道理说穿了很简单，无非小中见大，大中见小，真中有假，假中有真，一为千万，千万为一。花里胡哨弄不好就埋葬了实实在在。

一天，金海正呆呆地坐那儿呆想，沿小河缓缓走过来一个人，穿身灰布衣服，一尘不染的样子，走到金海面前，目不转睛盯着他看。

"你是谁？"金海不在意地问。

那人一声不吭，脸上毫无表情。

"你看着我干什么？"金海还没从苦思冥想中醒悟过来，双眼无神地看着那人，继续思想。

那人盘腿而坐，和金海面对面，依然目不转睛盯着看他。

金海聚精会神想了一会儿，实在排除不了眼前有个人的存在。他有些恼怒地白了那人一眼：

"你，看着我干什么？"

那人只是干咳一声，不回答。

金海聚精会神，然而绝对做不到。

"真是滑稽，"金海觉得窝囊，"你哪儿不能坐？我的情绪都给你败坏了，你——"

"这地方又不是你的，别人凭什么不能待？"金海仿佛听见谁这么说，他注意到盘腿坐在对面的人嘴没动，连忙四处看。

四处什么也没有。镜子般的死水里是戒钓令威严的倒影。他和那个古怪的灰衣人对坐在戒钓令下。

他和那个灰衣人近乎仇恨地对看了好半天，大家好像都在憋气。金海突然挪动屁股，对着河，屏着呼吸，像修行练功的人那样重新调整自己的思想。他距离镜子般的河水还有一步之远。调整了一会思想以后，金海仿佛已经忘却了灰衣人的存在。

一阵脚步声，灰衣人居然在一步之远的距离，盘腿坐下，屁股后面紧贴河水。

"你!"金海只差一点就勃然大怒，转念一想，既然是憋气，大家索性赌到底。他站起来，活动了一下手脚，走出去整二十步，一屁股坐在河边，河水和自己之间不留任何空隙，竖起耳朵听动静。

有好一会没动静。那是一种让人心烦意乱的寂静。

突然，一阵玻璃被踩碎的哗哗声，金海慌忙回头去看，只见灰衣人大步走向小河，脚踩在那镜子般的死水中，步履维艰地往前挪，每迈一步，清脆的爆炸声便响成一片。

"你，"金海惊呆之余，忍不住大叫，"快上来。"完全是出于一种本能，他便知道那镜子般的小河是不能下的。

灰衣人继续往前走。

灰衣人上了岸，慢吞吞回过头，脸上依然毫无表情，目不转睛看着金海，看了一会，盘腿坐下去。

镜子般的死水放射出很多道裂纹。那裂纹由深而浅，渐渐恢复到最初的平静。

"鳖，你大约是想捉鳖吧?"金海想不出该用什么话来打破僵局，搭讪着说，"我们说会儿话，怎么样?"

灰衣人的脸上仿佛蒙着一层面具。

金海自顾说下去："我想你一定是钓鳖的好手，可惜有了这道戒钓令，谁也不敢再去捉鳖。不过，不过就是没这道戒钓令，那鳖也捉不到了。大家都捉，鳖再多，也受不了哇。"他似乎知道灰衣人不会搭腔接茬，继续说道："妈的，到底是阎王爷下的令，下油锅，进绞肉机，抛刀山，你说谁不怕？"

说了半天话，灰衣人一声不吭，金海十分遗憾地说："喂，你也来几句话，大家呆坐着不说话，也没劲。"

灰衣人就是不说话。两人隔河相望，充满了一种荒唐气氛。金海想到了要走，但是他发现自己生了根，要动也动不了。

"你到底要我说什么呢？"他叹了几口气，想了一会，问道，"你想问我怎么烧鳖？"

灰衣人的眼睛似乎亮了亮。金海得到了一种暗示和鼓励，他审视着灰衣人，既试探又有些想明白地说："这烧鳖，确实，确实有种种讲究，你信不信？"

金海于是大谈了一通如何吃鳖。

灰衣人目不转睛盯着金海。

"你是谁？"金海说着说着，冷不丁问道，"你到底是谁？"

金海继续大谈吃鳖，他已经黔驴技穷，没有什么可说的。

"我知道你是谁？"他突然感到十分害怕，急需证实地问道，"你，你是阎王？"

登场人物　阎王　判官　牛头　马面
　　　　　　　金海　甲犯　乙犯　鬼卒

〔阎王殿不复旧时模样，装修一新。有几只蜘蛛正忙着织网。

〔大殿上空荡荡，新粉刷的魑魅魍魉面部表情依然。

〔阴风中有惨叫号哭之声。

〔牛头马面穿旧戏装,手执钢叉上。判官左手拿善恶簿,右手拿生死笔,慢吞吞从大殿后面出来。

判　官　（念）　堪叹世人奸巧,人前礼义偏多。
牛　头　（念）　初然相见似谦和。
马　面　（念）　转面评人之过。
判　官　（念）　自己不能修德,笑人空念弥陀。
牛　头
马　面　（齐念）　看他到此却如何。

判　官　位列上中下,才分天地人。吾乃阎罗天子殿前判官是也。

牛　头
马　面　（抢着说）　吾乃 牛头马面 是也。

判　官　今当我王登殿,只得在此伺候。咦,人呢?
　　　　〔阎王带鬼卒上,旧戏打扮。

阎　王　（边唱边上）
　　　　阴司独掌,
　　　　赏罚分明无纵柱,
　　　　天神人鬼尽皈降,
　　　　地府臣僚皆敬仰。
　　　　浩浩乾坤,
　　　　威风显扬。
　　　　（润了润嗓子）生则生,死则死,据尔所为。入者入,出者出,任吾明鉴。各位道我是谁,自家阎罗天子是也。

判　官　（躬身）大王在上，小官候驾多时。

阎　王　判官免礼。牛头马面，

牛　头
　　　　在。
马　面

阎　王　（往四下看看，压低了声音问）朕要尔等提的要犯呢？

马　面　（讨好地）回大王，正在殿下打瞌睡。要不要给大王带上来？

判　官　（大声地）大王有旨，带金海。

阎　王　（压低了声音对判官说）带上来。

〔牛头马面领旨下。

阎　王　（煞有介事地吟诗）

　　　　举世纷纷尽裸虫，

　　　　有生万类在其中，

　　　　虽然贵贱分人物，

　　　　尽在吾曹掌握中。

　　　　（再吟）

　　　　天听寂无音，

　　　　苍苍何处寻，

　　　　非高亦非远，

　　　　都只在人心。

判　官　（拍手）好！

〔牛头马面押金海上，金海睡眼惺忪。阎王正襟危坐。

判　官　大胆金海，你可知罪？

〔金海依然是睡不醒的样子，眼前的一切显然使他感到

　　　　　陌生，他用近乎观赏的目光，打量牛头上竖着的两个角，又琢磨马面那张长得夸张的面孔。

阎　王　（突然想起地大叫）退堂，速速退堂。

判　官　（慌慌张张跟着喊）退、退、退。

　　　　〔牛头马面押金海下。

判　官　大王，怎么了？

阎　王　见鬼，见鬼，（着急地）我们怎么这般打扮。人家可是什么副教授，我们这样，非让他小子笑话不可。

判　官　大王多虑，谁敢笑话大王，他有几个脑袋？（自言自语）有几个脑袋也不行呀。大王不必多虑。

阎　王　（喝道）大胆。

判　官　（诚惶诚恐）小官不敢。

阎　王　鬼卒。

鬼　差　在。

阎　王　都给我退堂，退堂，换了衣服再来。

　　　　〔阎王由鬼卒领着，退下。

判　官　阎王爷今儿个是怎么了？（摇着头退下）

　　　　〔大殿上又是空荡荡。

　　　　〔牛头马面穿制服上，手持冲锋枪。判官穿一身黑中山装上，一边走一边整理领子。

　　　　〔鬼卒搬了一张写字台上，打扮成女秘书，软绵绵地坐在那儿。

　　　　〔阎王戴副金丝眼镜，西装笔挺，红领带，和蔼可亲地走上场。

阎　王　大家好。（走到写字台前坐下，大家都是爱理不理，略大一些声音）大家好！

判　官　（吃一惊）大王好。

阎　王　（有些不耐烦地）开始吧。

判　官　是。（对着牛头马面，啪、啪、啪，拍了三下）

〔牛头马面下，领金海上。鬼卒在写字台前放了张方凳，示意金海坐下。金海这一次全醒了，他小心翼翼往四处看，耳朵里依稀有惨叫号哭之声。虽然点了几盏极亮的灯，金海依然感觉得到一阵阵阴风和黑雾。

〔牛头马面手执冲锋枪，威武雄壮地立正，像雕塑。

判　官　金海，你知不知道自己犯了什么错误？

金　海　我？（吓一跳，看着判官，又转过脸去看阎王）我怎么了？

判　官　放肆，难道、难道你还想狡赖。好大的胆子！

阎　王　（对判官挥挥手，微笑着看金海）为了你的缘故，这河里的鳖都捉得差不多了，难道还不是你的错？

金　海　自从有了戒钓令，我从来不曾捉过鳖。

阎　王　那河里早没什么鳖了，你自然捉不到。

金　海　（狡辩地）那鳖又不是我一个人捉的。

判　官　（喝道）大胆。

阎　王　（对判官）大胆。金海，你要知道今天唤你前来，有什么事？

〔金海摇摇头。阎王用眼神向判官和鬼差询问，判官、鬼卒也摇头。

阎　王　（十分得意）我料你们也猜不到。我心里想什么，你们怎么会知道呢？不说不知，不知不说，金海——

141

金　海　（身不由己地）在。

阎　王　（安慰地）不必慌张，既然唤你前来，不会为难于你。鬼卒，沏茶。

〔鬼卒极不情愿地下，端两杯茶上，一杯放阎王面前，一杯放金海面前，扭着腰理了理头上的秀发，白了金海一眼。阎王举杯，示意金海喝茶。

阎　王　久闻你烧鳖大名，今日特请你来切磋切磋技艺。

金　海　阎王也会烧鳖？

阎　王　寡人有疾，疾在好吃。想当年，我做阎王助理之时，未听说过有没吃过的好东西。

判　官　（忍不住插嘴）天下有名的吃客只有三千，谁不知大王名列榜首。

阎　王　今天我想和你比试一下——不，我有道菜想请你指教。（站起来，卷了卷袖子，以写字桌的面为案板）取九只活鳖，每只重八两。

判　官　牛头马面，速速去钓九只活鳖，每只都得八两重。

阎　王　（很不高兴被打断）我亲自下的戒钓令。谁敢违抗？

（牛头马面依然像雕塑那样立正，鬼卒开始打瞌睡）君子动口不动手，这道理难道都不懂。我如今乃堂堂正正的阎王，令出如山倒，言必行，行必果，岂有自寻开心的道理。

（吟诗）

天上至尊惟玉帝，

人间最贵是君王。

天人两下皆兼理，

　　　　　地府阎罗独主张。

金　海　（小心翼翼）阎王请继续讲烧鳖。
阎　王　（气还未消）我讲到哪儿了？
金　海　取九只活鳖，每只八两。
阎　王　（袖子又往上捋了捋）其中八只把头剁下来，另一只，开膛，（做手势）开一个小十字口，取出内脏，趁热将八只鳖头塞进去，然后用针缝上。（换口气）然后，取火腿丝，葱丝、姜丝、蒜末、冬菇丝，（非常兴奋）隔水这么一蒸，然后，（近乎孩子气地）金海，你说，你说说看，这味怎样？
金　海　（无动于衷）蒸多少时间？
阎　王　这？（怔了一下）蒸多久也行啊。
　　　　〔鬼卒已经伏在写字桌上睡着，牛头马面依然像雕塑。判官聚精会神听着，动作有些僵硬呆板。
阎　王　（征求意见地）半个时辰？（金海摇头）依你之见，得多久？
金　海　（十分肯定地）四十分钟，不能多，不能少。
阎　王　四十分钟？
金　海　四十分钟。
阎　王　（肃然起敬）继续指教。
金　海　鳖背上、肚子上、裙边上的黑釉皮一定要刮尽。
阎　王　有道理。（点头）
金　海　火不能大，不能小。那炭最好是这么大，（用手比划）每一块都得一样，（阎王频频点头）只用一只鳖便行，鳖头虽然大补，如阎王那么做法，毕竟有些华而不实。

民间有道菜十分简单，就叫原汁烧甲鱼。鳖实在是好东西，说穿了怎么烧都好吃，只要不过就行。

阎　王　只要不过就行？（似悟非悟）

金　海　不能过，情愿不足，也不能过。

阎　王　情愿不足？

金　海　情愿不足。

阎　王　不能过？（绞尽脑汁地在想）

金　海　（不带任何商量余地）不能过。

判　官　这说的都是什么玩意？（对金海）你小子好大胆，还不赶快把话说说清楚！（对阎王）大王不必如此烦神。

〔阎王抱着头作动脑筋的痛苦状，一阵混乱，判官和金海手足无措。

判　官　大王，大王。

阎　王　（沿大殿走了三圈，逐渐平静，走到写字桌面前，坐定）金海。

金　海　（一惊）在。

阎　王　朕封你为我的御厨，今日起，不必再做苦工。

判　官　（讨好地）还不赶快谢恩。

金　海　（十分被动地）谢阎王。

判　官　谢阎王保佑脱离苦海。

金　海　（依然被动）谢阎王保佑脱离苦海。

阎　王　小事一桩，小事一桩。（不当回事地摆摆手）朕有御厨三千，多你一个不多，少你一个不少。判官——

判　官　在。

阎　王　让金海填张表。

判　官　是。

〔鬼卒已经睡醒，判官从鬼卒手里接过一张表格，递给金海。

阎　王　（极为诚恳地）我已经下过戒钓令，这鳖，自然没人敢捉。青竹蛇儿口，黄蜂尾上针，正是，阎王注定三更死，定不留人到五更。金海——

金　海　在。

阎　王　我既然已下过命令，一言既出，驷马难追，这鳖，是吃不成的了。巧妇难为无米之炊，阎王我今天就要你这么办。金海，你明白不明白？

金　海　（坠在云雾里）

阎　王　从今以后，朕想吃鳖的时候，你便给我，便给我说几道菜。

金　海　说几道菜？

阎　王　君子动口不动手。你说得好，便有赏。今日趁我心情不错，有什么要求，赶快提上来。

〔判官在一旁示意金海快说。

金　海　这阎王的御厨，我自然愿意当。不过，我过去是个教书的，阎王既是开恩，能不能让我再去教书？

阎　王　阴曹地府有屁的书要教。（有些不高兴）

判　官　（提示）要不要把你老婆弄来？

金　海　这——（高兴，转念一想，悲哀地）算了，让她多活几日吧，我儿子还在上全托呢。一日夫妻百日恩，不能为了我，让她也死。

〔一阵吵闹，鬼卒扭着屁股下，转眼又上。

145

阎　王　（问鬼卒）为何吵闹？

鬼　差　（发嗲地）哎呀，讨厌死了，来了两个罪犯。

阎　王　带罪犯。（从桌上拿起一根令箭，扔地上）

〔一直肃然不动的牛头马面正步走，下，押甲乙二犯上。

〔金海把自己的方凳往旁边挪挪，坐下，饶有兴致地看。

阎　王　（问判官）什么罪？

判　官　（翻卷宗）通奸。

阎　王　（喝道）大胆淫妇，你可知罪？（走向甲犯）看你长得像个杨贵妃似的，定不是个好东西。下油锅或抛刀山，你自己挑。

牛头押甲犯下。

阎　王　（接过判官手上的卷宗，看了大怒）受贿和挪用公款，妈的，气死我也。（指着乙犯）剥皮！抽筋！妈的，气死我也。

地府乐园建在阴间的尽头，是一幢二十八层的豪华大楼，和刀山东西对峙。大楼侧面一片黑压压的剑树林。挂剑树原是地狱里著名刑罚之一，自从建了地府乐园，挂剑树一刑废除，剑树成了观赏的景点之一。

二十八层的地府乐园几乎拥有了人间的一切享受。整个乐园由塔楼和垫楼组成。塔楼高耸入云，可以沿旋转楼梯走上去，也可以直接乘自动电梯上下。塔楼的最高层是璇宫似的转厅，厅内有酒吧舞池和茶座。转厅之上有个仿佛道家阴阳图标记的圆形平台，通过圆形平台，阎王专用的直升机可以起落。

阎王几乎从不到地府乐园来。

垫楼虽然只有两层，却大得可以用来打高尔夫球。地府中最大的餐厅便建在这里，地面是水磨青砖，雕花木槅窗扇，挂着宫灯，角落里是宋朝花石堆砌的假山，餐桌餐椅为全套的明式家具。王羲之的《兰亭序》真迹，顾恺之的《洛神赋图》真迹，吴道子的《送子天王图》真迹，赵孟𫖯的《红衣罗汉图》，韩幹的马，韩滉的牛，周昉的仕女，苏轼的墨竹松石，朱耷的孔雀，琳琅满目，应有尽有，是地方就挂着。

金海的薪俸使他隔一段时间，便可以去地府乐园。每次去，或喝杯雀巢咖啡，或喝杯碧螺春茶，或喝杯祁门红茶。音乐茶座可供选择的茶实在太多，狮峰龙井，六安瓜片，君山银针，信阳毛尖，黄山毛峰，太平猴魁，庐山云雾，蒙顶甘露，顾渚紫笋，武夷山的大红袍，龟山的岩绿，全是第一流的好茶。茶不贵，贵的是酒，洋酒是贵。去地府乐园，喝得起洋酒的，并不多。

御厨一职品位并不高，但是伺候的是阎王，谁也不敢小看。

金海喜欢泡在茶座里，正对着大门，慢慢喝茶。一闲对百忙，他做了御厨以后，很长一段时间过去，却一次也没忙过。

金海也许永远也用不着再忙。

坐在茶座，金海注意到，从大门进进出出的有一位女士，长得十分像他老婆。那是一种神态的相似。这一发现的最初效果是，金海被滚烫的茶水烫了一记。当时那女士缓缓从大门外进来，心不在焉望了他一眼，站在那儿仿佛突然想起一桩什么事似的发怔。这情境和他与老婆最初相识时一模一样。那女士和他老婆一样红着脸，一样手足无措，一样又不想进又不想退，一样似笑非笑，一样不可思议地向他走过来。

金海的舌尖上烫起一个不大不小的水泡，这水泡足以让他吃什么都不是滋味。

那女士像他老婆一样不可思议地向他走过来。一幕绝对相似的戏剧正在重演。那女士像他老婆一样从他身边走过去,一样连看都不看他,一样坐在另一张桌子上,一样什么饮料也不要地傻坐。

"你等人?"甚至金海也像当年一样主动搭讪,这三个字很机械地便从正在发痛发麻的舌尖弹了出去。他和老婆的姻缘是学校里的一个同事促成的。初次见面的环境十分重要,他和他老婆一见钟情,显然和当时优雅的氛围分不开。当他问"你等人"的时候,他只记得他老婆似乎匆匆扫了他一眼,好像笑了,也好像没笑,好像当时就和他坐在一起了,又好像隔了一会他们才同桌共坐。一切都显得那么浪漫和合乎情调,那是个最容易孕育爱情的季节,生活的浪潮把他们冲向一片共同的沙滩,他们在这沙滩上散着步,充分自然地做自己想做的事。三个月后,他们就像讨论一部刚看过的电影,和风细雨地研究起结婚。

那女士在金海的身边坐了一会,<u>丝毫不为他的提问所动</u>。很显然,她已经意识到身背后男人的存在,那男人正蠢蠢欲动。

金海端起茶杯,走到那女士桌前,彬彬有礼地问:"我能不能坐这儿?"

那女士不说行,也不说不行。金海端着杯子站在那儿有些尴尬。奔驰着的火车驶进一个岔道,金海有种对不上台词的恐慌。

到处灯火辉煌,巨大的落地玻璃门窗折射出五光十色。大厅里依然能感到一阵阵阴风在回旋,大团大团的黑雾静悬在半空中,好像一幅放大的五线谱上标出的音符。金海注意到那女士的目光终于慢慢地向他脸上移过来。

"你长得真像我老婆,"他十分冒昧地脱口而出,"噢,对不起,我的意思,是你们实在太像了,太像了,真的。"

那女士的脸上并没有恼怒的迹象,她只是不太明白金海的话。

"请问贵姓?"

"我?"那女士心不在焉地看着他。

"随便问问,"金海端起茶杯往嘴边送,牙尖碰到了舌尖上刚烫起的水泡,疼得连忙把舌头缩回去,"随便问问,随便问问。"

"随便?问问?"

金海掩盖窘境地傻笑:"没什么。"

"没什么?"

"我只是觉得,觉得,唉,不说了。"

"你这人真有趣,"那女士站了起来,"怎么说说又不说了?"她似乎完全看透了金海,转身向电梯走去。

电梯间的门关着。那女士走到门口,回过头来,对金海极有内涵地看了一眼。

极有内涵的这一眼唤起了他对老婆的全部思念。他熟悉这眼神,一刹那间,漫长夫妻生活中的甜甜蜜蜜,像一颗糖似的堵在了他的喉咙口。他向那熟悉的眼神移过去,慢慢地,像平地上淌出去的水,像蚕吃桑叶,像小河里用缆绳拉着走的渡船,像失去目的游动的流星。那女士全神贯注看着电梯间的门。过多的记忆像海绵吸水,都聚集在金海的大脑里。算不清的恩恩怨怨,数不尽的小吵小闹,统统都过滤净化,爱这个已经俗不可耐的字眼,忽然之间把什么都省略了。他突然发现自己从来没有这样全心全意爱过自己的老婆。虽然离别得那样匆匆,牛头马面带走他的时候,他老婆还在另一间房里叹气织毛衣,虽然他根本不是那种绝对忠实的男人，完全是因为对女人有贼心没贼胆才守住了贞节，当他向那个陌生的只是长得像他老婆的女士走去时，他几乎是陡然顿悟了爱的全部含义。

那女士全神贯注地看着的电梯门，在金海走近的那一刻，无声无息打开了。他一个箭步，和那女士一同跨进电梯。她似乎已知道他会来，转过身，既威严又有些戏谑地问：

"你去几楼？"

"我？"他想了想，带几分不好意思，"随便，随便几楼。"

电梯轰隆轰隆响起来，犹如一辆破旧的老式卡车。那难以忍受的噪声衬着豪华的装潢显得有些滑稽。电梯抖动着上升，金海发现连个扶手的地方都没有。四壁光滑如玻璃，天知道那噪声是从哪儿发出来的。噪声透过耳膜向脑子里挤压，他意识到自己很快就会呕吐。

那女士用极纤细的手指在一个灰颜色的按钮上摁了一下，抖动着的电梯像断了气一样戛然而止。"来，你再摁一下。"那女士对他指了指灰色按钮，做了个用劲一摁的动作。

电梯门随着金海的手指慢慢打开。那电梯正悬在半空中，离大厅的地面约有两层楼那么高、那女士拍拍他肩膀，说：

"跳。"

"跳？"

"跳。"

"跳？"

那女士十分认真地说："你都是死了的人，还怕死？"

金海退到电梯的尽头，摇摇头。

那女士说："跳下去，我们沿楼梯走上去。"

"不，"他背靠着电梯玻璃般光滑的壁，更加坚定地说，"不。"

"我先跳。"

"不，你也不要跳。"

那女士作跳跃状，金海冲过去拉她，没想到反被她一把拉住，两人像鸟似的展翅飞了下去。在半空中，金海听见那女士说："收腹。"

没想到水磨石青砖地像席梦思床垫一样充满弹性。金海只觉得屁股上似乎叫人重重踢了一脚，人刚落地，又高高反弹起来。反弹得非常高，在又要往下坠落的一瞬间，他差点伸手去抓那半空中的电梯。

紧接着屁股上又被重重踢了一脚，再下来是肩膀，是背，是头，又是屁股，又是头，又是肩膀，再是屁股，还是屁股，有一次甚至是嘴啃泥狗吃屎。

金海叫苦不迭。那女士站在地上十分同情地看着，不时提醒他收腹收腹。

金海使出吃奶的劲用力一收腹，人果然站住了。那女士看着他气喘吁吁的狼狈相，说："歇一会儿，我们沿楼梯走上去。"

"还上去？"

"去不去由你，"那女士好像没想到他会提出异议，"怎么了，你不想去？"

"去，去哪？"他依然气喘吁吁。

那女士白了他一眼。

他白了那女士一眼。

"走，"他说着便往旋转楼梯走过去，"从这儿走，你准保会好过些，不信你试试。"金海又是身不由己，一边走，一边跟自己嘀咕:"我他妈今天怎么啦!"旋转楼梯高得根本就不像有尽头,走了好一会,他忍不住问:"第几层了,这有完没完?"

"这是第五层,地府阴曹的档案都放这儿。"

"这儿也有档案?"

"你说哪儿没档案?"

"不,我是说,我是说人都死了,还要档案干什么?你不用这么看着我,我知道你的意思。死就是生,生就是死,生死都一样。好了,我说你别这么看我。算我没说。我们,我是说我们去几楼?"

"十楼。"

"十楼?"

"我在那儿。"

"你在那儿?"

金海跟着那女士往十楼走,一路走,一路疑疑惑惑。他觉得她像自己老婆时,一举手一投足,怎么看怎么像。然而他终于发现了她们之间的不同,这不同先是只有一点点,仿佛黎明前的白颜色,渐渐地,黑都成了白,金海注意到她们根本是两回事。

到了十楼,放在他们面前的是个巨大的转盘。转盘上坑坑洼洼,转盘上印着各种各样怪异的文字符号,转盘上五颜六色。

"你想个数目。"那女士对他说。

"想个数目?"

"对,随便想几都行,快。"

金海脑子里想的是"八",脱口却说:"七。"

转盘应声动了起来,动了一会,停了。那女士拉着金海走上转盘,转盘又动,再停,正对着一条细细窄窄铺着地毯的过道。走过过道，是一个放着沙发的门厅。那女士指了指沙发，示意金海先坐一会儿，她从小茶几上取了支香水笔，一张薄得近乎透明的纸，腿交叉着坐在他旁边，问：

"你老婆叫什么，属什么的，初几生的？"

"问这干什么？"

"你不是想见见她吗？"那女士反问说。

金海一一回答，那女士用笔写在纸上。他只知道阳历。那女士想了想，说："阳历也行。"

她让金海和她一样换上白大褂与拖鞋。惨白惨白的墙壁突然变成一幅极大的全是台阶的壁画。那壁画慢慢向后倒过去。那女士做了个手势，要金海和她一起走进那幅画。那幅画开始很平静地向前移，台阶无止境地在远方聚成一个小黑点。金海有一种置身小舢板飘荡在大海上的感觉，身轻如燕，如醉、欲仙、欲飞，欲打个痛痛快快的喷嚏。

金海只是为了能看几眼依然在阳间的老婆，才向那捉摸不透的女士讨好的。他一向不是个轻浮油滑的男人。笨拙的讨好显然有些滑稽可笑。那女士说：你和别的男人天生不一样，你没必要向他们学。又说：你学不会的。

那女士的身份让金海大吃一惊。她的来头不算太大，历史却让他觉得太悠远了一些。到他们彼此适当熟悉，对金海老婆的追寻已接近徒劳的时候，那女士忽然告诉他，说她是唐朝的一个宫女。她说：你以后就叫我白头宫女好了，真的，信不信由你。天方夜谭般的故事让金海半信半疑。假作真时真亦假，他继续向那女士讨好卖乖献殷勤，心里总在想，她干嘛不说自己就是武则天杨贵妃。

白宫女这名字是他以后交往中常用的经过加工的称号。他说："你怎么说，我都信，反正我都信。"

她说："你都信，说明你什么都不信。"

他又说："我真的都信。"

多年的媳妇熬成婆。那女士是唐朝的宫女也罢，是武则天杨贵妃也罢，不管怎么说，她在地府阴曹很有些年头。很有些年头这字眼意味着一种资格。这资格使她有权掌管着阴司里的一切档案。纷繁的档案犹如大海一样浩瀚。就像开导求知的小学生那样，她详详细细不怕重复地和他讲述档案的重要性。只有知道过去，才能把握未来。她喋喋不休大谈自己，甚至不无得意之色地向他暗示，虽然阎王有权决定生死，然而在投胎重生这个重要环节上，她享有几乎和阎王差不多的权力。阎王只能决定人或生或死，决定纯粹意义的生死，而她却可以决定人在来世怎么活。

她说：我的顶头上司是十殿转轮王。

她说：转轮王你知道不知道？

她又说：在来世，你变猫变狗，变男人变女人都可以。都可以，就是不能变成外国人。

副教授头衔获得时最初的喜悦像镜子的反光，从金海眼前闪过。年轻有为这类赞美曾一度使他深深陶醉。他教的那些学生几乎都想出国。一个矮矮胖胖常穿T恤衫不用胸罩据说和几个男人风流过的女学生，在一次师生恳谈会中，醒目的法国口红抹过的嘴唇打着哈欠，说：要是索性变成个外国人就好了。出国热像失去控制的甲肝一样流行。古典烹调这门课就是为传播这种流行病设置的。美国麻省的一所高等学府已经在考虑邀请他去讲学。

肯定发生了什么意外或差错，白宫女几乎查阅了一切可能有关的档案。金海的老婆似乎有意在躲迷藏，仅仅和她同名同姓的女人就有几十打。几十打同名同姓的女人，不得不使金海重新考虑他老婆是否存在。

白宫女说：既然你这么思念她，为什么她身上的一样特征都记不住呢？

金海问必须记住什么样的特征。

她说这无所谓，关键得记住。人应该记住些东西。该记住的东西记不住，就不是人。金海不知道人到了地府阴曹，还算不算是人。人不是人，又是什么。

你们既然夫妻一场，你总得记住些什么，要不，也太没人情了，她这么对他说。

我真的记不住，他说。他的确不知道他老婆到底有多高多重。胸围、臀围、腰有多粗多细，他一概不知道。他不知道他老婆究竟拿多少钱工资。有时候，他觉得他老婆已经够漂亮，有时候，又隐隐地希望他老婆再漂亮一些。和胖女人比起来，他老婆太瘦，和瘦女人比起来，他老婆又嫌胖。他老婆不像白女人那么白，也不像黑女人那么黑。

说老实话，我连我老婆的脚多大，都不知道，我为她买的鞋子不是嫌大就一定嫌小。他有些不好意思地告诉白宫女。人的脚常常是桩让人尴尬的事。他虽然混到了副教授的头衔，可是始终未弄清自己该穿什么尺寸的鞋。鞋略大一些略小一些都能将就着穿，他生来不是那种讲究挑剔的男人。

同名同姓的人都这么多，脚生得一般大小的女人肯定更多，他觉得白宫女在这点上没理由责怪他。有一个特征金海憋了很久没有说，即使他和眼前的这个女人已经很熟，他仍然觉得如果说出来，便是同时亵渎了两个女人。他爱他的老婆，他喜欢眼前这女人，他不想伤害她们。

金海和白宫女越来越熟。

也许是出于好奇，也许是出于诱惑，也许是出于别的什么，金海仍然未守住最后的堤防。他把他老婆身上作为丈夫不应该说出来的特征，羞羞答答地说了出来。尽管他说了就后悔，尽管她事先表示说什么都不在乎，尽管他们的确都很尴尬。很尴尬，窘得都不好意思看对方一眼。你怎么和那些下流的男人一样，只记住这些，只记住这些呢，她忿忿地说。

她红了一会脸，说：我的档案中，没这种下流胚才记住的东西。

对金海老婆孜孜不倦的追寻一直没任何线索。为了调节枯燥搜索时产生的疲劳，金海有幸在阴司的档案馆大饱眼福。所谓档案，都记录在一张张剃须刀片差不多的金属薄片上。只要把这些金属薄片插入一个类似幻灯机的装置中，对面惨白惨白的墙壁，便会映出无数个正方形犹如连环画的小画面。每个小画面又如一台小电视机。

一张张剃须刀片差不多的金属薄片，把人的过去现在以及来世，完美无缺地记录在案。通过金属薄片投射出的连环画一样的图像，人的一生切割成不同的阶段同时播放。

白宫女的档案证实她的身份确凿无疑。金海发现自己穿过时间的障碍，突然莅临大唐王朝。叙述着天宝遗事的白头宫女跑过来迎接，领着他在皇宫里横冲直撞。时间的车轮开始逆转，所有应该出现的历史人物——复活。一幕幕旧戏倏忽变幻。明皇私祭长生殿，杨妃赐死马嵬坡。胡宴长安，七夕私盟。贵妇新浴，侍儿扶起娇无力，花气袭人。始是新承恩泽时，银烛影千行，把良夜，欢情细讲。今古一样情场。妙舞新成，清歌未了，东窗白玉床。

那引路的白头宫女越变越年轻，头发越来越黑，转眼间，娉娉袅袅十三余，豆蔻梢头二月初，金海发现自己正跟在一个步履轻盈的少女后面，那少女一路走，一路咯咯笑，忽然没了踪影。前面是个厢房，金海无意间推门进去，那少女正坐在炕上做针线，头上梳着漆黑油光的髻儿，蜜合色棉袄，玫瑰紫二色金银鼠比肩褂，葱黄绫棉裙，见了金海，先是抿嘴笑，笑了一阵，又忍不住扑在炕上大笑。

掌管阴司档案并被称作白宫女的女士，笑着走到金海身边，从类似幻灯机的玩意里"啪"的一下抽出金属薄片，说：有什么好看的，不让你看了。

金海如陷在云里雾里，说：这的确好看。

有什么好看？

真的好看，我越看，越觉得你漂亮，真的，真的漂亮。

怎么漂亮？

就是漂亮。

金海走过去，一种淡淡的激情正唆使他做一件事。面前的女人是他老婆或那个坐在炕沿的少女或杨贵妃都无所谓。他走过去，一把把她深深地揽在怀里。他说：我喜欢你。她有些慌乱，脸向后仰，问：你干什么？他说：我喜欢你。她说：有什么好喜欢的？他说：就是，就是喜欢。

她轻轻推开他，轻轻一推，很轻易地便分开了。她说：真奇怪，你还会有这些念头。人死了，既然死了，还能有什么欲望呢？她叹着气：我从来没让男人碰过，我永远不会被男人碰。她奇怪眼前的男人到现在还不明白他应该明白的事。可是，可是，你又能干些什么呢？你要是喜欢女人，我可以把天下最漂亮最风骚的女人，统统叫到你面前来。

在他一下子全明白之前，他不明白。

死是欲望的总结，她觉得说这一句就足够。

他静静地听着。那声音像一滴水滴在玻璃上，沿着光滑的表面向下滑。

过了一个月，也许是一天，也许是一年，她忽然面带惊喜地告诉他：喂，你老婆的档案找着了，你自己看吧。她把金属薄片硬往他手上送，差一点划破了他的手。他有些发木，不知道自己该怎么办。他意识到她很可能制造了一个小阴谋。

金属薄片插进了那个幻灯机一样的玩意，无数个连环画似的小屏幕同时播放着不同的图像。

金海不想重温已经逝去的旧梦。他懒得再去运用那既可以属于他同样可以不属于他的大脑。他的儿子很可能正在做功课。他的老婆很可能又在打毛线。一个陌生的男人很可能睡在他曾经睡过的床上，刚演习过他曾经演习过的游戏。

你为什么不看呢？她非常失望地问他。

我？

当然是你。

他发现他从来不知道饿。他明白这也许就是阎王养了三千御厨的奥秘所在。

我，我看它干什么？
那那，那你要干什么？
他不要干什么。他说：给我一杯水。

一九八九年十月十八日

奔丧

风水先生瘦高个，新光的脸，泛着黄颜色，从黑人造革包里取出罗盘，闭眼睛想了想，看看四周，看看大舅，看看我，不说话。

大舅说："就在这儿？"

风水先生又看罗盘，又看四周，又看大舅，又看我。皱皱眉头，突然触电似的跳起，拔腿往前跑。看前，看后。看看四周比庄稼更旺盛的野草："这儿好，这儿好。"

大舅和我已经跟了过去。大舅叫我递烟。风水先生接过香烟，看了看牌子，问大舅："外甥从哪儿来？"

我告诉风水先生自己的出处来历。风水先生不好意思地说："要死，让你们大城市来的人笑话了。"四周都是野草，蚊子和小虫子飞来飞去，大舅看看风水先生手中的罗盘，不死心地问："就在这儿？"

"就在这。"风水先生用脚在地上画了个圈子，弯腰拔草，用力将带着泥块的野草往远处扔，"这儿好，这儿很好。"

我站在风水先生选定的圆圈中东张西望。

"乡下人就讲究这些，"风水先生反复解释，"这儿好，这儿很好，真的，真的。"

"这儿就这儿吧，"大舅疲惫不堪地缩了缩颈子，推了推我，让我从那选定的圆圈中出来,低头看黄土,看了一会,嘀咕说:"这儿低了些。"

"低?低了好。"风水先生指了指东面,说:"大外甥往东看,看见那山了?大外甥再往西看,那儿也是山。老太太的位置就在这儿,看出名堂了?这山,这两边的山,就是扶手,沙发的扶手,老太太葬在这儿,好像坐在太师椅上,这地方好,真的好!"风水先生很遗憾我是来自城市的年轻人,不能理解他的满意所在,踌躇满志地叹口气。

大舅又疲惫不堪地缩脖子,天有些热,用手指刮了刮额头上的汗珠。风水先生举起罗盘前后瞄瞄,按捺不住得意:"老太太真是选了个好地方。"

我问大舅外祖父的坟在什么地方。大舅指了指远处的乱坟岗。

外祖母常常坐在门前的石凳上搓绳。二舅开了家小店,成捆地进啤酒,系啤酒瓶的塑料绳永远用不完。细细的塑料绳五颜六色,外祖母老是搓绳子。太多的经过加工的绳子,多得派不上用场。外祖母乐此不疲,没完没了地蘸唾沫,搓出一手老茧。都叫她别搓,都笑她,都觉得老太太有些神经不正常。孙子辈已经有了,重孙子这一茬正赶上独生子女,宝贝得像王子公主,像金像玉像出土的几千年前的文物。门前三十米外是一条新修的高速公路,白晃晃的仿佛淌着的河流。外婆坐在门口搓绳,孙子辈的儿女们在门口一方空地上游戏,高速公路上汽车呼啸而过。游戏的孙子辈儿女们经常打架,吃亏的都来找太婆告状。外祖母要么不理不睬,要么嫌烦,冲那方空地大吼一声,继续搓塑料绳。孙子辈的儿女们继续打架,打不赢就骂,骂了又打,打了再骂。重孙辈的打骂引起了孙子辈的打骂,孙子辈的打骂又引起大舅二舅三舅的打骂。也不敢大动武,就听见叫,就听见骂,围了一大帮人看。外祖母毫无表情地搓绳,由他们去叫,去骂,去讲事实摆道理,去让一大帮人围着看。

　　大舅一家憋了一肚子气。二舅一家憋了一肚子气。三舅一家憋了一肚子气。都憋了一肚子气,到了家关门继续斗气。打老婆骂小孩,鸡飞狗跳。隔了几天,又隔了几天,二舅的二儿子的千金在空地上骑小三轮车,大舅的二儿子的公子也要骑,便闹,便学着大人的样子说好话。千金说:"你要骑,叫你妈买去,要不然,你叫太婆买。"公子说:"不让骑就算,不让骑拉倒。"俩小孩斗了一会嘴,阴盛阳衰,公子跑到外祖母面前,哭着告状。公子说:"太婆你管不管?"外祖母继续搓绳子。公子又说:"太婆你不管啊?"外祖母说:"我管不了,太婆管不了你们的事。"公子说:"太婆给我买车子。"外祖母说:"我干吗给你买?我干吗给你买?"

　　千金骑着小三轮车过来,学着外祖母的口吻说:"我干吗给你买?"

　　公子说:"就给我买。就给我买!"

　　千金说:"就不给你买,就不给你买。"

　　外祖母说:"死走,死走,都给我死走。"

　　"死走,"千金对公子说,"太婆叫你死走。"

　　"你死走,"公子不服气地说,"太婆叫你死走。"

　　"你死走!"

　　"你死走!"

　　公子和千金叫了一会儿阵,一起质问外祖母。

外祖母说:"都给我死走。"

外祖母一个人住在老房子里,老房子里就外祖母一个人住。那天晚上,外祖母洗了两小时脸,换了早就准备好的老衣,坐那儿发怔。正赶上停电,外祖母坐在黑暗中,静静的像座木雕。大舅打着手电,苦相十足地站旁边。

大舅对木雕似的外祖母说:"娘,你想开点,想开点,娘。"

外祖母的黑影子略微一动。

"我写封信给老二,让老二回来一趟,"大舅用商量的口吻说,"老二也很长时间不回来了,让她回来,住几天,然后接你到南京去住几天,散散心。要不然,让林林回来接你。"

大舅说的老二是我母亲,林林就是我。外祖母一声不吭。突然间电来了,亮得刺眼,大舅一阵哆嗦。几天以后,从火葬场回来,喝着酒;大舅谈到电突然来时的感觉,依然带着过分的恐惧。"电一下子来了,真是亮得热昏。我眼前是一片水,好大的一片水,娘突然不在了。真的,娘不在了!林林,有些事你们不相信的,年轻人不会相信。我眼前一亮,你外婆就不见了。当年你外公死以前,那天晚上,我也是梦到一片水。"

外祖母悬梁自尽的准确时间显然是在黎明前。大舅已经预感到会出事,为了慎重起见,他找来了二舅三舅。弟兄三人已经有一阵子不说话,到了这节骨眼上,都求外祖母想开一些。外祖母说:"我有什么想不开的?"隔了一会又说:"我有什么想不开时,你们不来管我,我现在想开了,你们偏来烦个不清。"三兄弟唉声叹气,都说:"娘,你要有个三长两短,我们做儿子的都一把年纪了,娘要我们怎么做人。"

大舅说:"我们弟兄三人随你住在谁那儿,一家住一个月也行。"

二舅说:"我们一家再拿出十块钱就是了,物价再涨,娘还怕挨饿不成,真是的。"

三舅一向是外祖母最宠爱的老巴子,说话也最没分寸:"哎呀,娘都这么大年纪了,有什么想不开,你寻死觅活的,何苦来着?娘要死,我们几个陪你一起死,大家死了拉倒。"

外祖母木雕似的坐着,任凭三个儿子轮流地说,无动于衷。夜越来越深,寒气逼人。二舅妈首先来叫人,紧接着是三舅妈,一脸不好看地训男人。

二舅妈说:"有什么话不能明天说。"

三舅妈说:"乖乖,一个个哪来的精神,都不睡了,明天都不过了?"

爆竹噼里啪啦乱响,孩子们有哭有笑拼命大叫。大舅二舅三舅一排跪在那儿,白帽子白腰带,清一色孝子打扮。女眷开始哭丧,一声起了头,抑扬顿挫,有起有伏气势磅礴。围了不得了的人在看,指指戳戳议论纷纷。主持丧仪的人走到门口,挥手搡人:"靠边站,让开来,让开来。有什么好看的。"

我们在爆竹声中往外走,走到门口,再一次跪下来。在灵堂里我们已经磕了三次头。反正是按长幼顺序,一个个磕过来。我的小白帽太小,弄不好就掉下来,一掉下来,围观的人群中必有笑声。母亲时不时瞪我一眼。

由二舅联系了一辆大卡车,就停在高速公路的边上。我们跪在那儿,排成牙齿一般的阵势,看前来帮忙的人抬着外祖母出来。外祖母躺在门板上,罩着一个硬纸板糊成的棺罩,被举得高高的，从人头上移过，仿佛一只正在行进的小船，又好像是黑色的大鸟滑翔，黑黑的庄重的影子缓缓向前走。稀稀落落响了几声爆竹，主持丧仪的人突然发现了什么不对，非常着急地大叫，跺脚，训人，严肃异常地指挥这指挥那，一头一脸的不高兴不自在。外祖母被抬上大卡车，接下来便是轮到死者家属上车。一大帮的人，男女老少蜂拥而上，挤得气都喘不过来。大舅清了清嗓子，苦着脸说："抓好了，大家抓好了，说开车就开车，当心摔下去。"

大卡车上了高速公路，昂了昂头换了一挡，理直气壮朝前冲。新修的高速公路上到处可见施工之后的垃圾残骸，一路奔驰，三舅连续不断地向各个方向扔纸钱。有时候纸钱就落在卡车上，因为风的作用，粘在人脸上肩上脖子上背上不肯走。不断地有手去抓去抢，挥过来挥过去，有些动作实在滑稽，都想笑，都不敢笑。毕竟是出丧，毕竟是去火葬场。阳光灿烂，笔直的高速公路反射出蓝天的颜色。风呼呼吹着，车上的人各自找自己的话说。

突然发生了什么变化，车上人的目光都在找我。大卡车的速度也明显减慢了。三舅将身子探出车外，看了看，说："怎么样，我说前面反而容易吐，你们不信，非要不相信！"他的身子转了过来，冲我深深叹了口气，"真要命，阿姐在城里面，一日到夜要坐汽车，一碰就吐，一碰就吐，这日子哪能过？林林，你们城里面，吐口痰都要罚款，阿姐吐一地的，还不给罚死了。"

我挤到边上，往驾驶室看。母亲的头已经缩回去。大卡车昂了昂头，又加速朝前冲。"还有多少路？"我感到一种厌烦，茫然地问道，"老是没完没了地开，怎么这么远？"

"这鬼地方离得越远越好，"三舅突然想到似的连续向空中撒纸钱,"我叫是自己的娘死了,要不然打死我,这种触霉头的地方,随便怎么说,我是不去的。"

"到底还有多远?"

"你管他多远,到时候就下车。"

"到底还有多远?"

大卡车拐弯驶向另一条公路。这是一条破烂不堪老掉牙的碎石路,车子一上去,好像置身于大海的波涛之中,人一上一下,颠来倒去地折腾。泥土飞扬,回头看过去,灰尘卷起一条巨龙。车上的人都用手捂嘴,属于我表侄的那一辈公子小姐开始哭闹。因为颠得太厉害,盖外祖母的硬纸板棺罩突然向上一跳,露出了一小块裹尸体的红绸被面,几只手忙不迭地去按硬纸板棺罩,硬纸板棺罩被按住了,外祖母的尸体在门板上小范围地滚来滚去,虽然听不到扑通扑通的撞击声,但是谁都能感觉得到。

"要死,要死,慢一点,"三舅冲驾驶室大叫,"这样开下去,真要去火葬场了。"

大舅二舅一致教训三舅,说这样的话不该说。

三舅妈远远地骂道:"真正神经病,马上就要做阿公的人了,说出话来,一点也不知轻重。大大小小这么一车子人,你倒是咒谁呢?真正神经病。"

三舅说:"车子也没有这么开的,开慢点总可以吧。"

大卡车终于慢下来,不过并不是听了三舅的话。大卡车放慢速度,完全是因为我母亲晕车太厉害。慢慢地又走了一截,司机停了车,让我母亲下车喘喘气。借休息的机会,大舅将硬纸板棺罩掀起来,准备重新收拾一下。裹着红绸被面早已僵硬的外祖母尸体,悄悄地滚到门板的一边。门板上印着停放尸体后留下的痕迹，像地图一般宛然在目。很显然，外祖母的尸体还在渗血，大红的绸被面上端有一大摊黑斑，湿漉漉黏糊糊顿时引了苍蝇飞过来。"赶快罩起来，这苍蝇的鼻子实在是尖。"三舅伸手去拍苍蝇，觉得大舅此举毫无必要地说。

我母亲在路边干呕了一会，重新坐进驾驶室。大卡车再次启动，昂了昂头继续往前走，走得极慢极慢。老牛破车似的走了一阵，车上忽然一片窃笑。我莫名其妙地看别人。都在笑，甚至大舅一向皱着眉头的苦脸，也在忘情地苦笑。三舅说："这下热闹了，真是霉头触煞。"

一辆送新娘子的大卡车，正远远向我们驶过来。冤家路窄，送新娘子的大卡车缓缓地跟在我们后面，犹豫着拿不定主意，想超车，又知道路太窄，超车绝不是容易的事。我们的车走得实在太慢，慢得使我们能够充分欣赏后面这辆车的窘态。一种占了上风的得意洋溢在我们车上。喜气洋洋的送新娘子的大卡车难免垂头丧气，它憋了一会，终于鼓足勇气向我们发起试探性的进攻，喇叭怪叫长鸣，气势汹汹冲过来，到了我们屁股后面，咬牙切齿，想上又不敢上，想停下来又不愿意停，那样子说不出的滑稽。

"有本事上来呀。"我的表兄弟们笑出声来。吃素碰到月大，做贼的碰到强盗，事情偏偏这么巧。我们的大卡车慢条斯理地走着，像个大腹便便的绅士一般丝毫不紧张。相持了一段时间，我们后面那辆大卡车的司机从驾驶室探出头来，冲我们这辆车恶狠狠地骂了一声。我们车上立刻有人反击，先是说俏皮话，越说越难听。都是下流的词，充满智慧充满幽默。那司机恨不得跳上我们这车打一架，脑袋一次次伸出来缩进去，没办法依然没办法。

"要打架，打一架就是了。"我的一个表弟生来不是省油的灯，吊儿郎当地说，"索性连新郎官新娘子一起拉下来，都揍一顿。我们这车子这么多人，难道还怕了他们不成，真是的，光动嘴有什么意思。慢慢开，就慢慢开，看他们怎么办？"生来不是省油灯的表弟从三舅那里抢过一叠纸钱，用力向空中扔去，纸钱像雪片一样散开，漫天飘扬悠然下落。这一招太厉害，送新娘子的大卡车只好认倒霉服输，猛地一下刹住车，停在那儿生闷气。我们的大卡车带着胜利的喜悦继续向前开。

火葬场热闹非凡。我们的大卡车在爆竹声中缓缓行驶，加入了由各种牌号卡车组成的长龙。必须老老实实地排队，都是死了人，都是送死人来烧。也不知是谁定的规矩，装着死人的卡车，远远地开过来，只要岔路口一拐弯，就开始噼噼啪啪炸爆竹。我们的大卡车不慌不忙身不由己地走着，忽快忽慢，一停就是半天。终于进了火葬场大门。火葬场大门形同虚设，只有两根半新不旧的水泥柱子竖在那儿，仿佛一对变形的羊角。一路都有哀乐队的说客前来接洽生意，说得天花乱坠神乎其神。我们的车子总算停稳，我们总算可以下车。到处都是戴白帽子系着白腰带的死者家属。外祖母的尸体被抬了下来，还得排队，还得等。我们茫然地在原地兜圈子，一大家子人分成了好几摊，东一堆西一堆不知所措。这场面仿佛电影开场的时间已到，电影院的大门偏偏不肯打开，观众只好在狭长的空地上干等，又仿佛拥挤的小学正赶上课间休息，叽里呱啦吵个没完。我们恰巧赶上了死人的旺季，火葬场的六座焚尸炉全部打开，死人源源不断地送来，队伍越来越长。孩子们到处乱蹿到处赶热闹。爆竹声声哀乐阵阵，好不容易等到机会的家属一起拥向焚尸炉，一声起哭，由高，而低，转缓，起伏，进入高潮。一批接着一批，这一群人哭完了，让位给下一群人哭。哀乐队的说客们东蹿西跳，见人便兜生意，漫天要价就地还钱。大舅突然之间被说客们包围，都揪着他的衣服不肯丢。"你给个价，给个价，哎哟，人都死了，这几个钱，老伯伯不能省不能省。"母亲坚持找一个像点样子的哀乐队。"还是这位女同志说得对，人都死了，当然要找个像点样子的乐队。是老太太吧？老太太多大年纪，八十多了？高寿，高寿，这是喜事呀，老伯伯听我一句话，花不了多少钱。这位女同志都同意了。老伯伯花不了多少钱。"母亲做主要下了一支乐队，那兜生意的看出些名堂门道，知道母亲的身份非同一般，讨好说："老太太八十多了，真是喜事，热热闹闹办一办，子孙后代保证兴旺发达。老同志你从哪儿来？南京，南京是好地方。老伯伯你看，人家大城市来的，都入乡随俗。看得出你是一家之主，这钱不能省，什么钱都能省，这钱该花。还是这位女同志明白道理。"兜生意的兴冲冲地去通知哀乐队。大舅说："这些人的话，死人也能被他们讲活，哪能都听他们的。"二舅三舅拖儿带女领了一大帮人走过来，都用询问的眼光看大舅和母亲。二舅问："谈好了？多少钱？怎么啰唆这么半天？"大舅说："刚刚你在这儿就好了，这帮家伙门槛实在太精。"二舅问大舅是什么价钱，母亲在一旁报了数字，二舅连连咂嘴，只喊吃亏被敲了竹杠。母亲说："能有几个钱，算了吧。"大舅摊开双手表示无能为力。二舅忿忿不平地说："该精打细算就得精打细算，阿姐你这些年都在城里过的，不晓得现在乡下人的厉害。对乡下人不能客气，你客气，别人就当福气。林林，你娘是真不晓得现在乡下人的厉害。"母亲说："厉害也好，不厉害也好，反正已定下来了，都到了这一步，还有什么可折腾的。不就是多花几个钱嘛。娘吊死了你们倒不心疼，这会儿多花点钱就不得了，不得了。"几位舅妈刚想上来助阵，一听母亲这话都说出来了，吓得不敢接嘴。"林林，待会你把钱付了，敲竹杠就让人敲好了。我们不在乎。"都知道母亲为了外祖母上吊自杀憋了一肚子意见，都知道南京来的这位姑奶奶不好惹，心里都有些虚有些怕账算到自己头上，几位舅舅和舅妈嘴上突然都上了锁，眼皮耷拉下来，苦着脸，仿佛一肚子委屈诉不出来。焚尸炉前搭了个大棚子，可容七八张放尸体的门板。我们终于轮到了进大棚子的机会。哀乐队的指挥总算赶到，一个劲地抱歉："正好，正好，来了都来了，都到齐了，这就开始。"我们歇的地方离那大棚子大约二十多米，哀乐队的指挥戴上一副极肮脏的白手套，做了个近乎潇洒的手势，六七名装备着小号圆号唢呐的老老少少，顿时触电一般抽动挥舞。居然各人一套镶嵌着铜纽扣的制服，脏兮兮的手套配合僵硬的动作，勉强成调的哀乐悲哀中透出滑稽的味道。四名壮汉也是镶铜纽扣的制服，也是脏兮兮的白手套，用极粗的竹杠抬起外祖母，迈着庄严沉重的步伐，极缓慢极缓慢地走向大棚。哀乐的指挥走在前面领队，表情深刻冷酷伴着淡淡忧郁的悲哀。我们看见罩硬纸板棺材的门被抬过来，犹豫地向两边散开，身不由己跟在外祖母后面，脚踏着哀乐的节奏好像接受检阅似的从众目睽睽中走过，就二十多米的距离，我们拖拖沓沓走了好半天。三舅母带头大哭，紧接着便是凄厉号叫的大合奏，都用各自的称呼；声嘶力竭地召唤外祖母的亡灵。快进大棚的时候，哀乐队的指挥让队伍停下来，乐队原地演奏，结结巴巴十分吃力地将一首曲子凑合完。我们的一举一动引来了无数人看。外祖母被四个壮汉抬进大棚，排在第五名的位置上。接下来轮到另外一家，尴尬的情景和我们差不多。不过请的哀乐队是另外一家，一样的走调一样的认真，因为缺少了镶铜纽扣的制服和脏兮兮的白手套，远没有我们的哀乐队神气威风。我们从表演者变成观众，像别人欣赏我们一样地欣赏别人。三舅说："一等价钱一等货，上次我老丈人死，就没雇什么乐队，借了盘磁带，用录音机一放，好得很。"三舅母使了个眼色，让三舅别说。三舅依然不肯停嘴："这有什么，录音机放放还不是一样的。不要说哀乐用录音机了，哭还有用录音机代替的呢，阿姐你不要不相信，骗你不是人！"三舅执意要三舅妈作证，三舅妈看出我母亲的脸色非常难看，只装着没听见三舅说什么。大舅说："好了好了，都什么时候了，还要瞎说八道。"正说着，好像存心要证实三舅说的属实，我们突然听见了纯正的哀乐声，扭头去找，果然发现一支拎着录音机缓缓过来的队伍。一遍哀乐奏完，录音机里开始播放悲痛欲绝的哭喊，稀稀拉拉的队伍表情麻木地拥进大棚。一时间大棚挤得不得了。操作焚尸炉的工人推车过来，示意大舅让外祖母上车。大舅二舅三舅齐心合力掀开硬纸板糊成的棺罩，一人抬腿，两人托着肩膀，请裹着红绸被面的外祖母重新睡在手推车上。我遵命将一条缠着红纸带的香烟递过去，操作焚尸炉的工人看也不看，往怀里一塞，推着小车就走。母亲失声叫起来，拉着小车不让走："娘，你让女儿再看一眼，娘，再看一眼。"那工人猛地丢手，说："看吧看吧，快一点，嗨，就这么回事，有什么好看的。"母亲走上前，颤抖的手指挑开一角红绸被面，大惊失色恐怖万分："娘，娘，你怎么变成这样，怎么变成这样！娘，娘，娘！"我们都围过去看，都吓了一大跳。外祖母整个脑袋全是黑的，黑黑的仿佛舞台上的包公，又仿佛是非洲的黑人，嘴唇厚厚地往上翻，口角隐隐地还在渗血，面目全非难看无比，只有灰白的头发依稀还能让人记起外祖母生前的慈祥，记起她那倔强的性格，记起她和我们曾经共有的岁月。

外祖母的亡灵在黑夜中徘徊。她生前住过的旧房子彻夜灯火明亮，通宵达旦地有人在打麻将。有一大帮人守灵，都是和我差不多的孙子辈，都想睡都睡不着。打麻将成了唯一的消遣，哗啦啦清脆的碰撞不仅提神，而且绝对壮胆。说不出的恐惧威胁着舅舅们。大舅说，他一合眼，外祖母的形象便出现在他眼前。是大舅用剪刀铰断了挂着外祖母的那根塑料绳，扑通一声，外祖母重重地砸在地上，然后像细细长长装满了面粉的口袋一样倒在大舅腿上。大舅提心吊胆浑身乱哆嗦从凳子上下来，一只手扶着外祖母，另一只手紧紧抓住门框不敢放松。"我知道娘已经不行了，"大舅向母亲叙述当时的情景，"娘，娘，我拼命喊，拼命喊，娘已经硬了，我知道娘不行了，不行了。"很显然，大舅恐惧到了极点，从凳子上下来以后，他的腿脚整个不听使唤，一屁股跌坐在凳子上，似抱非抱地搂着外祖母，眼睛发直不知所措。二舅二舅母三舅三舅母连同一大帮人赶到时，大舅依然坐在凳子上打摆子一般直抖。

因为事先已经看出些迹象，三个舅舅都为没留下来看住外祖母感到遗憾。互相责怪是免不了的，也顾不上人家看笑话，妯娌三个争着争着差点动手，大舅哭着说："都到了这一步，还要吵，还吵，索性大家都死，死光拉倒。"三个舅妈都说，人命关天，自然得把话说说清楚，反正不能往谁身上一推了事。

三舅最后一个赶到，他扑倒在外祖母身上不肯起来。这结局太出乎意料，太过分太悲惨太那个了。三舅像小孩子一样号啕大哭，哭了一阵，大叫了一声娘，就势在地上打起滚来："娘，你怎么能真死呢，娘，干吗要死呢？你死了，你干么要死呢？"

持续了大约两个小时的混乱，三个舅舅坐下来商量后事。请了村上两名有威望的长辈，一边流泪，一边听长辈训话。长辈说："人死了反正不可能再活过来，现在说屁话也没用。人老了都不值钱，你们几个都是有孙子或者快有孙子的人，许多话不说也能明白。不过，你娘这么死，是不对的。她这么一死，叫你们做儿子做孙子的以后怎么做人。"教训了舅舅这一辈，轮下来再教训孙子辈。"吵啊，吵啊，现在日子好过了，新房子有了，电视机有了，还要什么老人呀。现在好了，死了好，死了好，死了称你们的心。"

在布置灵堂的时候，我的两个表弟骑车去镇上给我母亲拍电报。电文只有简单的四个字："母亡速归。"母亲接到电报痛哭一场，火急火燎地打电话到我单位让我赶回去，匆匆商量了几句，便又让我上火车站买车票。买车票对我来说几乎是场战斗，为了买到那趟合适的车次，我因为插队，差点被别人揍一顿。外祖母已是快九十的人，我们对远在农村的老人故去做好了充分的准备。人老了都得死，这道理再简单也不过。母亲说："用不着安慰我，你外婆年纪大了，迟早都有这么一天。我们见她最后一次。用不着安慰我，我受得了。受得了的。"我们去商店买了一小块黑布，拿回家略为加工，套在手臂上为外祖母戴孝。第二天起程正好下雨，是那种看上去不大，一会儿工夫便让人衣服湿透的毛毛雨。赶火车，从火车下来再赶汽车，先是长途汽车，再换

173

郊区公共汽车，然后搭农民的拖拉机。我们已经许多年没去过母亲的老家，变化大得根本认不得地方。我和母亲坐在农民的拖拉机上，在新修的高速公路上来回折腾。终于有人提醒我们，既然是奔丧，只要注意屋顶上有没有被褥就行。

将死者生前睡过的被褥扔在屋顶上意味着家有丧事，我们借助这重要标志找到了外祖母居住的老屋。母亲呜咽着走向她出生的地方。我的表弟首先发现了我们。随着一声惊呼，舅舅们舅妈们相继而出，都是白帽子白腰带，一边哭，一边向我们迎过来。一片的哭声，哭成一团泣不成声。我的母亲被领到外祖母面前，母亲叫着"娘，娘"，轻轻掀开罩在外祖母脸上的红绸被面。外祖母脸色如生，脸色如生的外祖母静静地躺在那儿。"娘，女儿回来了，娘，娘！"母亲当时还不知道外祖母的死因，她仔细端详外祖母的遗容，目光久久不肯离开。大舅几次要母亲放下红绸被面的请求都被拒绝。"让我再看看娘，让我再看看。娘，娘，你还有什么话对女儿说？"母亲似乎预感到一些什么问题，她抬起头来，泪眼婆娑地扫了大家一眼。

外祖母的嘴角挤出一粒小小的红豆，红豆越来越大，倔强地往上升，突然软下去，沿着外祖母瘦削的脸颊，缓缓地流下去流下去，仿佛一条游动的红蚯蚓，又好像电视上见到的火山爆发，暗红的岩浆从上而下，静静地充满恐惧地无可阻挡地往低处流。

母亲悲痛欲绝地大叫："娘，娘，娘！"

舅舅们舅妈们也一起大叫："娘，娘，娘！"

一九九〇年十一月

五异人传

1

八年前，我在一所新创建的大学当教师。大学的前身是一所中学，再前身是大清国的一个衙门。当时我大学刚毕业，从一个集体宿舍搬到另一个集体宿舍，成天无事可做，既不上课，也用不着坐班，唯一的差事是让我兼一个班的班主任。班主任是我个人历史上的最高官衔，望着那些年轻潇洒生龙活虎的大学生，我处处感觉得到自己的多余。和我同住的是五十多岁教哲学的甘老师。甘老师说老不老，说小不小，一条腿有些毛病，直直的像根棍儿似的不会拐弯。他最大的兴趣是练气功，天天一早爬起来，操场上木桩似的一竖，半天不动一下。除了练气功，到晚上天黑下来，总得喝口酒再睡觉。

"你是不是想把那本字典全背下来？"

我当时做的一件傻事，就是打算把一本袖珍的英汉小字典背下来。机械性的死记硬背对穷极无聊的生活有时也是一帖好药。背字典引起了我一种近乎小孩子玩搭积木游戏的乐趣。

"除非你想出国当外国人，要不然学了外语有什么用？"甘老师通常只在两个特定的时间内，和我说几句话聊天，一是在晚上喝酒的时候，一是在臭味扑鼻的厕所。他上厕所的姿势给任人都能留下终身的印象。因为一条腿直直的不能弯曲，他每次上厕所都得老老实实地搬一条板凳，架在蹲坑的上面，人非常悠闲地坐在细细长长的木板凳上拉屎。"当年我也是在外语上下过苦工夫，背字典当然是个好办法。不过，你学了外语，究竟打算干什么，到国外去打工？"有时候，我和甘老师面对面，一人占了个茅坑，极随便地就说起话来，"你是不是也打算考托福？"

"不考托福。"

"考什么？"

"不考什么。"

甘老师很快相信我说的是实话。事实上我背英汉字典没什么直截了当的目的。我对学校里的考试充满了生理性的厌恶，大学生活已经结束，所有的考试也应该一起云消烟散。

"如果你不想考什么，居然也这么下工夫学外语，这很了不起。"甘老师发自内心地对我表示佩服，"真的了不起。"

我渐渐地和甘老师熟悉起来。虽然我算不上那种爱打听小道消息的人，然而不止一次听说了有关他的风流韵事以后，我不得不用一种刮目相看的眼光重新打量他。我们一起在厕所的时候，我总是有意无意地东张西望，很有些失礼地注视他那根拖多长的男人的武器。他那玩意儿总是吊儿郎当地拖在凳子下面，仿佛一名决斗胜利的勇士，垂头丧气地哀悼手下败将，又好像是一只顽皮的小猴子，从树枝上荡下身体，神气活现地准备去捞茅坑里蠕动的蛆。关于他的桃色新闻像学校里的课桌课椅一样多，有人说他是校长夫人长年包月的老姘头，历史可以从几十年前开始算。校长夫人在学校里称得上是老牌的美人，明日黄花半老徐娘，常常穿了身极耀眼的宽大衣裳，仙人一般在飘着晨雾的操场上舞剑。办公室的一位女办事员是个新潮女子，和他一起出差去了一趟西安，回来见了知心朋友就说："和老甘出了一次差，这才知道，男人原来是怎么回事。"这话立刻长了翅膀，捅了马蜂窝，流言蜚语满天飞，飞到了女办事员丈夫耳朵里，夫妻因此吵嘴，因此打架，真真假假闹着要离婚。女办事员说："离就离，谁怕了谁？我还年轻呢，犯不着跟着你受罪。你行行好，自己多争口气是真的。你要是肯离婚，真是老天爷睁了眼。"一时间成了学校最大的笑话。

甘老师总不和别人说起这些事。有关他的艳遇和他仿佛都没关系。即使我和他已经非常熟悉的时候，他也从来不在这方面松口。有人问他："老甘，你和谁谁谁到底是不是有一手？说老实话，没关系，说呀。"

"不瞎说，不瞎说。"甘老师连连打招呼。

"你不要怕，直说无妨。"

"不瞎说，不瞎说，这种事不能瞎说。"

"女人一到你手里，一个个都死去活来，是不是老甘？想不到你人瘸心不瘸，不要不好意思嘛，哈哈哈。"一阵阵放肆的大笑。

甘老师只顾他自己每晚多多少少喝点酒。在一起的日子久了，有时也拉我一起喝几口。我背了整一年的英汉小字典，突然感到兴趣全无，从此不再学习英语。班主任的重要职责之一，便是率领学生政治学习。我发现自己很难胜任这一工作，常常是在主持班会的中途，突然发现自己没了词，语无伦次结结巴巴，无论如何敷衍不下去。同学们在下面自顾自大声说话，男女生百无禁忌公开调笑，根本就不把班主任放在眼里。我说什么都一样，说什么都白说。终于想出一个救急的好办法，站在讲台上，一到黔驴技穷，我便一拍脑门，做出忘了什么大事一样，让学生先将就着自学，自己却逃回宿舍，慢悠悠喝茶，美滋滋听音乐，一直享受到快下课，才去一本正经说几句，把学生像放猴子似的放掉。

有时也为自己的误人子弟感到内疚。良心发现难过一阵，也不往心上去。到年底，我被评上了优秀班主任。

"哎呀，你不要太当回事，优秀不优秀都一样，"一次正喝着酒，甘老师安慰我说，"同学们都选你，说明他们都喜欢你。"

我觉得选我当优秀班主任是存心让我难堪。

"你这人有点特别，当年你一本正经地背字典，我就觉得，你不是个平常人，"他好像对我已经研究过一番，"你现在不背字典了，想背则背，不想背就不背，这很好，做人就应该这样。"

"甘老师，你究竟能喝多少酒？"

"哦，"他奇怪我会转移他的话题，怔了怔，想不明白地笑了笑，说，"我也不知道。"

"一斤白酒怎么样？"

"一斤？二斤恐怕也行。"

我从没听甘老师吹过牛，他根本不像那种喜欢吹嘘自己的人。据说酒精这玩意儿对他起的作用非常有限。年轻时，他常和别人打赌喝酒，无论赌多少次，一定赢多少次。"我很少喝醉，喝醉了，头一低，一口吐干净，再睡一觉，什么事便没了。"

很难相信甘老师年轻时会和别人赌酒，很难相信他竟然把对方给喝死了。时过境迁，几十年前的旧账，说起来跟假的一样。"自从那件事以后，整整二十年，我没碰过一滴酒。"有一天晚上，他用一种过分平静的语调，跟我一起回忆过去的辉煌历史。事情发生在建国初期，甘老师那时喝酒的名气还不大，大学刚刚毕业，也跟我一样，分到一家新办的大学教书。刚去报到，就知道学校里有一个黄头发蓝眼睛的外籍专家能喝酒。岂止能喝酒，那是个地地道道的酒鬼，成天醉醺醺的，不喝酒，人先东倒西歪醉了，越喝越清醒。他是外籍专家，薪水和待遇都高，只要不耽误上课，学校里也没人乐意管他。一个偶然的机会，外籍专家发现了甘老师喝酒方面的才干，顿时引为知己。酒逢对手，有机会便在一起切磋武艺。那外籍专家本来就是个带有传奇色彩的人物，终于别出心裁，安排了一场形式独特的喝酒大赛，就像庆祝一个盛大的节日，邀请了在中国期间结识的各路善饮高手，非要决出个胜负才罢休。时间是一个春风怡人的周末，学校远离城市，花五块钱，就近在农民家买了只羊，请食堂里的大师傅加工一下，又去校门口的一家小酒店买了两只熟狗腿，从太阳落山的时候开始喝，一直喝到第二天早上太阳重新升起来。各路好汉人仰马翻，狼狈不堪，只剩下甘老师和外籍专家面对面，勉勉强强硬撑着坐在那儿，似笑非笑不肯认输。外籍专家醉了又醒，醒了又醉，终于认认真真说了声："再喝一杯，定见分晓。"话音刚落，头在桌子上用劲一磕，就此长醉不醒。甘老师也不知道后果的严重，只知道自己赢了，跌跌撞撞往宿舍走去，飘飘然穿过小树林，迷迷糊糊上了楼，坐在楼梯顶端，眼睛直直地往下望，仿佛置身于云里雾中。

甘老师信奉一句名言："人无癖不可与交，以其无深情也；人无疵不可与交，以其无真气也。"在学校里，甘老师在别人眼里多少有些古怪。他和别人赌酒，喝死了人，因为后悔和内疚，二十年内滴酒不沾。有一天忽然觉悟，明白自己实在没必要如此。喝酒一乐，戒酒一乐，戒而再喝，又是一乐。甘老师说："我们只是有些古怪而已，我，还有那位为了和我赌酒，英勇献身的外籍专家，都称不上是异人。我们，也包括你吧，三个加在一起，大约只能算是一个异人。"

2

甘老师眼里的第一位异人是他的叔祖父。他的叔祖父单名浩，是晚清小有名气的一位拳师。天下怪人多，异人少，马虎的人多，认真的人少。凡事都怕太认真，甘老师的叔祖父甘浩拳师正好以认真二字成名。

辛亥之后，王公大臣纷纷告别荣华富贵，不是破落，就是潦倒。好在瘦死的骆驼比马大，达官显贵做不成，在家养老做名士却不难。甘浩拳师一身好武艺，应聘在一家前王爷的府上教拳。王爷和少爷做着复辟梦，习拳练武，养好了身子，都用到女人身上，小老婆娶了一大堆，拳越打越坏，身子越练越差，练到临了，索性抽起鸦片，甘浩拳师因此提出要告辞。王爷说：鸦片一定戒了，女人也不要了，拳师给个面子留下怎么样。甘浩说：此话当真？王爷说：当然当真，拳师若给面子，明天先戒了鸦片。

于是当真戒了鸦片。王爷父子对拳师更加刮目相看，备了重金要酬谢。甘浩一分一厘也不肯多收，继续认认真真教拳，一招一式，绝不马虎。又过了一年，少爷在外面看戏，看中了一个坤伶，大把大把地花钱，硬是把戏子捧红了，水到渠成，很快由相好纳为新宠。那少爷眼里格外看中拳师，怕他挑剔，在外头新买了幢房子，金屋藏娇，惹不起他，躲得起，免得麻烦。然而此事终于被甘浩知道，卷了铺盖便要走人。少爷说：拳师你也太当真了，不就是娶了房姨太太，干吗发那么大的火？甘浩二话不说，淡淡一笑，别人好说歹劝，最后老爷亲自押着少爷出来赔罪，依然说走就走。

到了民国十年的时候，甘浩被一家军官学校聘去做武术教师，和学校的校长成了知心好友。校长日本士官学校毕业，极有志于中国的国防现代化。两人无话不谈，遇事常在一起商量。有一次，学生中的一人钱财被偷，校长大为震惊，觉得此事极为严重，和甘浩商量说：军人乃为国家之栋梁，军校学生日后皆是带兵的军官，防微杜渐，这偷人钱财的事，实在是小看不得。甘浩连连点头称是，说：校长知道利害就好，如今兵患无穷，百姓身受其苦，所谓兵就是匪，匪就是兵，起因都是治军不严，姑息养奸。

校长说：这事一定要查出来，不仅要查出来，偷人钱财的学生还得开除。

校长又说：学生如此之多，又怎样才能查出来呢？

商量了半天，没什么绝招。小偷显然已知道纰漏闯大了，死活不肯出来认错。甘浩极严肃地说：我有一个办法，可以让学生自己出来承认。校长瞪大了眼睛，请他快讲。甘浩说：校长应该在大会上首先认错。学生犯过师长责无旁贷，有人偷盗别人钱财，这说明校长教育无方，严重失职。因此，三天之内，学生只需认个错，校长将以人格担保，绝不追究。人非圣贤，焉能无过。如果学生执意不肯认错，说明校长对学生的教育和殷切希望，全都失败，因此也更说明了校长的失职。如此，校长就说自己将自杀谢罪，以死来警醒同学们。同学们都很爱戴校长，校长真能发此重誓，偷钱财的人慑于浩然正气，一定会出来认错。

校长频频点头，听到临了，有些犹豫地问：学生真能出来认错，当然最好不过，可万一赌了重誓，学生并不像先生预料的那样，就是死顶着，不出来认错，怎么办？自杀之言，岂可儿戏。

甘浩说：丈夫一言九鼎，当然不可儿戏。

校长皱着眉头，苦笑着说：先生的意思，是我说话得算数，说自杀，就真得自杀。说完就有些后悔，校长知道甘浩为人顶真，向来无戏言，偷眼看他，果然气势汹汹十分愤怒，完全是已经发急的样子，连忙说：先生的话很有道理，容我再想想，让我好好想一想。

甘浩死于抗战胜利以后，贫病交加，非常潦倒。妻子早死了，留有一独生女儿，嫁到平常人家，生了一大堆子女，也是穷，也是生病。他耿直成性，做人太认真，因为太认真，常常做不像人。四海为家，漂泊不定，有位算命先生为他看过相，说他贵人贵相，凡事放宽一寸，以退为进，大富大贵。甘浩说：我为人一寸是一寸，一厘是一厘，锱铢必较。大富大贵，生不带来，死不带去，与我又有什么关系。是我的不让，不是我的不想，一是一，二是二，铁板上钉钉，认认真真绝不含糊。他临死的时候，在给女儿的遗书中，把自己留下的那点可怜的遗产，逐一写在清单上，详详细细一丝不苟，甚至连那只随身多年的陶瓷夜壶都没忘了记录在案。在给友人的几封信中，他为自己的后事一一作了交待。为他治病的李医生，因为是好友，开药一向不肯收费，又知道他那脾气，不收费绝不行，因此象征性地多多少少收一点儿。到甘浩垂危，手头已拮据到了连多多少少的一点药费也付不起的地步。甘浩在给李医生的信中写道：余已危在旦夕，所欠药费未还，死不瞑目。古剑一柄，聊作抵押，生死两清。又写信给旧友张某某，提醒对方尚欠自己的一笔旧账，合若干若干钞票。其时物价飞涨，那笔账数目少得近乎可笑，他却顾不上别人难堪不难堪，一定要把话说得明明白白：第一，你我之账，生死为界，余一息尚存，你便有义务还账。第二，余若死，旧账既了，一了百了，你也不必再向余女儿还账。

3

和甘浩不一样，浦仁清以怕事给人留下极深的印象。甘浩为人只怕不认真，浦仁清恰恰相反，凡事只怕认真。我的同事甘老师曾提到过许多异人，给我留下难忘印象的只有四位，除了认真的甘浩，怕事的浦仁清，还有好吹牛的阿炳，善做假古董的剑影楼主。

浦仁清自小性格内向，兄弟姐妹一大堆，他居中，从来就不和别人争斗，也不是胆子小，只是怕麻烦。兄弟之间有时候为什么事打起来，他立刻躲得远远的，不是怕打到他，怕爹娘回来，要问他怎么怎么。眼不见为净，他很小就给人留下了少年老成的印象。在学校里读书，他因为成绩好，老师便让他当班长，他当了一阵，嫌班长既管事太多，又遭人妒忌，干脆吊儿郎当学坏孩子的样子，作业不做，做好了故意不交。浦仁清的父亲经商，狠狠地发了些横财，自己少年失学，在子女的教育问题上一向不肯马虎。看中了浦仁清的聪明伶俐，一门心思想栽培他，无奈他凡事不认真，天塌下来，你急他不急，做父亲的恨铁不成钢，拿他没办法。

终于到了谈论婚娶的年龄。浦家有钱，而且看势头越来越阔，想高攀的自然不会少，浦仁清仍然不知道着急，看到漂亮的女孩子，眼睛也发亮，也跟着滴溜溜转，却并不往心上去，问他有没有中意的姑娘，总是摇头。他娘总是忘不了提醒他：仁清，你也不小了，连你弟弟都有了女朋友，你要是有看得中的女孩子，跟娘说一声。他只是笑，笑得实实在在，笑得绝不像有一丝一毫隐瞒，乐呵呵不出声，要不就是孩子气地使劲摇头。

于是由母亲做主，请了媒人来，一五一十仔细商量，媒人说：四少爷人品出众，家境又是没说的，我一定给四少爷说一个百里挑一的好姑娘。

媒人果然说话算话，第二天便送了张照片来。仁清娘戴上老花眼镜品了半天，让人送去给仁清看，浦仁清把照片扔给仆人说，婚姻大事，有娘做主，不就行了，干吗还来麻烦我。仆人挨他的训斥，也不恼，只觉得好笑，把他的话四下传着当笑话讲。

他娘说：你眼里有娘，当然是好事，不过婚姻事大，如今时代已变，都讲究自由，娶个老婆，好好坏坏都得过一辈子，不比老辈的人，老婆不好了可以休，还可以纳妾。你倒是要想仔细了。

浦仁清说：儿子还是觉得老辈的办法好，娶媳妇就像摸彩，摸着好的就是好的，摸着坏的活该。现在搞什么自由恋爱，既花时间，又不省钱，好不了三天两天，还是一样闹离婚。

他娘觉得儿子的话很有道理。本来对四儿子的婚事不放心，就怕他吊儿郎当不认真，上女人的当吃女人的亏。心里有了底，却非要做出宽宏大量知书达理的样。她相中了，一定要儿子和女孩子见见面，培养培养感情。浦仁清一推托再推托，直到他娘发脾气，问他究竟谁娶媳妇。

初次见面是在动物园。男女双方各由自己的姐姐陪同。这次见面大家都很愉快，浦仁清无话可说，看着铁笼里的猴子发愣，不停地看手表。女方的姐姐以为他是怕难为情，没完没了地找话跟他说。好不容易欢欢喜喜回到家，问他印象如何，他连声说：蛮好，蛮好。

于是约好了再见面，他嫌麻烦，先是死活不肯再见面，最后让了步，依然是在动物园碰头。这次是单独相会，见面时，浦仁清才知道上次认错了人，错把女方的姐姐当作未婚妻。未婚妻因此感到十分委屈，结婚多少年以后仍对此事耿耿于怀，第二次见面仍然无话可说，浦仁清也觉得自己犯了个不小的错误，总算破例赔了笑脸。回家以后娘又问起怎么样，是不是蛮好蛮好，他仍然笑着说：是蛮好，蛮好。认错了人的事，自然不提。

然后结婚，然后生小孩。然后媳妇有了外遇。这时候浦家的事业已经到了尽头，说破产就破产。终于有热心过度的人硬拉着他去捉奸，带到确凿无疑的犯罪地点，打着手势，请他像个男子汉似的冲进去，他使劲摇头，说什么也不肯。热心人只好越俎代庖，自告奋勇冲锋陷阵，破门而入，大打出手。浦仁清见势不好，掉头就逃，接连两天也找不到他的人影。

再以后便是老婆又生小孩，然后是五七年反右，三年自然灾害。然后是老婆病死。老婆生病期间，请了个女用人，老婆未死，女用人就有取代的意思，老婆一死，女用人便明目张胆地勾引浦仁清，浦仁清嫌麻烦，想辞了她，一来自己的两个孩子管不过来，二来怕女用人跟他闹，硬是不敢辞。女用人做过旧军官的小老婆，经历坎坷，流着眼泪对他说：你是老实人，你那老婆，根本就不配你，我一辈子当你的用人伺候你还不行？浦仁清说：

有老婆比没老婆烦人，我实在不想再要老婆。女用人说：我孤零零一个人，从来也没有人真心疼过我，你娶了我，就当作是可怜可怜我，行不行？浦仁清说：你可怜可怜我，行不行？女用人威胁说：你不娶我，我就死给你看。你信不信？浦仁清似做贼心虚，怕得白天不敢出门，晚上不敢睡觉。弄到临了，女用人说：说你像那种有良心的男人吧，不像，说你像那种没良心的男人吧，也不像。就随你的便了，你娶不娶我都可以，只要你不撵我走就行。我这是真喜欢你。浦仁清大叹一口气，说：只要不逼我再娶，要怎么随你。

　　文化大革命时，浦仁清自然在牛鬼蛇神之列。轰轰烈烈都去农场劳动，一言一行，包括思想，每星期都老老实实向造反派汇报。造反派嫌他太啰唆，每次让他简短些，下次汇报仍然结结巴巴一大堆。汇报的内容全无大小轻重，什么都要汇报，什么都敢汇报。有一次上厕所，听到隔壁女人说话，说林副主席从天上掉了下来，吓了一大跳，拎着裤子便去找造反派汇报。又有一次，一起劳动改造的人发牢骚，说畜生还有发情配种的日子呢，又问浦仁清想不想他的准老婆。浦仁清连声否认，口水乱飞地赌咒发誓，跑到造反派那里，申诉自己如何如何清白。造反派说：这好办，你年纪也不小了，马上就到国庆节，牛鬼蛇神统统放假三天。你既然不想女人，就留在农场看家。浦仁清如蒙大赦，喜形于色，高兴得就仿佛得了什么宝贝。

4

　　阿炳直到临死，还没忘撒一个大谎。当时他难过得死去活来，已进入弥留之际，昏沉沉，好不容易认出了在他面前的是医生，慢吞吞颤声说，他就要死了，有一桩事藏在心底，一直没对人说，让医生转告他老婆和儿女，说他有一张存折，夹在书橱的一本书里，钱数目不算小，千万不要弄丢了。阿炳死了以后，医生想到阿炳的遗嘱，赶忙郑重其事地告诉他的老伴。老伴说：这老头子，就是要死，也没个真话，他哪会有什么存折留下来，穷得都快讨饭了。医生不相信这话会是假的。人之将死，何苦再说谎。话又传到了儿女耳朵里，知父莫如子女，他们也穷得很，对母亲的话先是深信不疑。落葬后回到家，大儿子首先发现父亲的书橱已被翻过，不由产生了疑问，悄悄地说给媳妇听，媳妇顿时眼红了，吃准了是婆婆把老公公的存折收了起来。儿女之间，本来互相都不信任，都觉得自己会吃亏，都担心母亲会把钱偷偷地塞给别人，悲哀的丧事笼罩着怀疑的阴影，又不敢得罪母亲，都当面拍马屁，背后说坏话。阿炳一生中最辉煌的时候，据说是在上海滩演滑稽戏，据说是演主角，戏演到一半，漂亮的姨太太便往戏台上扔钱，扔金戒指，扔情书。他死了，儿女们又把这不能当真的事，当起真来，无数次地重温老掉牙的故事，阿炳的老婆伤了心，让子女逼得不耐烦，说，叫你们不争气的老子骗了一世，还没骗够，他都死了，你们还要上他的当。儿女们说：不管怎么说，爹当年是有过钱的。

阿炳的老婆说，凭你们爹的那张嘴，岂止是有过钱，他什么没有过？老不死的，人死了，也不让活着的太平。他的话，你们怎么能信。

说了一大堆，又是抱怨，又是解释。越抱怨越上火，越解释越麻烦。儿女们洗耳恭听，不相信母亲的话。就跟不相信死去的父亲阿炳一样。既然阿炳能说谎，为什么阿炳未亡人就不会说谎呢？阿炳的儿女们在谎言中成长壮大，自然而然不会轻易相信什么是真话。

很难想象还有人会比阿炳更喜欢说谎，很难找到像他这样持之以恒长年一贯的谎言制造者。阿炳的儿女在刚懂事的时候，就知道他们老子嘴里没一句真话。阿炳是天生的谎言大王，吹牛皮不用动脑筋，出口成章天花乱坠。他很小就死了父母，由舅舅抚养成人。舅舅是个酒鬼，养了一连串女儿，拿他当自己的亲儿子养。阿炳四岁时，偷喝了舅舅的半瓶酒，醉死过去三天，都以为他没救了，三天以后却醒过来，问他醉中的感觉怎么样，他瞪大了眼睛，神气十足地回答说，见到了一个白胡子老头，骑着一头黑毛驴，一路走，一路唱，一路捋胡子。问他唱的什么，他振振有词地大声念道："混沌初开，乾坤始奠。"想了想，又说："气之轻轻上为天，气之重重下为地。"舅舅听了大笑，说：这不是《幼学》中的话吗？

阿炳进了小杂货铺当学徒，他说谎艺术的水平大长，很快到了滴水不漏的地步。很难得他只是喜欢说谎，骗人而从不害人。任凭什么货色，到了他嘴里，都不是原来的样子，是好是坏，全看他兴趣。那时候，贩夫走卒，都抽一种小鸡牌的香烟。盒子上印着一只大公鸡，一包十支，价钱最便宜。经常光顾的都是熟人，远远地看见他，扬着头大叫：阿炳，来包"小鸡"吧。阿炳心血来潮，一本正经仿佛泄露了什么重大机密，偷偷凑在人家耳朵根，说小鸡牌香烟中有药，吃了就不会生养。当时避孕药在国内尚不普及，穷人都为太多的生儿育女烦神，消息不胫而走，市场上的小鸡牌竟然一时脱销。

还未等满师，阿炳便离开小杂货铺，另谋生路。依然是谎话连篇，口无遮拦，东游西荡，什么地方也干不长久。学生意不成，进工厂学技术，又不成，再学戏，跑龙套演配角，在台上比主角还神气还威风，连导演见了他都怕。以后又去上夜校，长衫一穿，走到哪里，都是一身学问。平时从不看书，书橱却不肯不要。见人有书就要借，诚惶诚恐，爱书如命的样子。因为他一向没几句真话，难免到处得罪人，人有困难，痛苦不堪地跟他借钱，他满脸同情，拍着胸脯一口答应，过后却没有一次兑现过。吹牛都是即兴发挥，身子一背，早忘了自己许诺过什么，更不知道已经得罪了别人。他是天生的滑稽戏演员，真心真意说假话，对胡说八道有一种莫名其妙的热忱。常常无缘无故聚精会神演一场独角戏。见了熟人，突然一拍脑门，说某某某托我带一瓶酒给你，让我全忘了，这样吧，下次给你。听者自然信以为真。下次见了，仍然不见带着酒，又不好意思问，总以为他是又忘了。临了，有机会见到某某某提起这事，才知道根本是子虚乌有，一点边儿都挨不上。

有一阵，家庭主妇一窝蜂地都喜欢用北京出产的洗衣板，说是齿好，木料好，经使唤。因此凡有人去北京，千叮万嘱，就盼能带一块洗衣板回来。偏偏正赶上市场上肥皂紧张，人心惶惶，大家抢购。阿炳去了一趟北京，吭哧吭哧背回十块洗衣板，累得半死，别人要感谢他，他叹着气说，人家北京人都笑话，说怎么到这儿来买洗衣板，要买也不该买北京产的，没听说云南有种树吗，那木料做了洗衣板，洗起衣服来，连肥皂都不要用的。听的人立刻说他说谎，他愁眉苦脸了一阵，吞吞吐吐地说，我倒是买了一块，老婆用了，直说好，省肥皂倒也罢了，那衣服却还有一股香味，就是不一样。老婆又问我，既然这样，干吗不都买了云南产的。我说人家叫我买北京产的呀，受人之托，怎么能随随便便做主乱改。老婆说，你呀，真不会办事。又横关照，竖关照，关照我别再跟别人提这事了，说再去跟别人吹，别人非生气不可。可我这脾气，没有的事，都要吹，这确有其事，我怎么肯不吹呢。我吃辛吃苦，买了这么一大堆洗衣板回来，没功劳，也有苦劳，大不了你们不领我的情就是了。北京产的洗衣板有什么好的，人家北京人根本不买，都笑话我。你不要说，云南的洗衣板的确是好。听的人将信将疑，心里好一阵不痛快。

甚至男女之事，也一样恶作剧。老婆知道他那脾气，他吹死了不动气。阿炳单位里有一个姿色颇好的小寡妇，平时不苟言笑。外面盛传她和某上司有瓜葛。男同事们吃不到藤上挂着的葡萄，酸得嘴里流口水，都成了正人君子，对漂亮小寡妇不理不睬。唯有阿炳突然吃错药似的对她大献起殷勤来，小寡妇寂寞之余，难免大大地上了他的当。阿炳甜言蜜语，说他根本不相信她和上司的事，又说上司小鼻子小眼睛，实在不配做她的情人。两人眉来眼去，话越说越投机，好像已经有了那么点意思。到了中秋，阿炳破费买了一束极昂贵的鲜花，送给小寡妇，让她做好准备，晚上一起赏月。小寡妇早已心动，浓妆淡抹，认认真真打扮了一番，谁知从月亮上升到月亮落下去，连阿炳的影子也没见到过。这种事又不能打上门去兴师问罪，好不容易第二天上班遇到了，阿炳若无其事谈笑风生，根本不记得前一天的约会，而且眼睛里仿佛从来不曾认识过她这个人，小寡妇先是赌气不肯问他，以后又觉得事情已过去了，问也是无趣味。

5

善做假古董的剑影楼主的父亲是个江湖医生,大概是卖假药吃死了人,被人痛打一顿,送到衙门吃了官司。母亲跟人跑了,跑出去两年,总算回来,隔了不久,又跑了。这一次跑得彻底,从此无影无踪。剑影楼主小时候狠狠吃了些苦头,四处流浪,最后到庙里面当了小和尚。庙里的一位老和尚很喜欢金石书画,尤其喜欢自己动手复制仿古器皿,最拿手的是陶瓷,是砚台,还有青铜器。剑影楼主做小和尚时,不像个一心能念佛的,年纪虽小,写字作画鉴赏古玩却极有异秉,因此深得老和尚关照。青出于蓝,徒弟的手艺很快超过师傅。当时名闻海内的大画家某某,是老和尚的老朋友,每逢夏天,喜欢到庙里小住避暑,避暑期间,对剑影楼主非常赏识,以为他日后必是艺坛奇才。老和尚说:施主既然如此器重,不如领了他去,稍加培养,于人方便,于己方便。依贫僧之愚见,这孩子聪明过人,于佛法着实无缘,在此地做和尚,怕是很难有什么正果。

于是剑影楼主就成了大画家的书童。大画家擅长写意花卉,有心培养剑影楼主成才,刚开始不让他跟自己学,非让他跟另一名师学山水。学了一阵山水,又再拜名师学刻印,作各体书。进而又学石涛,学扬州八怪。痛下了几年工夫以后,大画家说,你如今把学过的东西,统统都给我忘了,然后好好跟我学画,画种不宜太多,太多了难以精邃。你是极聪明的人,学得形似不难,须得再在神似上下工夫。剑影楼主从此又专攻兰菊梅竹,以及紫藤葫芦牡丹芍药等等,深得恩师真传。大画家名气太大,一时求画的人多得来不及应酬,便让弟子代劳。剑影楼主遵师所嘱,聚精会神，全力以赴，一笔不敢马虎，画好了，由老师审查，合格，钤印交件，不合格，继续画，一而再，再而三，直到合格称心为止。

大画家没儿子，如夫人为他生了三个女儿。女儿中，以三女儿最得宠，嫁给平湖王家为媳，平湖王家是大家，种种规矩，大画家的三小姐不堪忍受，便逃回娘家，写诗作画舞剑，当女名士。三小姐比剑影楼主大了足有十岁，天长日久，两人竟有了意思，很快闹出丑闻，大画家并不是属守传统之辈，然而时代刚进民国，这事情毕竟有点太出格。于是棒打鸳鸯，将剑影楼主逐出师门。

剑影楼主因此到上海滩去闯天下。他的画技自然万里挑一，然而名气不够大，在这十里洋场上很难卖画。有一段日子过得十分艰难。隔不多久三小姐也逃到上海，在妓院里找到了穷困潦倒的昔日情人，狠狠一顿教训，训完，带到自己住处，看着他，让他一心一意作画。三小姐逃出来之前，已做了精心准备，偷了好几枚大画家最喜欢的印。剑影楼主作完画以后，由她亲自钤印，然后送出去卖，很轻易地骗过了许多人。也有高人看出些蹊跷，带了画让大画家亲自鉴定。大画家一看就知道怎么回事，又好气又好笑，又不能否认。

三小姐好舞剑，清晨起来，一舞就是一身汗。又特别爱做些骇人听闻的举动，最绝的一次便是着了男装，和剑影楼主一起逛妓院。那上海滩是最容易让人堕落的地方，剑影楼主交了些狐朋狗友，开始做起假古董来。他是有根底的人，出手即不凡，很快登峰造极。三小姐和他很是恩爱，两人在繁华世界疯了一阵，都有些收心。剑影楼主一门心思做乱真的假古董，三小姐在家当太太，好容易有了胎，剑也不舞了，保胎要紧，也是命中注定，结果竟是难产，小孩子保住了，大人一命呜呼，剑影楼主痛不欲生，整夜失眠。东方既白，嗷嗷待哺的婴儿终于睡着，晨雾中三小姐依稀在舞剑，剑影四射光彩夺人。

剑影楼主从此更加潜心仿古作伪。除此之外，万事不往心上去，所好无非声色犬马，放浪形骸。他的假古董以假乱真，尤其是他亲手制作的陶瓷和铜器，第一流的古董商也鉴别不出来。有一次，他去拜访一位相好的妓女，正逢相好在客厅有说有笑地会客，他不管三七二十一，虎着脸，一头扎进香巢，就往床上坐。坐定了，见桌上放着个崭新的铜香炉，是从地摊上花四块钱买来点蚊香的，便拿在手上把玩不已。相好的妓女会了客回来，他劈头就问：这玩意儿能否借我一用？妓女说：干我们这行的，还有不能借的东西？你喜欢，拿去就是了，新的换旧的，你送还我一样小古董就是了。

过了一个月，剑影楼主又去拜访那妓女，从怀里摸出一个香炉，炉里刻有年号，上面斑斑驳驳，都是绿锈，还有泥土痕迹。他对妓女说：这是个古董，我且存在你这儿，你好好侍候我，时间长了，我自然送给你。妓女眼睛发亮，问值多少钱。他想了想，说："卖得好的话，或许能卖三百大洋。"隔了几日，有一个专做古董生意的广东人，在妓女那儿见到香炉，爱不释手，愿以五百块钱购买。妓女不知道这就是自己原来的那只香炉加了加工，真以为是古董，扭捏了半天，终以五百块钱加一块绸料成交。以后，见了剑影楼主，说：你真会瞎讲，欺负我们不懂的，我已经问了懂行的了，说那香炉至多值一百块钱。

剑影楼主笑着说：古董原是没价的，一百块就一百块吧，你收藏好，说不定哪天就涨到两百块了。

妓女说：发你的霉吧，老娘我穷得手纸都没了，还藏什么，一百块钱让我早卖了，哼，你知道人家费了多少嘴皮呀。

到了民国十三年，报纸上登载消息，说河南某处因为挖河道，发现一座藏有许多青铜器陪葬品的古墓。隔了一段时间，报纸上又用大字作标题，发消息说看古墓的士兵失职，致使古墓青铜器被盗，损失惨重。又透露出消息，说盗墓人已携赃物来沪寻找买主，警方正在严密搜查。又隔了一段时候，有个宁波的大富商买进了这批青铜器。买之前，怕上当请了不少专家仔细鉴定，买了之后，依然不放心，又找了一批当代书画界名流，求他们写鉴定识语。其中就有剑影楼主的恩师大画家某某，一时闹得沸沸扬扬。没人想到报纸上的报道和这批青铜器都是假的，事实只是一场有计划有预谋的大骗局。所有的青铜器都出自剑影楼主之手。这事终于传到大画家某某的耳朵里，老人家气得拍案大骂，说这小子也是狗胆，骗到我老头子头上来了，真正岂有此理。剑影楼主闻讯，连忙去找大画家认罪。大画家见了他，气也消了，说：你小子果然有出息，连我也能骗了。

那宁波的大富商自认倒霉，打落了牙齿往肚子里咽，谎称自己做生意赔了本，将所有青铜器都置入某银行，从此不再赎取。

某出版社影印了一批宋元书画，印得十分考究，其中有北宋苏轼的《枯木竹石图》，有李公麟的《维摩演教图》，剑影楼主看了以后，笑着说是自己的伪作。国民党某元老精于金石书画，主持文物保管会，知道剑影楼主是怪才，专门把他聘请去，让他到博物馆鉴定一下近年来捐献和收购的文物。剑影楼主仿佛到了自己家里，指着这件说是自己仿的，又指着说那件也是。最奇的是，在十二把当作珍品的宜兴紫砂壶中，竟有八把是他仿制的。剑影楼主一一指出自己做的记号。某元老大为叹服，深恨自己有眼无珠，特聘他为博物馆鉴定委员会专门委员。

剑影楼主制造假古董的目的并不在赚大钱。买主只要虚心求教，他总是以实相告，因此，一段时期内，玩古玩的人收购珍品，都忘不了让剑影楼主过目，上海滩上假古董比任何人想象的都多。剑影楼主非常乐意戳穿自己的恶作剧，动不动就笑着说：不错，这是我的杰作，很不坏嘛，一点都不比真的差。二百块大洋贵了些，便宜一些，收下来，不吃亏的。这些嘛，都是劣手仿制，没有收藏价值，砸了为好。剑影楼主天生的名士派头，恃才傲物，大家都忌他，当然也怕他，就怕被他捉弄，出洋相出丑。

据去过剑影楼主家的人说，他家琳琅满目，令人瞠目结舌。是地方就有来头大的古字古画，都挂在露天，什么文徵明祝允明，苏轼文同，甚至史可法岳飞，任凭雨打风吹日晒。然后在画的破损处进行修补，再让它们经受时间的折磨和锻炼，一而再，再而三，那画居然就变得古色古香，真假难辨。还有一个烧紫砂壶的窑，由剑影楼主亲自设计打样，又从宜兴请了个工友来，相帮着配料捏泥。前面提到的国民党某元老官场不太得意，主持博物馆以后，渐渐和剑影楼主成了莫逆之交，一批同道雅聚，讨论书画金石，必吵得面红耳赤不可开交，最后常常由剑影楼主一锤定音。某元老开玩笑时说过：你老兄说是假的，自然真不了。随它什么稀罕物落在你眼睛里，真的也会变成假的。幸好你这样的宝贝，千年难得出一个，要不然还不乱了套？剑影楼主一向视自己为天下第一，这种话他最听得进。他眼睛里无所谓真、无所谓假，真变假，假变真。

某元老有一祖传的时大彬壶。早年投身革命，四处奔走，讨袁时，家被北军所掠夺，金银细软，损失无法估价。唯有这把时大彬壶安然无恙，北伐胜利以后，某元老视壶为自家性命，时时把玩，爱不释手。有一日忽然心血来潮，献宝给剑影楼主看，并嘱咐他仿制一柄。剑影楼主遵嘱行事，费了九牛二虎之力，终于完成，送去给某元老过目。某元老自己也辨不出送来的两柄壶中，哪个是真，哪个是假。剑影楼主笑着指点，说出诀窍所在。某元老铭记在心，分别贮藏。过了三个月，某元老大吃一惊，剑影楼主又送了一柄壶来，笑着说：上次两柄全是假的，这柄是尊藏原物，我看着实在太喜欢，玩了三个月，如今完璧归赵，不好意思。大人不记小人过，望先生万万不可发怒。

某元老脸色由白变红，又由红转白，苦笑着说：我和你还能生什么气，我只骂你一声混账，混账！

蜜月阴影

　　灾难是从甜蜜的梦乡深处，悄悄逼近莎莎的。莎莎梦见自己正在大海里游泳，好温柔的海水，阿潘游到她身边，不安分的手指，在她身上让人心乱地乱动。温柔的海水和蓝天一样蓝，一样无边无际。海鸥的影子从天幕下滑过，海面上似乎跳起了一条鱼，是一条五彩缤纷叫不出名的小鱼。她觉得小腹那儿胀得难以忍受，一泡尿仿佛受了海水的引诱，迫不及待要想涌出来。蓝天上浮动着几朵白云。很难说是因为阿潘的鼓励，事实上，她自己也很想在这暖洋洋的海水里撒撒野。海真是太大了。她充满了一种痛痛快快发泄一下的欲望。

　　大腿之间流过的一道暖流，好像是一道清泉，好像是咖啡壶里倾倒时冲出的蒸蒸热气，又好像电影镜头上慢慢膨胀开的鲜花。那是奇妙轻松肆无忌惮的一瞬间。她深深地喘了一口气，突然明白过来是怎么一回事。

　　这是蜜月旅行的第一夜，住在阿潘的女同学安娜家。莎莎和安娜睡一张大床。晚上临睡时，安娜一边换床单，一边问她是否和阿潘一起睡。莎莎想起母亲出门前的关照，让她千万注意借宿不应同房的禁忌，红着脸说用不着。

　　安娜笑着说："没关系，我们不讲究这些，真的没关系。"

　　"不，我就和你睡。"莎莎明白安娜和她一样，也知道有那样一种禁忌。既然知道,她就更不应该打破禁忌。借宿别人家最好客客气气,尤其是借住在新婚丈夫女同学家。她的脑子里一阵不安分的乱,脸不由得红得更厉害,很有些慌张地换上了睡裤,往被子里钻。在似躺下非躺下的时候,她无意中打了个咯噔,自己吓了自己一跳。她注意到了大红的绸被面上有朵非常熟悉的大花朵,非常熟悉的大花朵像蜜蜂的刺一样狠狠蜇了她一下,潜意识中深藏的记忆一闪而过。她想起了十七岁时出过的一次大洋相,那次也是盖着这么一条大红的绸被面,红得热烈红得疯狂,她和一起睡的表姐说话说得很迟,睡觉前,表姐说:莎莎,我那女儿都快十岁了,还尿床。

"尿床?"

真是有趣的话题。已经睡意蒙眬的莎莎顿时咯咯咯大笑起来,她的笑引起比她大了近十岁的表姐的不满,表姐说:不要笑别人了,你快十岁的时候,还不是尿过床。

"我,我没有。"

"没有,还没有呢,就是有!"

"就是没有,你瞎说。"莎莎记得当时她困极了,哈欠连天,上下眼皮粘在一起分都分不开。十岁时她的确尿过床,但是已经十七岁的她不想承认,时过境迁,她早出落成了一个漂漂亮亮的大姑娘,为什么还要对那遥远的过去依依不舍耿耿于怀。表姐喋喋不休地又说了句什么,莎莎进入了梦乡,从梦的边缘,渐渐进入了梦的深渊。这一年她十七岁,十七岁的她和表姐睡在一起,夜深人静,不远处传来火车开过的呻吟,一道热流在她大腿间蔓延开来,她还未明白过来是怎么一回事的时候,表姐激动人心地大叫起来。

尿床成了蜜月旅行的灾难。在这场尴尬的灾难面前，大家都有些惊慌失措哭笑不得。这实在是一场噩梦。和十七岁时发生过的事一模一样，作为新娘子的莎莎，在丈夫的女同学家里水漫金山出尽洋相。好大的一泡尿，大得让人难以置信，大得可以写进吉尼斯纪录。安娜没有像莎莎的表姐当年那样激动人心地大叫，她有些犹豫不决，慢慢伸出手，推了推莎莎，不知道是否应该把她叫醒。已经明白了是怎么一回事的莎莎悲痛欲绝，躺在那儿一动不动。如果是场噩梦就好了，然而却绝不是做梦。

"哎呀，怎么湿了？"安娜试探性地问道。

莎莎一动不动，她为自己竟然出了这么大的丑，吓得不知怎么办才好。

安娜又小心翼翼推了推一动不动的莎莎。

莎莎动了一下，双手捂脸，失声痛哭。太丢脸了，太丢脸了，为什么这不能是一场噩梦。就是做这么一场噩梦也够悲惨的，何况还是货真价实残酷无情的现实。眼泪像断了线的珠子直往下掉，她紧紧地捂着脸，哭得喘不过气。不知所措的安娜揭开大红的绸被面，看见莎莎身底下湿湿的一大摊，那条印着粗花纹的睡裤除了裤脚管，湿得能够拧出水来。

莎莎翻身坐在床沿上，随着空气的振动，一股刺鼻的尿臊味直往安娜的鼻子里钻。安娜充满同情地看着莎莎，全心全意为她感到难过，打了个寒颤，安慰说："没关系，没关系。你当心着凉。"

莎莎的确冻得发抖，湿漉漉的睡裤透心凉地粘在她身上。在她的身后，尿床留下的痕迹仿佛摊着的一张欧亚大陆地图。

"没关系，真的没关系，"安娜反反复复地只能用同一句话安慰她。

"我，我，太丢人了——"

"可能你是太累了，这真的没关系。"

"对不起，我不是有意的，"莎莎猛地一阵哆嗦，眼睛里流露出了一丝绝望和恐怖，"我也不知道怎么就会这样了。"

"你放心，我偷偷收拾好，保证不让一个人知道，"安娜开始变得镇定自若，"穿上衣服，当心别着凉了。我收拾一下，没人会知道。"

"对不起。"莎莎充满了感激，看着忙乱着的安娜，她真想扑在她身上再哭一场，痛痛快快地哭一场。

"你放心，这事不会有别人知道。"

她们房间的灯光和压低了嗓子的说话声，引起了睡在隔壁的两位丈夫的注意，阿潘悄悄地去了趟厕所，抽水马桶拉得哗哗乱响，然后走到她们房间的门口，用开玩笑的口吻说："喂，还不睡觉？"

房间里没人答话。过了一会，灯"啪"的一下，灭了。

他们原来计划在这个城市玩上个三五天。这是个新发展起来的商业城市，每天都有成千上万的人千里迢迢地赶来买东西。莎莎突然提出的第二天就要离开这个城市的决定，让大家都吃了一惊。这是一个坚定不移的决定，阿潘刚试图提出异议，莎莎斩钉截铁地说："你不走，我一个人走。"

"怎么啦，莎莎，"阿潘不知道发生了什么事。眼睛瞪在那儿，又想笑，又笑不出来，偷眼看了看安娜，"要走，当然一起走。"

安娜和她丈夫极力挽留，很快便意识到无能为力。安娜意味深长地还了阿潘一眼，笑着说："那好吧，真要走，我不留你们。"除了安娜自己，这意味深长的一眼，在周围几个人的表情上立即引起了反响。莎莎的脸刷的就红了，红得太过分，想掩饰都掩饰不了，安娜的丈夫不放心地盯着阿潘看，他显然注意到了阿潘在安娜的注视下坐立不安。

直到晚上住进当地旅馆，上床入睡，做所有新婚夫妇都要做的那些事，阿潘都坚信莎莎是因为听安娜说了什么。虽然还是在蜜月里，他对莎莎的小心眼和任性却早有领教。有充分的理由可以怀疑她是打翻了醋坛子。选择住在安娜家完全是个心血来潮的大错误，为了省点住宿费，而使蜜月过得不愉快，实在得不偿失。很可能安娜别有用心，谈笑之间，向莎莎透露了他和她有过的非同一般的那段交往。安娜是个很厉害的女人，和谁都是差一点就可能弄假成真。在大学时，她同时和好几个男生保持着似恋爱非恋爱的状态。非同一般的关系，把几个围着安娜转的男生搞得晕乎乎团团转，争风吃醋只差动拳头动刀子。大学里看得过去的女孩子是稀有动物。

很可能安娜会告诉莎莎，说阿潘当年曾经追求过她，或者反过来说她追求阿潘。她完全可能这么做，告诉一个男人说另一个男人对她有意思，这种战术他再也熟悉不过。也许是无意之间，说漏了嘴。也许根本就是存心。莎莎比安娜更漂亮更年轻，很可能因为妒忌，安娜故意要说些话，让他们的蜜月过得不愉快。自从离开安娜家，阿潘一路小心翼翼，偷偷地在莎莎乌云密布的表情上寻找答案。根本买不到当天的火车票，甚至连第二天的票也没有，他们像流浪汉一样到处乱转，到晚上不得不随便找一家旅馆歇下来。

他们要了一个条件非常差，价钱却绝对不便宜的双人间，各自马马虎虎地洗洗，浑身散了架似的赶紧往床上躺。那是一床属于伪劣商品的席梦思，人一上去就吱吱嘎嘎乱叫。

"莎莎，你今天到底怎么了，"憋了一天，阿潘还是忍不住，伸出胳膊去搂她，猛地一个翻身，压在莎莎身上。

席梦思不安分地乱叫。有些心虚的阿潘不敢再动，偷偷看了一眼莎莎，见她两只眼睛痴痴地瞪着天花板，眼神里全是忧郁和委屈。

稍稍动了一下，吱吱嘎嘎的声音让阿潘哭笑不得。

"是不是安娜和你说了什么？"

"她和我说什么了？"莎莎的眼睛依然望着天花板。

阿潘脸上做出一种哄孩子的表情："她和你说什么，我怎么知道。你不要听她瞎讲——"这话刚出口就有些后悔，简直是不打自招，也太心虚。

莎莎仿佛是陷入到了遥远历史的沉思中。

吱吱嘎嘎乱叫的席梦思，对阿潘来说已经形成不了什么障碍。莎莎的沉默和席梦思的乱叫，就像是来自两个世界的对话。一问一答的对话使他变得有些毛躁。莎莎忽然有些不耐烦："喂，你把灯关了！"

席梦思叫了不一会儿便安静下来。阿潘感到有些歉意，一阵巨大的疲倦像飓风似的向他劈头盖脸压过来。尽管新婚手册上提示此时应该对妻子温柔一些，譬如说些体贴话，谈一些有趣的事，然而他无法抵挡瞌睡虫的侵袭。无数个小蚂蚁一样的瞌睡虫，在阿潘的脑子里爬过来爬过去。在他仍然觉得自己不应该睡着的时候，事实上他已经打起了本来不属于他的惊天动地的呼噜。甜蜜的梦中，阿潘无数次地梦到自己和莎莎一道登上了高山。高高的山，直插云霄，太阳远远地探出了一个小脑袋瓜来，一片热烈疯狂的红颜色逐渐扩大，越来越大越来越壮观，到处都是红的颜色，红得让人睁不开眼睛。

阿潘醒过来的时候，被迎面的灯光刺得眼花缭乱。一时间他不知道自己到了什么地方，这是个又脏又窄的小房间，破旧的墙纸已经开始剥落，像大小不等的动物耳朵竖在墙上，房客在墙壁上留的下流文字和漫画比比皆是，一条醒目的标语用圆珠笔写得有棱有角，充满激情意犹未尽："这一夜，老子过得真快活！"阿潘不知道是自己醒的，还是被莎莎叫醒的。莎莎正坐在那里发怔，穿着那件新买的红羊毛衫，一头长发披散在肩膀上，半天也不动弹一下，就好像是坐在那让人雕塑的模特儿。

第一夜在旅馆里留下的麻烦并不大。莎莎心有余悸，刚尿了一点点便惊醒过来。她不敢再睡，心烦意乱，不知道怎么办才好。

阿潘感到了屁股下面的潮湿，神经紧张地叫了起来："坏了，怎么湿了这么一大块？"

"我，我尿床了，"莎莎木木地说了这么一句。

阿潘还没睡醒，嘴一咧，差点笑出声来："别瞎说，可能是我尿床了。"

莎莎低着头不吭声。阿潘坐起来，睡意蒙眬地研究那湿的面积，兴致勃勃用手掌量了量究竟有多大，不当回事地说："要死，真的是尿，真尿了？亏好是在旅馆，要是在安娜家就出丑了。"不过他仍然不相信是尿了床，"这到底是怎么一回事？"眼睛看着莎莎，笑的表情慢慢地僵住，说话也变得结巴了，"真，真真……尿就尿、尿吧。"

看得出莎莎很难过。阿潘不知道自己怎么办才好,不过他内心却有点小小的高兴。莎莎总是显得傲气十足,能出点这样的小意外煞煞她威风也好。他幸灾乐祸地说:"好哇,随地大小便,得罚款。"

满脸愁云的莎莎被他这话引笑了,头往旁边一拧,手抬起来捂嘴,又作愤怒状回过头来,瞪了阿潘一眼。阿潘忍不住又笑,一边笑,一边扑上前搂住莎莎,在她耳朵边亲了一口。"有什么大不了的,不就是湿了一小摊吗。"他哈欠连天地安慰莎莎,"没什么,没什么,喂,我们睡吧。"

"明天怎么办?"莎莎心事重重。

"明天还不干了吗?"

"要是不干怎么办?"

"不干又怎么样,难道还能当真罚款?"他随手捞过枕巾,垫在湿的地方,然后帮助莎莎慢慢吞吞地脱去那件红羊毛衫,像哄孩子似的哄她睡觉。俩人终于头挨着头脚缠着脚并排躺下,席梦思又是一阵不安分的乱叫,阿潘一伸手把灯关了。"睡吧,也不知几点了?明天我们还得玩呢,莎莎,这事你别往心上去。"

过道上好像有人轻轻走动的脚步声,有人骑着车从街上急驰而过,恶作剧地拼命揿铃,接着很响的拉动抽水马桶的声音。突然间又什么声音也没有了。黑暗中,莎莎心烦意乱,嘀咕了一句:"唉,我真倒霉!"

"你说什么?"阿潘迷迷糊糊都快睡着了,"嗯?"

莎莎在黑暗中叹气。

"睡觉,你还睡不睡,明天不想玩啦?"

"睡就是了，"莎莎充满委屈地侧转身体，背对阿潘，带着些赌气说，"对不起，影响你睡觉了是不是？"

阿潘跌了个跟头似的，说睡着就睡着，沉入梦乡鼾声如风箱。莎莎满腹心思，胡思乱想，到天快亮才睡着。第二天，两人狠狠地睡了个懒觉，上街转了一大圈，东游西逛，直到吃了晚饭才回来。莎莎依然心事重重，尽管她最大可能地做出若无其事的样子，尿床的阴影不时跳出来袭击她，搞得她脸上一阵又一阵发臊。她曾是个高傲的爱整洁的姑娘，连续两天发生的事，真把她折磨得够呛。阿潘显然没有把这事放在心上，到哪儿都是兴致勃勃，偶尔发现莎莎还有些耿耿于怀，便轻描淡写地劝上几句。到晚上回旅馆，阿潘去请服务员小姐开门，莎莎远远地落在后面，心口嘭嘭嘭乱跳，眼睛不敢往柜台那儿看。服务员小姐不放心的眼光在他们身上射过来穿过去，坚持要验看两位客人的住宿证。住宿证放在莎莎的小提包里，阿潘无可奈何，只好回过身来，挥挥手，示意莎莎过去。莎莎红着脸走向柜台，从小包里翻出住宿证，心慌意乱地往柜台上一扔。服务员小姐用谁也听不明白的方言叽咕了一声，满脸不高兴地捡起住宿证，心不在焉地扫了一眼，又扫了一眼，再扔回到柜台上，随手拉开抽屉，拎了一大串钥匙，咣啷咣啷去开门。

房间里已收拾过，散乱在床上的被子叠好了，孤零零地放在一边。黄黄的灯光下，尿湿的痕迹几乎看不出。服务员小姐眼白向上翻了翻，一声不吭满脸不痛快地走了。令人担心的指责并没有出现，莎莎如释重负，脸上多云转晴，深深地喘了一口气，说："这一天真把人累死了。"她的情绪改变顿时使气氛活跃起来。两人有说有笑甚至哼上一句半句，各自洗脸洗脚，然后上床。席梦思又开始吱吱嘎嘎乱叫，阿潘情不自禁上蹿下跳，笑着说："这床垫真下流，你说楼下的人会怎么想？"

他们买好了第二天的火车票。蜜月旅行美滋滋甜津津的日子刚刚开始，尿床引起的小插曲似乎已烟消云散。两人都觉得疲倦，关了灯，海阔天空乱说一气，一点睡意也没有。无意之中提到了安娜，都明白这不是个有趣的话题，意识里跳动了一下，连忙小心翼翼地绕开。

这天夜里莎莎又一次尿了床。也许是说话说迟了，也许是连着两天没睡好，莎莎在梦中到处寻找厕所，好不容易找到了，厕所里人满为患，等呀等呀，总算让出来一个位子。等到她意识到是一场梦的时候，一动就吱吱嘎嘎乱叫的席梦思已经湿得不可收拾。和两天前发生在安娜家的情形一样，不过这一次被惊醒的是阿潘，他让那种又湿又热的感觉吓得不知所措，大祸临头地叫醒莎莎。

"哎呀，不得了，莎莎你快醒醒。"

蜜月旅行结果还是令人遗憾地夭折了，虽然他们计划庞大而且宏伟，却不得不在刚刚扬帆起锚不久，无可奈何踏上归程。尿床作为蜜月里的一个小插曲，反客为主，竟然成了主旋律头等大事。莎莎对自己完全失去了控制，除非她整夜地不睡觉，否则任何一次大意，都可能演变成不可收拾的灾难。住旅馆第二天夜里的那泡尿，泛滥得仿佛是一场洪水，临了他们只能在天亮前，草草地整理一下行李，做贼似的溜之大吉。湿得实在有那么点太不像话，谁看了都会触目惊心怒火中烧，阿潘在席梦思上撒了一把茶叶，再掸一部分在地上，做出好像一不当心，把整整一杯茶泼在了床上的假象。不难想象服务员小姐会有的愤怒，泼翻了一杯茶的罪过当然比尿床轻一些，然而只要不是严重的伤风感冒，任何人一进房间，轻而易举地便能闻到那股扑面而来的刺鼻的尿臊味。

他们甚至连住宿证的押金都没好意思去退还。已经到了这一步，钞票上损失一点又算得了什么。大门口的柜台上伏着的值班员正在呼呼睡大觉，阿潘和莎莎蹑手蹑脚，从柜台边穿了过去，直奔大街。火车站就在附近，时间却十分宽裕。他们走进一家小餐馆，心思全无地吃早饭。

"莎莎，别往心上去，没什么关系。"阿潘和负责收钱的小姐算好账，把头扭过来，嘴角歪了歪，苦笑着安慰她。

"真倒霉，我怎么会这样？"莎莎脸上的表情绝对痛苦和百思不解。

"你，你也许是累了。"

"我过去从来不这样——"

"这我知道，唉，这事很快就会过去，别老是放在心上。"虽然是刚度蜜月，阿潘和莎莎同床共枕已有一段历史，和现代大多数早就偷尝过禁果的新婚夫妇一样，度蜜月只是一种享受婚假的形式，事实上这一年来，他们俩每周起码有一个晚上，是在一张床上堂而皇之地睡觉。

"我过去从来不这样。"

"这我知道。"

在哐啷哐啷的火车上，阿潘突然想到似的，凑在莎莎的耳朵根，非常神秘地说："你会不会是有尿道炎，也许是有炎症？"

"我？"莎莎有些惶恐地摇摇头，又点点头。

阿潘变得好像非常懂医道，信心十足："很可能，很可能是因为炎症，莎莎，这真的很可能。"

蜜月旅行被搞得一团糟。计划中的第一站不了了之，第二站原来准备玩三天，实际上只待了廿四小时便草草收兵。不仅如此，计划中的第三站第四站也被迫取消。尿床的阴影使得莎莎坐立不安，活生生地变了一个人。真是一种让人哭笑不得的捣乱，她觉得自己在新婚的丈夫面前身价大跌，原有的傲气一挫再挫。阿潘显然有一股按捺不住的得意，甚至是幸灾乐祸。事实上，他对莎莎在安娜家的临时变卦，一直充满疑心。莎莎早就注意到他和安娜之间关系的非同一般，大学同学天各一方，互相借宿也是常有的事。然而自从莎莎见到安娜的第一眼，一股难以容忍的妒忌，像蛇一样在心窝里游来游去。

这是一场让人心身憔悴的蜜月旅行。总算搞到了一张卧铺票，但是疲劳到极点的莎莎坚决不肯去卧铺车厢，一想到躺下来合上眼睛，她便恐惧得心惊肉跳。在火车上出一次洋相可不是开玩笑，虽然一天来滴水未进，她对自己却整个地丧失了信心。恐惧也传染给了阿潘，车厢里大眼小眼都睁大了瞪着他们，弄到临了，阿潘说："那好，我陪你坐一夜。"

火车上的一夜漫长得仿佛人的痛苦一生。莎莎彻夜不眠，一次次象征性地去厕所，好容易熬到东方发白，火车停在一个大站上，车厢上叽叽喳喳全是人声。阿潘睡意蒙眬醒过来，擦了擦挂在嘴角边的口水，痛苦不堪地看着莎莎，莎莎茫然地望着窗外，脸色憔悴，仿佛是从地狱里刚钻出来。

莎莎不得不去看医生。这是一种很难说出口的疾病。原以为很快就会好，一切都和过去一样，就好像什么也没发生过，可是两个星期过去了，天天晚上她都有一种世界末日的恐惧。最初看的是针灸科，一位据说是治愈过许多尿床儿童的老医生，在莎莎的关元和三阴交等穴位埋下金针，夸口说三天之内一定见效，结果连续三天都是水漫金山。针灸不行，又请教推拿中医，推拿医生倒是说得实实在在："这毛病，只能是试试看。"

新房里虽然不时地洒点香水，床头花瓶里插着价钱绝不便宜的鲜花，一股淡淡的尿臊味，依然源源不断在空气中流动。连日连夜地不能好好睡觉，莎莎花容失色，面黄肌瘦，就像正害着一场大病。被单下面不得不垫上一块塑料布，人睡在上面，凉飕飕滑溜溜硬邦邦，说不出的别扭和难受。和莎莎一样，阿潘的情绪也大大受影响，蜜月里的欢乐人为地减少到了最低限度。

阿潘陪着莎莎到处乱求医。报纸上登了一则广告，说是专治各种说不出口的疑难杂症，药到病除，治不好不收一分钱。阿潘看了心动，劝莎莎不妨试一试。莎莎说："广告还不是骗人，大医院的医生都没办法，这种江湖郎中还能有什么绝招。"

阿潘说："这你就不懂了，江湖郎中，靠的就是绝招。"

到了半夜，又是水漫金山。莎莎起来换衣服，委屈得不肯再睡，独自坐在那儿流眼泪。天亮时，两只眼睛全肿了，起床洗脸，对着镜子，非常认真地仔细化了妆，扭过头来，仿佛豁出去似的，怒气冲冲却又十分果断："那好，我们今天就去找那个江湖郎中。"

"怎么样，想通了是不是，跟你说试试，试试。人家广告上不是说得明明白白，治不好，不要钱。有什么怕难为情的，就说是我有病好了。"

莎莎说："我有病我治，要你装病干什么？"

"我爸爸小时候尿床，就是吃了一个江湖郎中给的小虫子，"

209

阿潘顾不上莎莎做出的厌恶表情，用手指比画着说："就这么大，黑不溜秋的，像蟑螂一样。三五个一吃，就好了，真的就好了。"

尿床这字眼触目惊心，莎莎一阵不痛快，有嘴难辩。小两口按照报纸上提供的地址，七拐八拐，终于找到一个挂着招牌的私人小门诊所，见到了那位要找的郎中。结果大出意外，全不是想象中的那副模样，首先郎中的年龄就不够大，是一个文质彬彬的年轻书生，戴了副时髦眼镜，根本就没有那种江湖骗子的油滑气息，见了病人自己先不好意思。其次门诊所的布置不像医院，更像是小康人家的会客室，红地毯，一排组合沙发，靠墙一架装饰柜，琳琅满目地放着各种假古玩，一扇门虚掩着，能看见房间里成排的书橱。阿潘和莎莎都有一种出了差错的感觉，他们原以为要寻找的是一位江湖郎中，可是却来到了一位青年学者的府上。要不是对方红着脸问他们是不是病人，阿潘差点听莎莎的话，招呼也不打，掉头就走。

一来一去地说了几句，医生的真面目才羞答答露出来。阿潘和莎莎坐在沙发上东张西望。文质彬彬的年轻人沏了两杯茶端上来，脉脉含情地对他们看。阿潘让他的目光折磨得不好意思，笑着说："你看上去，真不像医生。"

"看上去像医生，这太容易了。做医生的，能看上去不像，这倒还得下点工夫才行，"文质彬彬的年轻医生说起话来，脸一阵一阵发红，看得出他还不老练，说的是一口听上去极别扭的南方普通话。"我就是想做个不像医生的医生。"

"广告上说，你专治疑难杂症，药到病除——"

"我看病根本不用药。"

"不用药？"

"药能治的病，用不着找我。"几句话一说，年轻医生的文质彬彬，逐渐被好像是背书的夸夸其谈所代替，"药到病除只是用来骗病人的一句套话，这只是骗人的，你们既然来了嘛，我就和你们说老实话。我学的是心理医学，换句话说，你们明白吧，我是个心理学医生。没什么药，要药，当然有一些辅助性的药剂，不过治病，关键是靠我的智慧。两位，有什么需要我帮助的？"

阿潘和莎莎终于明白过来，他们遇到了一位新开张的心理咨询医生。年轻的心理学医生脸上仍然一阵阵发红，他大谈了自己的来龙去脉，炫耀他那正牌的学历，对即将来临的前景，既有些英雄无敌手的过分乐观，又有些恨人不识货的信心不足。极短的时间内，心理学医生为两位来访者概述了心理医学的历史和未来。有时候，因为过于激动，他的概述显得结结巴巴，语无伦次。眼镜片后面的一双小眼睛紧张地东张西望，就像是在课堂上做小动作，被老师冷不防拎起来提问的小学生。

很难用笔墨形容阿潘和莎莎的沮丧，蜜月已经接近尾声。莎莎对自己的失望，好像爬楼梯到了顶点。虽然阿潘还像以往一样，对她忠心耿耿言听计从，然而她似乎预感到了她的绝对优势将全面崩溃。事实上她的权威已受到挑战。他们共同生活的航船刚刚起帆，尿床的阴影便像即将来临的风暴，威胁着今后的漫长航程。后顾之忧实在不堪设想，如果尿床习惯成自然，正像人无法躲避做梦，变成夫妻共同生活的一部分，变成任何一个人嘴里的笑柄，变成他们未来孩子心目中解不开的疙瘩，莎莎觉得自己倒不如索性死了，或者干脆趁早离婚拉倒。

阿潘对她以往究竟有没有尿床史开始怀疑，从幼稚的心理学医生那全无医院气氛的诊所里出来，他产生的最强烈的疑惑，就是这样希望渺茫地病急乱投医，到底还有没有意义。偶尔尿一次床多少有些喜剧的意味，起码可以带来一些失去的童年的甜蜜记忆。但是尿床真变成了生活的一部分，喜剧也就变成了悲剧。尿床的恐惧严重地影响了他们的性生活，黑夜成了曾经是傲气十足的莎莎的末日，温柔的梦乡危机四伏，她孤立无援地躺在床上，小心翼翼诚惶诚恐，就像是砧板上听凭宰割的无辜羔羊。

莎莎对在安娜家借宿的那一夜讳莫如深。阿潘有充分的理由相信那不会是个令人愉快的夜晚。安娜迟迟复信和以往的习惯大相径庭，自从大学毕业分手，她向来是去信即复绝不耽搁。显然是有了什么意外，而这意外，又太在意料之中，安娜绝不是一个省事的女人，她的作用力无所不在，阿潘知道她绝不会轻易放过自己。

好像有一根无形的线，把许多不相干的事都拴在了一起，阿潘有意无意地老是提起安娜。连他自己也不太明白为什么要这么做，是为了激起莎莎的妒意，还是恰恰相反，是为了消除她在这方面的感情波澜。安娜的话题，成了一个越是想回避，却越是容易接近的老生常谈。安娜曾经是他的感情寄托，有过一次机会，要是他胆子再大些，他们之间的关系就会有一种质的变化。那是在野外夏日的大草坪上，夕阳西斜，他和安娜坐在一个高坡上，非常矫情地阔谈人生。夕阳下的影子越拉越长，眼前一片金黄，他们半真半假地由背靠背，顺理成章发展到搂搂抱抱，在混乱中，他不止一次小心翼翼用手碰安娜的乳房。安娜半推半就，胆子大得令阿潘事后想想都怕。当时她穿着一条时髦的墨西哥大摆裙，人半躺在草坪上，裙摆掀过来掀过去，两条光溜溜的大腿动个不歇，要不然就像是和谁赌气似的，不安分地扭在一起，用力用力再继续用力。

安娜起码和班上两位男生有过性的接触。阿潘想到这些就忍不住生气，他既恨自己胆子太小，现成的便宜没有占，又庆幸自己总算保住了童贞，从良心上来说，对得起莎莎。莎莎是一个高傲的并且有那么一点点矫情的女孩子，她比安娜年轻，比安娜漂亮，更重要的是比安娜纯洁。不管怎么说，女孩子纯洁都是个优点。安娜常常引起阿潘一种酸溜溜的激情，也许正是这种激情，鬼使神差地让阿潘把新婚的妻子带到了她家。旅行结婚显然是个借口，没有任何理由跑那么远去度蜜月。

去安娜家重温旧梦根本不可能。问题的荒唐就在于，连他自己也不知道为什么。明知道安娜不会轻易放过他，他忘不了大学毕业前夕，声名狼藉的安娜差一点自杀的情景。那时候的安娜风流得有些过分，一位从不曾露过面的男人仿佛从地下钻出来似的，在大庭广众面前，愤怒得接近疯狂，咬牙切齿，眼泪和口水一起乱飞，痛心疾首地指责安娜的忘恩负义。他用不容置疑的证据，使安娜的所谓不道德面目暴露无遗。安娜不仅隐瞒了她和这个男人同居三年堕过两次胎的历史，而且在上大学的这几年里，一边挥霍男人省吃俭用给她寄的钱，一边肆无忌惮地和每一个对她有兴趣的男人调情。

那可能是安娜一生中最悲哀的日子。她在班上红得发紫的地位立刻崩溃，女生们掩着嘴窃窃私语，男生呢，做出嗤之以鼻的样子，不怀好意地暗笑，阿潘想到当时的情景心头就发憷，依照他的傻想法，安娜当时能活下来就是个奇迹。她给他写了封看透人生的遗书，满纸哲理，痛苦和悔恨交加，在遗书的结尾处，她赤裸裸地表达了她对他充满遗憾的爱情。她认为这种充满遗憾的爱情才是人生中爱的真谛。

人生没有过不去的关口。既然安娜能从那样痛不欲生的危机中逃出来，莎莎为什么不能从尿床的阴影里解脱？阿潘有充分的理由怀疑，安娜正躲在看不见的暗处，秘密操纵着蜜月里发生的一切。

"安娜竟然会是这样的人？"有一天临睡前，面对蠢蠢欲动的阿潘，莎莎吃惊地问，"她是这样的女人？你不是说她很有才华吗？"

"才华是才华，一个人的生活作风，又是一个人的生活作风，这、这是两回事，对不对？莎莎，安娜属于那样一种女人——"

"什么样的女人？"

阿潘有点结巴，他小心翼翼地留神自己该说什么，不该说什么。这是一种行为上的玩火，千万不可弄巧成拙。"什么样的女人、女人，我也不好说，我们也、不过是同学、老同学，我只是想，人家那么严重的事，还不都过来了，天塌下来，有什么大不了的？"

"你说的是什么意思？"莎莎一双漂亮的眼睛瞪得大大的，含着一些迷惑的忧郁，"这跟我有什么关系？"

"当然没有关系。"

"没关系你说它干什么？"

小两口相视而笑，嘴动了动，都不说出来。憋了一会儿，莎莎苦笑着，说："你拿我跟她比，我又没做过对不起你的事。"

"我也没有。"

"那倒不一定。"莎莎已经失去好斗的锐气，黑暗深处梦乡的逼近，使她忍不住一阵哆嗦。"睡觉吧，睡吧。"她非常被动地接受阿潘的压迫，打了一个哈欠，心烦意乱，把头往他的耳朵根凑。阿潘迫不及待地开始进攻，目的明确手法笨拙。莎莎又打了一个哈欠。长时间的沉默，莎莎说："你睡着了？"莎莎又说："你说睡着就睡着，哼！"

阿潘梦到了安娜，他看见她用一个手指按在嘴唇上，做出一种非常怪异的表情，似笑非笑似哭非哭。他模模糊糊地依稀记得仍然和莎莎在一起。安娜脸上怪异的表情发生了变化，她不屑一顾地撇了撇嘴，手指扬起来，似乎要提醒阿潘记住什么。他该记住什么呢？他什么也记不住。莎莎动了一下，她用手推了推他，阿潘从似梦非梦中惊醒过来。

"我、我没睡着——"

莎莎一声不吭。

"我睡着了？"

莎莎依然不吭声。

短暂的沉默，阿潘嘴里突然冒出了一句："那天在安娜家，你尿床了？"

莎莎没有动弹，十分平静地想了一会问："怎么样？"

"不怎么样。"

"你怎么熬到今天，才想起来问？"莎莎终于爆发，赌气地说，"你早就该问了，干吗熬到今天。我是给你丢了人了，怎么样，怎么样？"她越说越来火，非常愤怒地推阿潘。"我在你的那女同学面前丢了面子了，活该，谁叫你把我带去的，让人家笑话好了，我不在乎、我不在乎。"

莎莎歇斯底里发作了一阵，开始低声抽泣。

阿潘像哄孩子一样安抚哭作一团的莎莎，他用一种自己听上去都肉麻的声音安慰说："你心理负担太重，太重了，说出来也许会好一些。"莎莎哭了一会，破涕为笑，有些不好意思，觉得太过分，叹气说："算了，什么心理负担太重，你又不是那位心理学医生，睡觉吧。"

"你不睡，我怎么睡？"阿潘说。

夜深人静，听得见时钟滴答滴答在响，睡意像一阵风似的席卷而来，阿潘和莎莎充满柔情蜜意地搂在一起，携手进入梦乡。又黑又甜的梦乡，好像是漫长人生沙漠中的绿洲，是一望无际的高速公路上的加油站，是饥饿时一块可口的甜点心，是短促生命的间歇和调整，是结束，也是开始。在梦的深处，阿潘和莎莎又气喘吁吁往一座高山上爬。山腰里有白云，山脚下是绿绿的大草原，他们腾云驾雾，就像长了翅膀一样。鸟儿在飞，小虫子在歌唱，春夏秋冬四季在变幻。蜜月里的阴影正和蜜月一起消失。梦的深处，莎莎将又一次回到年幼无知的童年，她羞答答地和小伙伴玩捉迷藏，小肚子像个小气球似的鼓着一泡尿，终于躲到了一个没人的地方，先是裤带解不开，解开了，一个小男孩用手指在脸上刮着，站在不远处羞她。"尿吧，尿吧，"小男孩变成了小女孩，又变成了莎莎自己，最后变成了阿潘。她猫一般地蹲了下来，肆无忌惮地打开闸门。一连串清脆的欢叫，一道热流，一阵全身心的放松。

莎莎充满恐惧地醒过来，在以为噩梦又一次戏弄她的时候，她惊喜交加心口怦怦乱跳。悲剧出人意外地没有重演。连绵不断的噩梦似乎到了尽头。她用手在身底下摸过来摸过去,仿佛是只小老鼠在自己的窝里打滚,那种干干的热乎乎的感觉,让她倍感一种久违的亲切。没有尿床,没有水漫金山,没有湿漉漉凉飕飕。她情不自禁地伸出手去,紧紧搂住正在她身边呼呼大睡的阿潘。对于阿潘来说,蜜月已经结束;对莎莎来说,蜜月却刚刚开始。

黑狗

1

最后一位见过黑狗的老人，行将寿终正寝，眼睛朝天，直直地躺在门板上说胡话。老人咽下最后一口气的时候，仍然没法使他最心爱的孙子阿狗相信黑狗的存在。八十年前老掉牙的故事，仿佛远远地隔了几个世纪，只有亲眼见过黑狗的老人才会念念不忘。光阴似箭时光如流，八十个漫长的春秋白驹过隙，老人仍然顽强地记得，记得自己还是位七岁的孩子，在父亲的带领下，和十几位村民聚集在新建的教堂，听从荷兰来的神甫传教。红头发的荷兰神甫用生硬的中国话说着什么，忽然下起了一场不同寻常的大雷雨，天变得黑沉沉的，电闪雷鸣，教堂开始打摆子一样剧烈晃动。一只在教堂顶部游戏的白猫在一道强烈的闪电之后，尖叫着半空中掉下来。在场的人都被眼前的景象惊得目瞪口呆，哆嗦着说不出话来。时年七岁的老人看见了生平中的第一次灾难，他看见一条可怕的大黑狗。大黑狗顺着楼道下来，从村民们身边缓缓走过，村民一一倒下，非死即伤。这次事件彻底平息了刚刚兴起的信教热情。已经信教的村民纷纷悔教，并在悲哀的葬礼以后，拆毁了辛辛苦苦落成不久的哥特式教堂。

时过境迁，曾经轰动一时的黑狗故事，变成了一个遥远的传说，正随着老人的去世彻底消失。

"黑狗的眼睛，像盘子。"最后一位见过黑狗的老人，脸上回光返照，瘦骨嶙峋的手在空中比画了一下，木柴似的僵在半空中，"好大的一条狗，这么大，这么——"老人的手突然往下一垂，咽了气。

于是一片响彻云霄的号啕声。人们奔走相告，门口立刻聚集了许多看热闹的小孩子，都伸头探脑往里面看。争先恐后叽叽喳喳，又是吵，又是闹，又是怪声怪气尖笑。阿狗大吼一声，扑到门口气势汹汹撵人。小孩子们一哄而散。

"阿狗，你快去镇上小店里，叫福生进三十箱啤酒，"阿狗娘对儿子说，"都什么时候了，跟小孩子斗气。"

"三十箱怎么够，起码也要五十箱。"阿狗的爹兴宝一脸疲倦，眼睛通红地走到门口，"五十箱要是够，倒好了。"

"到底多少？"

"干脆一百箱，多了到时退掉好了。"兴宝看了看他的独生子阿狗，说不出的失望。阿狗还在和那些赖着不肯走的小孩子瞪眼睛。"你也是有儿子的人了，家里出了这事，就不能自己做做主。别忘了给你叔叔拍电报，听见没有，天热，让你叔叔尽快赶回来。"

"电报上怎么写？"

"你说怎么写？"

"就说爷爷死了，尽快回来。"

"好了好了，你快走吧，"兴宝心烦意乱，"天这么热，你叔叔一接到电报，自然会尽快回来。"

天说变就变，突然间是要下雨的样子。阿狗推了自行车正

219

要出门,他三岁的儿子闹着要一起去。兴宝说:"不要闹,太爷爷刚刚死,跟爷爷在一起,不要闹,好不好,爷爷给你吃糖。"阿狗的儿子不要吃糖,扯着嗓子大哭大叫。阿狗好像是个大孩子,挤眉瞪眼地说:"去就去,马上下大雨,淋湿了活该。你个小狗日的,总归要闹的,也不看看什么时候。"

阿狗终于一个人上了高速公路。新竣工的高速公路笔直,像一把宝剑似的躺在绿色的稻田中间,灰色的路面上还未收拾干净,东一堆西一摊,像是什么怪物拉的屎。去镇上大约五里路,路边稀稀拉拉长着野草和灌木丛,风中摇过来晃过去。天气仿佛是犯了什么病,闷得让人喘不过气来,阿狗迎面碰上了一位熟人。熟人一边狂奔,一边非常惊惶地喊道:"阿狗,要下雨了,往哪儿去?"

阿狗说:"我爷爷死了,去镇上买酒。"

熟人顾不上和阿狗敷衍,赶紧往村上跑。

阿狗继续往前骑,骑过那段公路上唯一的一株小树,被前面的一堆沙石拦住去路,他拨了一下手把,自行车忽然打滑,差点摔下来。天气变得更闷,几只小鸟从孤零零的小树上跌落,尖叫着擦地面飞过,接着一阵狂风,飞沙走石劈头盖脸。他脚底下一用劲,"咔嗒"一声,自行车的链条落了下来,不得不下车紧急修理。

又是一阵飞沙走石。阿狗咬牙切齿,眯着眼睛给自行车上链条。一场暴雨随时随地会落下来。天一会亮一会暗。"这狗日的天气。"阿狗朝地上啐了一口,刚把链条上好,用手摇了两圈,又落了下来。

从镇那头开过来一辆黑色的小面包车。

阿狗终于又一次将链条上好,正要飞身上车,奔驰而来的黑色面包车猛地停在了他面前，玻璃窗里面探出一个满是络腮胡子的脑袋，愣头愣脑地问路：

"喂，小伙子，泉村怎么走？"

阿狗自打出了娘胎，就没听说过附近有泉村这样的名字。

"喂，泉村怎么走？"

黑颜色的小面包车活像一口奔走着的棺材。络腮胡子的司机挤了挤眼睛，脸上凝聚着一种异样表情的微笑。阿狗觉得自己似乎在什么地方见过这个人，结结巴巴地说："泉村，这儿没有什么叫泉村的——"

"谁说没有，不就是在附近吗？"

又是一阵狂风，又是飞沙走石乱舞，天昏地暗。黑面包车突然车灯大亮，络腮胡子的司机不怀好意地继续笑，慢吞吞地摇上了车窗玻璃，引擎轰响，原地打摆子似的抖了好一会儿，朝前缓缓移去。阿狗注意到这辆面包车的黑颜色很不吉利，造型也有些古怪，车身显得过长过扁，轮盘却矮脚狗似的超比例的小。他转过身，扶正了自行车龙头，刚跨上去的那一瞬间，就听见一声巨响，便整个地失去了知觉。

2

一场常见的夏季暴雨之后，有人发现阿狗躺在高速公路上。最初的印象是他躺在那儿休息，路面上湿漉漉的，反射出雨后落日的余晖。阿狗伏在地上一动不动，真跟睡着了一样。

"喂！"发现阿狗躺在地上的人是初中生马凯，他走到阿狗面前，朝他屁股上实实在在就是一脚，"汽车过来，轧死你！"

离阿狗不远处是一辆已经变形的自行车。初中生马凯走过去，扶起那辆八成新的自行车，试了试，发现那车已扭曲得不可能再使用。

一个小时以后，两位交警骑着摩托车赶到。这时候已经围了许多人，阿狗的媳妇蓬头垢面，被几个小伙子抓囚犯似的揪住，手舞足蹈号啕大哭。虽然现场遭到了破坏，但是交警很快就断定这不是一场交通事故。绝不可能是一场交通事故，没有任何被撞的痕迹。两位交警中年轻的一位注意到，那辆变了形的自行车，尽管橡皮轮胎完好无损，后轮一大排钢丝却令人难以置信地熔化了。

阿狗的尸体被抬了回去，和最后一位见过黑狗的老人并排放在一起。

县医院的一位外科陆医生回家看望老母亲，正从一个相好的小寡妇家溜出来，脸色发灰垂头丧气。小寡妇的家和阿狗家只隔着几个门，陆医生见这边十分热闹，旁若无人地走过去。

"陆医生，真是触霉头，"阿狗娘抱着三岁的孙子，一把眼泪一把鼻涕，"好端端的一个人，这是招谁惹谁了？"

"到底是怎么回事？"

"那交警非要说阿狗不是撞死的。这条该死的什么高速马路，上次轧死了阿炳家的老三——"

"三林，"兴宝耷拉着脑袋走过来，对陆医生用小名招呼，"什么时候回来的？唉，你坐一会，家里实在乱得不像话。"

"兴宝叔，阿狗怎么了？"陆医生皱着眉头问道。

"真正叫说不清，好好的，镇上买酒去的，警察——警察说是让雷劈死的，这真正叫说不清。"

"青天白日，你瞎说什么。"阿狗娘不答应，"叫雷劈死了，还能是这样完完整整一个人？陆医生，你说说看，叫雷给劈死的，还不缩成一点点。阿狗这身上根本就不像是有伤的样子。"

"那也不是汽车撞的。"兴宝六神无主，也不想和老伴争吵。

陆医生走到阿狗面前，掀起盖在他脸上的白床单，目不转睛地盯着看。看了一会，仿佛不相信阿狗是真断了气，把手掌在他脸上放了一会，又翻开眼皮检查瞳仁。突然间，陆医生的鼻翼抽了抽，脸贴着阿狗的面孔，发现新大陆似的嗅来嗅去。旁边看得人目瞪口呆，不知如何是好。

"怎么有一股煳味？"陆医生自言自语，他的手碰到了阿狗的头发，仿佛触电一样弹多远的，"这头发怎么会这样？"

阿狗的父母围了上来，他们第一次注意到儿子的头发好像刚刚烫过，发梢部分一概微微弯曲，手摸上去又毛又燥，就跟钢丝刷子差不多。果然有一股烧焦的煳味，淡淡的，像小虫子一样在阿狗的周围嗡嗡飞着。

"我能不能看看阿狗的身上，兴宝叔？"陆医生不等允许，迫不及待地将阿狗扶了起来。兴宝夫妇大惊失色，想阻拦已来不及。"三林，你这是干什么？"兴宝因为陆医生这几年在县医院有点名气，也不敢得罪他，脸色难看结结巴巴地问。陆医生说："人好好的怎么会死，我倒要看一看，到底是遇上了什么邪门事。"硬邦邦的阿狗像是塞满了粮食的口袋，又好像是一只吹足了气的长枕头。陆医生手一松，尸体重新回落在门板上，"嘭"的一声，震天动地传出去好远。兴宝夫妇在一旁急得连连大叫，然而陆医生兴致勃勃，什么也听不进去，不当回事地把被单抖抖开，又解开阿狗身上那件衬衫的扣子，用手隔着汗衫，在胸脯上按了几下,又按了几下,一本正经沉思了一会,毫不含糊地把汗衫往上撩,一直撩到胸口。"兴宝叔,阿狗这死,实实在在有些怪呀。"陆医生嘴里念叨着,继续认认真真检查,他索性将阿狗翻了一个身,让尸体屁股朝天,倒趴在门板上。

眼前的情景让在场的人都大吃一惊。阿狗的背部印着一幅和照片差不多的图案,深深地陷在肉中间,就像人们通常所见的文身一样。

3

阿狗背上那幅图案一直到五个小时以后,才逐渐开始变模糊,变成一片紫红色的斑点。消息不胫而走,许多人闻讯赶来,撵都撵不走。有人通知了县公安局,县公安局的警车赶到,才把越聚越多的人群轰散。

关于阿狗背上的图案引起了种种稀奇古怪的说法。陆医生作为图案的最初目击者,也无法描述清楚那究竟是什么玩意儿。从医生的角度来看,那好像只是一种烫伤。陆医生确凿无疑地告诉前去找他采访的晚报女记者,当他第一眼见到那让人吃惊的图案,他首先闻到的仍然是一股焦味。"就是那种肉烧煳了以后的味道,是烧煳了,而不是烧熟了。"他明白无误地告诉女记者。

晚报女记者采访陆医生是在事发后的第三天。陆医生的太太风闻了丈夫的风流韵事,怒冲冲地从县城赶来兴师问罪。女记者的采访使陆医生暂时脱离尴尬境地。采访的过程中,女记者一直处于陆医生太太不友好目光的监视之下。

"就好像是一个烧红的铁图章,在肉上这么一烙。"陆医生一边说，一边手舞足蹈做手势。

女记者有一种身临其境的感觉，仿佛听到"吱"的一声，升起了一道青烟，刺鼻的焦味直往鼻子里钻。"既然烧伤，或者说是烫伤，为什么死者的衣服却完好无损呢？"女记者提出了疑问。

"问题就在这儿，"陆医生看了看站在不远处的太太，十分勉强地笑了笑，有点心不在焉，"这就是问题，哎，对了，我说到哪儿了？"

"为什么死者的衣服完好无损呢？"

"是呀，为什么呢？"

女记者不得不提出新的问题："大家都这么说，死者背上是一幅非常完整的图案，作为目击者，你能否说一下，那图案到底是什么？"

"是什么？"陆医生的眼睛发亮，做出认真回忆的样子，"什么也不是，好像是个面包，我是说有点像面包，又好像是——飘浮的云，那种一团一团的云，就是这样。"

女记者目不转睛地看着陆医生做手势。

"是这样？"

"不，是这样。"

女记者仿佛坠入云里雾中，眼神里一片迷茫。

烙在阿狗背上的那幅图案，在被发现五个小时以后，已经成为一片紫红色的斑点。许多人亲眼目睹了那图案的存在，但是对于图案的具体形象，却作出了各种不同的解释。有人认为是幢房子，在房子的边上是田，是一棵小草。有人认为是一只猪，又有人认为是口棺材，还有人认为是张地图。千奇百怪，越说越玄

225

乎。对于这幅图案解释的共同点，是图案中有一大块黑影子，形状有棱有角又有些接近椭圆，黑影子的右上方有两个对称的白斑点。众说不一、自以为是的观点让女记者感到非常为难。新的故事在不断产生，女记者知难而退，草草收场。

4

女记者手捧着笔记本在村子里，东奔西走问来问去，给初中生马凯留下了太深的印象。关于初中生马凯的来历，村子里历来有种种传闻。有人坚信他是陆医生偷情之后的产物，因为从外貌上来看，马凯和他那位死去的爹没一点点相似之处。陆医生的相好、马凯的母亲是村上有名的美人，而马凯却几乎是个丑八怪，眉眼之间那副猥琐和陆医生如出一辙。

初中生马凯是县中学的高材生。他的远大理想便是将来当位作家，写上一大堆书。女记者的出现使马凯又一次踮起脚来遥望自己的未来。他偷偷地跟在女记者后面，神情严肃又略带些滑稽，连眼睛都不敢眨一下。女记者的知难而退，不仅没使马凯跟着后撤，反而激起他的好胜心。他决心在这神奇的故事中，探索出一些道理来。

阿狗和他寿终正寝的爷爷，那位最后见过黑狗的老人，一同在爆竹声中被送往火葬场。那天的气氛充满悲哀，阿狗三岁的儿子披麻戴孝，像一个白颜色的小精灵，走在缓缓移动的队伍的最前面。女人们哭成一团，尖叫，哀嚎，呼天喊地。

马凯站在自家门口，看着队伍走上高速公路，一个接着一个往车上爬。他觉得自己正置身于一个故事的开始或者结尾。一本叫作《奇闻趣事》的书引起了马凯的充分注意。在书的第五十页，他读到一段很有启发的小短文。一八九二年七月十九日，在美国的宾夕法尼亚州，有两个黑人在海伦公园的大树下被闪电击毙，其中一个黑人叫凯塞尔。

当人们从凯塞尔的尸体上脱下衣服时，在殡仪馆经理的眼前出现了一幅令人震惊的奇景：死者的前胸留下了闪电发生地点一角的自然景色。这幅照片是绝对令人信服的。上边还有一片发干的略带棕色的橡树叶，还有藏在青草中的羊齿草，它跟青草稍有区别之处，就是它也有点带棕色，树叶和羊齿草的图像如此清晰，连肉眼也能看见最细小的筋络。

这条消息使马凯大受启发。在另一本书上，他又发现了一条类似的令人鼓舞的消息。一九七一年二月，在南卡罗来纳的杰斐逊城，有个叫杰西耶·巴列特的人出外打猎，把打死的野兔带回家。妻子动手给他做晚饭时，发现剥了皮的兔子的一条前脚上，有一个黑色的妇女的侧面像。对于这事，当时在场的朋友都乐意作证。侧面像与二十世纪摩登女郎一模一样，微微噘起的小嘴唇，鬈曲的头发，长长的眼睫毛。这条消息见报以后的一周内，足足有四千人到过巴列特家，都想亲眼目睹人像，警察只好一连数日在街上管理交通。

受到鼓舞的马凯赶到了出事现场。高速公路上，有几位修路工正懒洋洋地清理路面。几天以后，这条建了很久的高速公路就要通车，到时候将由县长亲自剪彩，搞一个热热闹闹的庆祝仪式。马凯在阿狗曾经卧过的高速公路上来回走着，心灰意懒一无所获，脑袋里一阵阵发热。阳光灿烂，哗啦啦水一般地直泼下来，灰色的路面成了一条直直的光带。绿色的稻田生机盎然，一只鸟儿躲在看不见的地方唧唧乱叫。

马凯记得阿狗当时是躺在距离小树二三十米的地方。孤零零的小树是马凯记忆中的定位标志，很长一段时间内，他确定不了阿狗究竟是躺在离小树二十米还是三十米。找到遇难者的准确位置这一点至关重要。修路工不时地偷眼看他，他们显然觉得他形迹可疑，神经有那么点不太正常。他们看见马凯走到小树面前，深思着，然后突然后退，嘴里念念有词地说着什么。

关于阿狗背上的那幅图案，马凯起码画了几十张草图。天天临睡前，他总是一遍遍重新审视这些草图。那个黑黑的一团影子到底是什么玩意儿，已经使他绞尽脑汁。当他面对那株孤零零的小树，嘴里念叨着数目往后倒退的时候，他的脑海里不知不觉像放幻灯片似的，一张接一张地出现他所画过的那些草图。黑黑的一团影子仍然是个空白，那株孤零零的小树渐渐成了草图中的一部分。

所有草图的右下方都有一株和小草差不多的东西，仿佛被一道智慧的光芒照射，马凯猛然醒悟过来，那差不多是小草的东西绝不是小草，那是一棵按比例缩小的小树。这段高速公路边唯一的一棵小树，成了破译疑难的钥匙。问题的答案似乎已接近解决，马凯哼起了一首流行歌曲，兴高采烈地往村上走去。

5

太阳快下山的时候，马凯终于把阿狗娘带到了距离小树二三十米的地方。他终于使她似信非信地相信，神秘故事的谜底已经被找到。被清理过的高速公路更有一种荒凉，见不到一辆汽车，甚至连自行车也没有。落日孤零零的，有几片云，像山坡上稀稀落落的羊群。

"二大妈,"马凯充满激情地指着那株微风中摇摆着的小树,"你看,就那棵树,你说像不像?"

"像什么?"阿狗娘眯细了老花眼睛,独生子阿狗英年早逝,这刺激实在太大,她恍恍惚惚地站在那儿,神情沮丧不知所措。说服阿狗娘绝不是一件容易事。马凯给她念了《奇闻趣事》上的那篇小短文,又念了那段关于兔子前脚上的妇女侧面像。他借题发挥,喋喋不休和她大谈飞碟,谈神秘的天外来客,谈得口干舌燥脑袋发麻。

"你看这个,"马凯拿出他画的那几十张草图,指着其中一张说,"这肯定就是那棵树,你这样看,这样看。"

阿狗娘无动于衷地指着草图上那一大块黑影子:"那是树,这是什么?"

"是什么先不管它,二大妈,你说这是不是那树?"

阿狗娘叹了口气,不忍心扫马凯的兴。她相信眼前的这个孩子已经走火入魔。阿狗当年学习成绩一直不好,在她的心目中,马凯是一个用功读书的好孩子。"二大妈也不识几个字,你说的,就算是有道理,可这些,哪是你一个小孩子能搞懂的。阿凯,都说你是县中学的高材生,有出息,日后要上大学的,你还是好好读读书吧。"

"只要这是那棵树,"马凯眉飞色舞信心十足,变戏法似的一张张翻着手中的草图,"只要是它,事情就好办。"

"怎么好办?"

"二大妈,你不知道,真的只要是了,这事就好办。"

阿狗娘又叹了一口气,马凯手上的草图勾起了她的一阵心酸,她仿佛看见阿狗躺在门板上,胸前的衬衫扣子被解开,汗衫被撩多高的，一股焦味直往她鼻子里钻。她吸了吸鼻翼，说："阿凯，这些画画给二大妈一张，我回去挂在墙上，没事多瞅几眼，就当见着阿狗了。"

"那好，二大妈，你自己挑吧。"

阿狗娘一张接一张地翻着，打不定主意应该要哪一张，"这张吧，这张有点像，"她怕马凯舍不得，又指着另一张说，"这张也像，嗯，这张最像。"马凯对那张最像的草图留恋地望了几眼，坦然说："没关系，反正都是我画的，我回去再照着画几张好了，两张你都拿去。"阿狗娘说："那好，你二大妈可都收下了。这时间也不早了，我该回去做饭了，你也回去吧。"

"二大妈，你先走，"初中生马凯孩子气地摇摇头，依依不舍地看着那棵小树，孤零零的小树又一次给他带来丰富的联想。"我一定会把这事搞一个水落石出。"他显得有些执迷不悟，眼睛一阵一阵地发直。阿狗娘伤心地吸了吸鼻子，转身离开公路，穿过田埂往村上走。马凯耷拉着脑袋，十分固执地在公路上继续徘徊。

6

初中生马凯画的那些草图，出人意料地创造了奇迹，一个已经消失的关于黑狗的古老传说从远处走来，在同一块古老的土地上重新复活。最后一位见过黑狗的老人寿终正寝半年以后，关于黑狗的传说，像黄梅季节的细雨，像夏日黄昏纷飞的小虫，又一次成为热门话题，弥漫在空气中撵都撵不走。

"一个小毛孩子的话，你怎么可以当真？"自从墙上贴了马凯画的那张草图以后，阿狗娘就好像是中了邪，吃饭前睡觉前都要对着那画念叨几句。兴宝见了就烦，阿狗娘一念叨，便在旁边冷言冷语挖苦。"又不是什么宝贝，挂在那儿，吃饭要看，睡觉要看，也不怕触霉头。"

阿狗娘照例听不见，嘴里自顾自地念叨。

"阿狗走都走了，你这么折腾，何苦哇，"兴宝老年丧子，心里也不好受，但他毕竟比老伴想得开一些。"我跟你说，阿狗娘，爹属狗，阿狗也属狗，老话说这叫大狗带小狗，原是命中注定的，这种事一点办法也没有。"

"你那爹也是，侍候他老人家一辈子，凭什么临走，要把阿狗也带走？"

"你看你，也只是说说罢了，哪能当真。"

"不当真，不当真你说它干什么？"

兴宝夫妇闲着无事，仔细琢磨挂在墙上的那幅画。"这明明是棵小草，一点也不像是什么树。"兴宝的眼神不好，手指戳着画的右下角，脸几乎贴到了墙上。阿狗娘说："你管它像不像，我觉得是像，就行了。"阿狗三岁的儿子正在一边玩，玩玩没意思了，跑过来不管三七二十一，便要揭那幅画。兴宝娘急得大叫："动不得，小祖宗，这画只能看，不能动，听见没有？"

兴宝心血来潮，说："小孩子眼睛最毒，你让他看看，说不准能看出什么来。"

阿狗娘说："他一个小孩子，懂什么？"

"狗，"阿狗三岁的儿子继续踮起脚来抓那幅画，突然发现什么似的，眼睛一动不动地瞪着，瞪了半天，懵懵懂懂地说，"是大黑狗。"

兴宝夫妇面面相觑目瞪口呆。

"黑狗，大狗——"小孩子稚嫩的声音在回荡。

"小祖宗，你说什么？"

"我要大黑狗，大黑狗趴在地上，"小孩子稚嫩的声音依然在回荡，"黑狗喔喔喔，叫，这，眼睛，眼睛瞪大，黑狗喔喔喔……"

仿佛划过一道闪电，又好像是有人轻轻地在耳边说了句什么，兴宝哆哆嗦嗦摇了一阵，胆战心惊："说不准真的就是黑狗！"

阿狗三岁的儿子一眼就看到了故事的谜底。作为最后一位见过黑狗的老人，阿狗祖父生前喋喋不休念叨过的那些故事，重新在人们的口头流传。大家开始郑重其事地研究初中生马凯靠记忆画的那几十张草图。令人难以置信的是，虽然形状各异，但是细细琢磨，都像是条狗，怎么看怎么像，越看越像。很显然，马凯在绘制这些图画的时候，一点也不知道黑狗是什么模样。黑狗的故事早在马凯的祖父辈就开始失去魅力，事实上，到了父亲这一辈已无人乐意问津。

传说中黑狗具有的形象，在草图中一一得到印证。它有一个肥胖的身体，与其说像狗，不如说更像一头动作笨拙的熊。阿狗祖父在世的时候，在他颠三倒四的故事里，许多人都听他说过黑狗的一个重要特征，这就是眼睛又大又亮，仿佛家庭中用餐的盘子。所有草图的右上方都可以见到两个大光点。如果马凯画的这些草图还有失误的话，任何一位亲眼目睹阿狗背上图案的人，都可以准确地记住这一点。大家对那一团黑影子的形状仍然有争议，但是对两个圆圆的光点却取得一致意见。

复活了的黑狗传说很快成了大人吓唬孩子的口头禅。谈论黑狗的故事成了生活中的大事，最后一位亲眼见过黑狗的老人已经过世，人们不得不在硕果仅存的老人中获取第二手资料。阿狗的祖父得到人们的普遍怀念，残存和早就扭曲的记忆，拼凑起一个个半新半旧的故事情节。

邻村阿旺兄弟的一次奇遇，复活了的黑狗传说因此上升为现实。时间离阿狗去世足足有一年，也是一个闷得让人喘不过气来的日子，阿旺兄弟合骑一辆自行车，沿着高速公路去镇上办事。就在阿狗当年遇难地附近，老天爷忽然变了脸，一时间飞沙走石，天昏地暗。哥哥阿旺拼命蹬车往镇上赶，阿旺的弟弟坐在车后行李架上，突然觉得有一个黑家伙跟在他们后面，呼哧呼哧地喘着气。阿旺兄弟是为数不多的不相信黑狗存在的年轻人，当黑家伙从他们身边走过的时候，阿旺的弟弟情不自禁用手想去摸它，可是他的手短了一些，没碰着。

"阿旺，你看，"阿旺的弟弟满不在乎地问他哥哥，"这会不会就是那大伙说的大黑狗？"

骑在前面的阿旺也听到了呼哧呼哧的喘息声，他侧过脸，黑家伙带着一股硫磺的味道，向路边蹿过去，沿着路基走了一段，一头冲进绿色的水田，突然冒出一团火光消失了。紧接着一声剧烈的爆炸，阿旺兄弟还未明白过来怎么一回事，立即从自行车上栽下来，摔得头破血流。阿旺跌断了一根肋骨，阿旺的弟弟却发现他那只差一点摸到黑家伙的左手，好像烤焦的苹果似的全是皱纹，几个手指弯了过来，像枯树枝一样没有知觉，而且从此再也伸不直。

阿旺兄弟成了传奇人物，最后一位见过黑狗的老人消失了，他们又成了这一带唯一见过黑狗的目击证人。

一九九二年一月

火的阴谋

1

一个从来不曾遇到过的干旱季节，连续一个月没下过雨，禾苗枯萎，地上裂得一道道缝。烈日炎炎，气候干燥得让人透不过气来，空气仿佛已经凝固，划上一根火柴似乎就可以燃烧。一条母狗偏偏选中了这样的日子发情。天刚亮，发情的母狗在街上懒洋洋地跑过，干燥的地面扬起一阵阵灰尘，一大群公狗摇头晃尾追在后面。

"真是畜生，也不看看什么日子，"两位公差从衙门里出来，胖的那位撩起衣襟，擦了擦汗，喘着气说，"这么热的天，它们兴致倒好。阿三，你说这他妈什么时候才能下雨？"

叫阿三的那位又瘦又高，是一张马脸，抬起头来看天，摇摇头。胖公差手上拎着一桶糨糊，手举起来，指着前面的一面墙说："阿三，这儿来一张怎么样？"这时，那条发情的母狗又跑回来，站在胖公差指的那面墙下，眼睛滴溜溜瞪大，犹豫不决地看着两位公差。一条又黑又大的公狗率先赶到，得意洋洋地在母狗身边大献殷勤。紧接着一大群公狗屁颠颠赶来，又黑又大的公狗朝跑在最前面的那条公狗扑过去，两条公狗厮咬在一起，尖声怪叫。

阿三舞了舞手上的扫把，大吼了一声："嗨！"

没有一点用处，公狗们继续追过来追过去，围着发情的母狗神气活现地转圈子。胖公差恶声恶气骂了一声，抡起手中的糨糊桶，在空中划了个半圆，做出要扔出去的模样。发情的母狗仿佛受了惊吓的女王，往后一缩脑袋，眼睛盯着胖公差手上的糨糊桶，有些傲慢，又有些不知所措。公狗们依然摇头晃脑献殷勤，其中一头小公狗在两只大狗的突然夹击下狼狈逃窜。

阿三和胖公差一个舞扫把，一个抡糨糊桶，朝那面墙冲过去。狗们东奔西跑，逃出去一大截，又纷纷去追发情的母狗。"这该死的畜生，都快赶上月月红了，"阿三用手上的扫把去戳胖公差拎着的糨糊桶，沾了点糨糊，在墙上一阵乱涂乱抹，一边涂抹一边说，"天这么热，月月红也不知做不做生意？"

胖公差说："怕是也不敢再做了，这一身汗的，抱在一起，有什么意思？还不趁机歇一阵。"

月月红是县城里新来的一个妓女，说是从上海来的，很讨人喜欢。

阿三涂抹了一阵，把一张红颜色的布告举在手上，看了几眼，端端正正贴在墙上。

2

县城里到处贴着红颜色的布告。

阳光灿烂，空气和澡堂里的热蒸汽差不多。街上先是看不见人影子，突然锣声响了起来，一大群人蝗虫似的拥着，一个个头顶杨柳圈，赤着脚，前呼后拥，高举着龙旗、香案，一路走，一路热热闹闹地鸣锣放铳。这是去龙王潭迎接"真龙"的队伍，所谓真龙，说穿了，便是龙王潭里现捉到的一条泥鳅。轰轰烈烈的队伍向西走去，一直走到龙王庙，将放在瓦罐里的泥鳅毕恭毕敬地供到龙王台上。

几个调皮的孩子试图爬到龙王台上去，一个胡子拉碴的男人大喝了一声，孩子们一哄而散，不一会又重新聚集起来，捡起地上的泥块，往龙王台上使劲扔，一片泥块正好落在瓦罐里，差一点把瓦罐砸翻。

"下雨，下不了雨，"人群正在散开，谁都懒得再去管那些孩子，一边回家，一边叽叽喳喳议论，"禁了三天屠，怎么样，照样不下雨，这瞒着'西风瘌痢'，捉条泥鳅当真龙，供在那儿，就下雨了？"

"这话可不敢讲，不敢讲。"

"要下雨，早下雨了，有什么好怕的，依着我，这就把'西风瘌痢'去请了来，二话没说的，就搁在这太阳底下，叫这毒太阳，把他的那一头瘌痢晒得出汗冒油。"

"西风瘌痢"也算一位菩萨，据说玉皇大帝是他的外公，他的职责是掌管山乡地方的晴雨。每逢阴历六月，正是稻子疯长之际，这"西风瘌痢"毕竟是个孩子，玩乱了心，一下子就是十天半月不下雨。老百姓没办法，只得先软后硬，变着法子哄他下雨。照例是先禁三天屠，表示向这位瘌痢头孩子以及他的上司下属忏悔求情。这一招不下雨，便去龙王潭捉一条"真龙"，鸣锣开道走回来，由地方上有体面的大老乡绅接着，供在龙王台上。捉"真龙"必须瞒着"西风瘌痢"的，其目的是为了贿赂和恐吓他的下属。如果这一招还不下雨，那只有图穷匕首见，选几个粗壮汉子，跑到南山西风庙，从神座上把瘌痢头孩子毫不含糊地揪下来，绑押到太阳底下，让他也尝尝暴晒的滋味。

街上的人群已经散了，只剩下几个孩子在街中心打闹。烈日炎炎，人们赶紧找凉快的地方去躲起来。

一个不识字的小孩仰起头来，聚精会神地看着墙上贴的红颜色的布告。

3

县太爷王允为了不下雨的事烦透了神。实在不是个太平年头，县太爷总算德高望重，风云变幻官场险恶，居然一道道关口都化险为夷，糊里糊涂也就过去了。从清朝到民国，换了几次名称，县太爷依然是县太爷。在前清，县太爷被称作知县，进了民国就改称民政长，民国二年再改称县知事。该变的就都变了，不变的一切照旧。

"街上到处贴着我认错的布告，我王某人，也算是仁义到家了，其实这下不下雨，干我什么事？"县太爷让丫环小兰为他打扇，捧了杯热茶在手上，抿了一口，将茶叶末啐在地上。

"本来这下不下雨的，要老爷你认个什么错？"姨太太玉凤在一边说。

"还不是你那宝贝兄弟的馊主意？"

"老贵的话，你哪能听，听了他的话，盐都能卖馊了。"

正说着，老贵涎着脸进来了："姐，怎么在姐夫面前这样损我？"他穿着一件直纹纺绸长衫，是个矮胖子，憨态可掬。"姐夫，这雨真不知何年何月，才能下下来。"

"下不下，我有什么办法。"县太爷还觉得热，白了一眼正替他打着扇的小兰,心烦意乱,"依照你的主意,我错也认了,丑也出了,你还想叫我怎么办?"

"那是,那是,唉——姐,给我把扇子。"老贵接过鹅毛扇,火烧火燎地扇了一阵,"按说凡是个明白人,他还不明白这下不下雨,和姐夫一点关系没有。但是,天这么旱下去,这田里的庄稼也就完了。到秋天颗粒无收,老百姓不饿死,就得逃荒讨饭。虽说是天灾,可上头怪罪下来——"

"这县城里,是地方都贴着我认错的红布告,要说求情,我王某人也老着脸,向龙王爷他老人家,赔了多少个不是。都是你的馊主意,到处都去贴红布告,说了那么多软话,老百姓还不真当我得罪了龙王爷呢!"

"嗨,这皇帝还有下'罪己诏'的时候,姐夫怎么会如此想不开。什么叫认罪,跟谁认错呀,到底有没有龙王爷,这也是没准的事。礼多人不怪,姐夫何必为这事认真。"

"老贵,你就不能想点好主意?"姨太太玉凤不知从哪儿又摸了把扇子,轻轻地晃着,另一只空着的手去摸蜜汁的梅子吃,"你姐夫打清朝,七熬八熬,熬到了民国,这县太爷你当是好干的?再说,那上头怪罪什么呀,老天爷不下雨,怨得着你姐夫吗?"

"那是,那是,"老贵晃了晃胖脑袋,嬉皮笑脸地说道,"也是邪了门,没见过这么旱法的。姐,说给你听都不相信,你没看见今天把那'西风菩萨'绑来时的场面,那叫阿狗的汉子,用根竹梢,就在那'西风菩萨'的屁股上,这一阵猛抽猛打,就跟打贼似的。那骂人的粗话,真是什么都用上了。"

"乡下人嘴里,那还能有什么好话,"姨太太眉头一皱,不想听老贵往下再说,"老贵,你来找你姐夫,准保又不是什么好事。你要是又想了什么馊主意，把姐夫往那什么月月红天天红那儿领，我不饶你。"

"姐，怎么这么说话，那月月红人家也是良家妇女出身，没听说她正准备从良吗。跟你说，姐，月月红人家早就是名花有主了，骗你，我是你孙子好不好——你别急别急，我是王八蛋好不好？"

姨太太玉凤说："我爹我娘，怎么生出你这么个宝贝儿子？"

老贵笑着说："千万别提我爹我娘了，唉，该了我这个不争气的儿子，我爹我娘只有气死的份，可有了姐，我爹我娘一想到我姐，想到姐夫，在棺材里都笑得合不拢嘴。"

"老贵，你来这儿，到底有什么事？"

"没事，没事。"

"没事你也不会来，"姨太太玉凤嘴一撇，"又打你姐夫什么主意，没钱花了，是不是？"

"姐真会说笑话，都什么时候了，"老贵突然变得一本正经，"如今旱情这么严重，眼看着地里就庄稼就这么干死了，姐夫是县太爷，这老天爷再不下雨，就这么一味旱下去，就这么旱下去，姐夫的乌纱帽弄不好就丢了。都什么时候了，我还能再袖手不管，不为姐夫出点力？"

"你出力，"姨太太玉凤一脸不相信的样子，不过她似乎已受感染，知道旱情老这么拖下去，对男人的乌纱帽是个威胁。她瞄了一眼自己男人，见他苦着脸，愁云密布，虽然有小兰在一旁打扇子，鼻尖上依然油汗不断。"老贵，你有什么办法，"她还是有些不相信自家这位专说大话的兄弟，"别尽给你姐夫出馊主意。"

"姐夫知道不知道有个龙山道人？"老贵眉飞色舞，按捺不住一种得意。县太爷和姨太太玉凤大眼瞪小眼，不知所以，都仰着脸在等他的下文。老贵哈哈一阵大笑："姐夫，你看，果然不知道龙山道人。我跟你说，人家龙山道人可是潜心修道，从不问不闻人间的俗事。这一次，我们这儿旱得实在不像话了，龙山道人看不过去，决定帮姐夫一把。"

"这龙山道人能有办法？"县太爷倒吸了一口气。

"那还用说？"老贵的脸都急红了，"人家这是帮姐夫的忙，也是前世里修的缘分，你想，龙山道人好端端地潜心修道，干吗跑我们这儿来，管我们人间的俗事啊！吃饱了撑得难受，是不是？"

4

老贵屁颠颠去看叔鸿的时候，叔鸿正在那儿抱怨狱卒给他吃的饭是馊的。狱卒喝道："不吃拉倒，这是蹲班房，你当是在哪儿呀？"叔鸿叹着气，说："你们这帮当差的，就不能对我好一些，网开一面，我日后得了志，也不会亏了你们。"当差的说："你还想得志，莫非有朝一日还能当皇上不成？看你美的，哼！"

叔鸿也算是识几个字的人，科举废除之后，除了当败家子，没别的事可以干。吃喝嫖赌偷吃扒拿，凡是不好的事，都能和他沾上边。县里的大狱不知蹲过多少回，进去出来，出来了，又进去。有一回，在监狱里遇上一个革命党，听了几句革命的词儿，一放出来就鹦鹉学舌乱说，于是再关进去。革命党被砍了脑袋，他吓得尿湿了裤子，总算没有陪绑杀头。等到辛亥革命成功，他趾高气扬地剪了辫子，口口声声说自己是革命党。"这大清的天下，就是我们的天下，"他因为说这句话，入过狱，顿时成了了不得的本钱，"怎么样，革命，革命，他妈的都革命了。老子就是革命党，怎么样？"县太爷摇身成了民政长，忌他三分，凡事都让着他。偏偏他得寸进尺，根本不把县太爷放眼里。兔子急了也会咬人，县太爷叫他逼得没办法，一不做，二不休，干脆又派人把他抓起来。

"老贵，你个龟儿子，"叔鸿狠不过狱卒，把那点埋怨都往老贵身上泼，"我只要出了狱，老子到省里去告，老子非告倒你那姐夫。"

"不生气，不生气，"老贵和叔鸿曾经是一起寻花问柳的难兄难弟，这刻正有事要算计他，忙不迭地好言相劝，"叔鸿兄息怒，快快息怒，老贵我不是来了吗？有话好说，好说。"

"好说个屁，你那姐夫杀革命党，这可是掉脑袋的罪名。"

"革命党革命党，叔鸿兄说说看，如今谁不自称是革命党。再说，杀个把革命党，又算得了什么。别说我姐夫这样的县太爷，你就是都督，省长，包括大总统，你说，你说，谁没杀过革命党？你说呀！"

叔鸿顿时成了泄了气的皮球。大狱里的日子毕竟不好过，蚊子叮臭虫咬，馊粥剩饭吃着，他看见老贵不停地吸鼻子做鬼脸，知道是自己身上臭不可闻，服软说："也好，老子不告了，你和你姐夫说一声，放老子出去。"

"这还不好办，我姐夫一句话，别说是放你出去，就是给叔鸿兄你封个一官半职的，也没什么——"老贵口若悬河正要往下说，见叔鸿眼睛发亮，口水都快滴下来，又有了些得意，连忙把话锋一转,"不过,叔鸿兄就这么出去,怕是还不如在大狱里蹲着好。外面的事,唉,叔鸿兄恐怕是根本不知道。"

叔鸿摸不着头脑地看着老贵,心里胡乱猜着外面究竟发生了什么事。偏偏老贵话说到一半,卖关子不往下说。"老贵,怎么不说了,"叔鸿不得不放下架子,涎着脸问他,"是不是民政长遇到麻烦了?"

"什么民政长,我姐夫现在叫知县。"

叔鸿脸一沉,发起急来:"民政长也好,知县也好,你今天来,到底放不放我出去?"

"唉,叔鸿兄,我怎么对你说呢。不错,我姐夫是遇到麻烦了。"老贵情不自禁往四下看了一眼,神秘兮兮地将脑袋往叔鸿的耳朵边凑,"你说,这有多少日子不曾下过雨了?不知道,我说你不知道吧,是不是,你在大狱里有吃有喝,操那份心思干什么,可我姐夫不行,他是县太爷,父母官,老天爷不下雨,旱情不减,到秋天颗粒无收,逃荒要饭饿死人了,这上头还不怪罪下来。所以呀,我姐夫这些天坐立不安,吃不下睡不着,这脑筋是动过来,动过去,动过来,动过去——"

"老贵,你到底有什么话,快说,别给我兜圈子。"

"你看,又急了不是,这么说吧,你说凭我和叔鸿兄的交情,不是好事,我会找你?我,这也是为你着想,你想,这有钱能使鬼推磨,叔鸿你出了大狱,手里没几块大洋,你说你这日子怎么过。告诉你,西门那儿新来了一个叫月月红的姑娘,嗨,人家可是上海见过世面的,什么小九子小菜花的,跟她一比较,简直不能搁一块儿,叔鸿你出了大狱,依了你那脾气,能不去会会?"

叔鸿自然不是那种经得起诱惑的人,眼睛一会亮一会暗。

"其实要叔鸿兄做的事，也不难，不过是演一场戏罢了。"老贵捡起地上扔着的一根筷子，在地上画了一幅得加好多注释才能明白的草图，"你看，这是一个大草垛，事情呢，是这样，龙山道士，这龙山道士叔鸿兄听说过没有？没有，跟你说，这道士真他妈神了！不是这么多日子没下雨吗，他这么一算，好，算出来了，算出明天一定下雨，当然，要下雨，龙山道人还得大做法事才行。你看，这儿，就是这儿，到时候龙山道士就在这儿做法事求雨，你呢，就躲在草垛里，千万不要露头。龙山道士已经掐算准了，到时候非下雨不可，绝不会有意外。"

"要是不下雨怎么办？"叔鸿问道。

"龙山道士的本事，叔鸿兄难道还不相信？"

"本事归本事，真不下雨，怎么办？"叔鸿当然不放心。

"还是不下雨？真不下雨的话，便有人在草垛四处点上火，火越烧越大，叔鸿兄你呢，就算是上了西天。"叔鸿听了，脸吓得煞白，急得大叫，连声说不行不行。"别慌啊，叔鸿兄，哪能是真叫你上西天，不是说好演一场戏吗，跟你实说了，草垛里有一条暗道。对了，是一条暗道。你只要在火刚烧起来的时候露露面，然后，神不知，鬼不晓，等到大家都觉得你已经化成灰烬的时候，有谁知道叔鸿兄已躺在月月红怀里，一场好梦都快做完了。"

5

叔鸿从大狱里出来，赶紧洗个澡，换上一身干净衣服，和老贵聚在一起，去客来茶馆喝茶。两人上不着天下不着地胡扯了一通，兴冲冲去见月月红。

老贵熟门熟路，到地方大大咧咧便往里面跑，一边跑，一边尖声尖气地叫月月红。叔鸿跟在后面，东张西望，只见客堂里乱糟糟，椅子搁在桌子上，尘埃狼藉，十分的龌龊，心想这上海新来的月月红，也没什么了不起，和常见的妓院大致差不多。心里正犹豫着，已不见了老贵的影子，他前顾后盼，突然发现从什么地方冒出来一个十七八岁的女郎，面庞生得十分娇嫩，穿一身白绸短衫，手上拿一方粉红手帕，搔首弄姿，不住地擦汗，含情脉脉地看着叔鸿，满脸堆笑，却不说话。

叔鸿怔了一下，卷着舌头说道："这位姑娘莫非就是大红大紫的月月红？"

那姑娘笑着走得更近，叔鸿只觉得异香酷烈，直往鼻子里钻，香气进了鼻管，又乘虚而入，进入大脑，再拐一个弯，折回到心窝里，两颗眼睛不由瞪大了，嘴张着，呆呆地不会说话。他在大狱里已待了不少日子，望着眼前这么个尤物，眼皮仿佛是让铁丝钩住，眼珠子凸在外面，一阵阵发直。那姑娘叫他看得似乎有些不好意思，甜甜地站在那儿，一言不发。

"叔鸿兄，你怎么啦？"老贵不知怎么已钻到楼上去了，从楼上探下脑袋说，"来呀，难道你还要人家小红亲自下楼来接你不成，真是不像话。"叔鸿立刻缓过劲来，依依不舍地又看了那姑娘一眼，拔腿上楼。上了楼，小声地向老贵咨询，问楼下的姑娘是谁。老贵又探了探脑袋，不当回事地说："噢，那是环儿，原是小红在本地找的使唤丫头，强将手下无弱兵，瞧见没有，这才几天，任你是什么不起眼的姑娘，让小红给一调教，立刻就是化腐朽为神奇，点铁便成金。"

叔鸿脑子里不由得盘算开了，月月红果然有点邪门，手下的一名使唤丫头已经如此,她自己真不知道会是怎么一个美人胚子呢。这时候,大名鼎鼎的月月红正站在一幅珠帘后面等着,就听见老贵浪声浪气喊了一声:"小红,我来了,你想不想我呀?"

月月红隔着珠帘说:"我干吗想你?吃我们这碗饭的,从来就是认钱不认人,你又来干什么?跟你说了,我不想你。"酸溜溜地带着委屈,人倚在门框上,待老贵撩开珠帘,她伸出一只手拦着,不让他进去。老贵就势在她粉腮上捏了一记,笑着说:"好了好了,我知道小红这是真想我了,放我进去吧,姑奶奶。老贵我可是想死你了。"

叔鸿跟在老贵后面,刚跨进房门,顿时觉得眼前一亮,见房中陈设和外面相比,简直天壤之别,台凳等件全是红木,梳妆台上的摆设各物也都是他没见识过的。老贵笑嘻嘻地为他们作介绍,月月红一边敷衍,一边吩咐娘姨倒茶,一边喊环儿上来陪客。一位半老的娘姨应声走了进来,手上抓着两把热手巾,让两位客人擦汗,然后退出去。那个叫环儿的丫头端着一个托盘,送来两碗新泡的绿茶,把茶碗放下的时候,笑着偷偷地瞄了叔鸿一眼,叔鸿心头立刻咚咚直跳。

老贵全然是老熟客的派头,已取了一支水烟袋,吧嗒吧嗒抽起来。叔鸿呆头呆脑,面红耳热,除了龇牙咧嘴傻笑,不知如何是好。月月红笑着取过一个烟袋,非常熟练地对上火,抽了几口,再把烟袋纸捻递给叔鸿,让他抽。叔鸿憨笑着接过烟袋,一看竟是银制的,不觉点头叹息,心里想不一样就是不一样,到底是上海滩见过世面的,于是一边抽烟,一边色眯眯地饱览月月红的芳容。

老贵说:"小红,告诉你都不相信,这位洪老爷,当年也是革命党呀！"

"喔哟哟，真正看不出，"月月红做出肃然起敬的样子，"唉，不瞒你洪老爷，想我小红，在上海，也是红了半边天的人物，只因为了一个革命党的相好，才到了今天这种地步。"

叔鸿连连点头，却不明白为什么。月月红又说："现在天下都是革命党的了，按说我小红，完全可以跟着享受荣华富贵。不瞒你洪老爷，我那个相好也赌咒发誓要娶我，要休掉前头的老婆，死心塌地跟我过一辈子。可是我不肯，我说什么也不肯，小红我虽是风尘女子，却也懂得侠义这两个字。洪老爷，你说是不是？"

"这当然，当然，"叔鸿的两个眼睛像刀子一样，在月月红身上戳来戳去，满脑子都是月月红不穿衣服时会是什么模样。

"我那相好，也是有情有义的男人，人家如今有出息了，哪里肯丢开我，家也不肯要了，官也不想做了，死活盯着我，我是没办法，所以，所以才躲到这儿来了。"月月红说着，眼睛也红了，摸了一块手帕出来，往眼角上戳了两下，叹了口气，笑着说，"唉，我说这干什么？让你洪老爷笑话了。"

那环儿一眨眼的工夫，已蹿上去坐在老贵的怀里，老贵搂着抱着，将烟袋放下，十分轻薄地想亲她的嘴，环儿躲着让着不许他亲。两人嘻嘻哈哈闹得不亦乐乎，叔鸿在一旁看着，心猿意马，想和月月红也亲热一番，却没那个胆子。

"洪老爷吃点西瓜。"月月红起身，扭过腰，在茶几上拿了一片在井水中浸过的西瓜，递给叔鸿，然后又扭转身体，去拿另一片。叔鸿目不转睛地盯着月月红圆鼓溜秋的屁股，一股热血直往上涌，再也稳重不得，涎着脸龇着黄牙，张开双手去捧，月月红正好转过身来,叔鸿一吓连忙把手往回缩,想缩也来不及了,左手已碰到了她的大腿。月月红只当什么也不觉得,继续和他说笑,说了几句,笑着骂老贵,让他自重一些。

环儿借机发嗲,说老贵老是一个劲地掐她。老贵说:"打是疼,骂是爱,掐几下又何妨。"环儿说:"那好,你让我掐,你让我掐。"说着下死劲掐老贵,掐得他哇哇直叫,连声求饶。环儿一说话,便露出了本地口音,而且打情骂俏的手段,和村妇没有两样。叔鸿恨自己不能像老贵一样放肆,心里痒痒的,鼓不起动手动脚的勇气。很快几个小时过去了,月月红叫了几样菜,叔鸿在大狱里饿狠了,大块吃肉,大碗喝酒,脸很快成了猪肝色,胆子也壮了,趁醉伸出手去,在月月红大腿上拧了几下。月月红半推半就,在他手上拍着,让他把手拿开。

6

龙王庙前是一片空场,这儿向来是本地最热闹的场所。前一天就用麦秸搭了大草垛。草垛的下面是一排去了皮的杉木桩,像举什么似的,将草垛高高地托起。草垛的周围凌乱地插着些雨旗,旗上写着"风调雨顺"、"沛然作雨"、"油然作云"、"甘雨均沾"、"密云常护"、"五谷丰登"之类的祝词。更有两条长幡挂在天空上,极大的字用浓墨写得酣畅淋漓:"惟德动天龙之为灵昭昭也,""其功在水神之格思洋洋乎"。

天刚刚亮,空场上便人满为患。火辣辣的太阳尚未升起来,已预示着又是一个高温酷暑的日子。一个十一二岁的胖孩子打着哈欠,在人群中鱼一样地钻来钻去,时不时大叫:"哎,香瓜,又甜又脆的香瓜。"

那个癞痢头孩子模样的"西风菩萨"没遮没盖地蹲在离草垛不远的地方，几个调皮的男孩尽情地捉弄着它。他们一会让"西风菩萨"头朝下，做嘴啃泥的姿势，一会儿又让它仰起脸来朝天，让那弯着的泥腿跷多高的。糟蹋作践够了，在一个傻大个子的孩子王的带领下，纷纷掏出小便的家伙，没头没脑地对着"西风菩萨"，哗啦啦浇个痛快。

"哎，香瓜，又甜又脆的香瓜。"

东面的一群老人聚在一起，神秘分分地大谈龙山道人的神通广大，如何如何，怎么怎么，说的人眉飞色舞，听的人目瞪口呆。人山人海代替了天天在空场上聒噪的乌鸦，乌鸦无处可待，密密麻麻地歇在庙后面的一株老槐树上，吧嗒吧嗒往下拉屎。一阵阵热浪已经开始在空气中流动。哗啦哗啦到处都在扇扇子，有人不住地撩起衣襟擦汗，也有的早就赤了膊，额头上汗多了，便用手指去括，然后十分潇洒地甩出去，长长的像一串散了线的珍珠。

"香瓜，哎，又甜又脆，"胖孩子仍旧打着哈欠，拣人多的地方挤，"又甜又脆，哎，香瓜。"

一个瘦得只剩骨头的老人看了一眼搭在龙王庙东侧的凉棚，手中的烟袋在空中划了个半圆，然后十十足足地吸了一口烟，徐徐吐出去，卖关子地考问身边几位正听他大摆龙门阵的听众。

"诸位可知道，为什么袁世凯能当大总统？"听众照例肃然起敬，伸直了脖子，不敢插嘴，瘦得只剩骨头的老人继续说道，"诸位可知道，袁世凯他是谁？他，告诉你们就明白了，他乃是大明朱洪武的后人。他能当总统，这就叫冤有头、债有主、名正则言顺，凡事都得有个正果——"

　　人们的注意力突然都改变了方向，一个个扭过脖子，拼命拉长了，往东面张望。原来是县太爷带着家眷，耀武扬威地出现了。阿三和胖公差在前面开道，恶声恶气大叫，大家挤过来挤过去，前面的往后退，后面的向前拥，一片混乱。都说县太爷有好几位姨太太，都踮起脚尖想一睹姨太太的芳容。热得昏头昏脑的县太爷终于走进凉棚，对乱哄哄的人群扫了一眼，一屁股坐下去，抓过姨太太玉凤手上的手帕，气急败坏地往脸上拍，三下两下，那手帕已湿漉漉的一块，挤得出水来。姨太太心疼手帕，也顾不上众目睽睽，娇滴滴地在县太爷手背上拍了一记，县太爷让她吓了一跳，有些失态，很快又镇定下来，脸板着，十分威严地注视着前方。

　　凉棚里坐着县太爷的一大家子，太太和姨太太，大大小小的少爷和千金，难得有这么个露脸的机会，快活得跟过节似的。老百姓也是机会难得，不少人第一次见到他们的父母官，一个个眼睛瞪多大的，唯恐记不住模样。一帮油滑的少年，兴趣自然是在女眷身上，为谁是姨太太谁是县太爷的千金，吵得不可开交面红耳赤。

　　老贵算是小舅子，只怕别人不知道他是谁，故意跑到凉棚里，站在那儿和县太爷说话。人声鼎沸，县太爷愁眉苦脸，听不清老贵在说什么。老贵眼睛滴溜溜往人群中转，突然定住了，怔了一会儿，凑近县太爷，叽里咕噜说了几句。县太爷似明白不明白地听着，胡乱点头，眼神却不由自主地跟着老贵的视线去，他是近视眼，知道老贵一定是在看什么女人，自己反正也看不清，只是在心里胡思乱想。老贵突然站直了身子，说了句什么，扬长而去。

月月红领着环儿，花枝招展地出现了。顿时一帮油滑少年起哄的起哄，过去说好话的说好话，打情骂俏讨好卖乖，仿佛是蜜蜂见了鲜花，饿狗遇到屎，闹得不亦乐乎。那月月红和环儿先是一声不吭，学着良家妇女的样子，任那帮男人如何挑逗，硬是把口抿着不接茬。人多空气得不到流通，一股股汗臭直往鼻子里钻，月月红和环儿一人一块手帕在手上，不住地举起来捂鼻子。闹到后来，那些胆子大的，偷偷凑近了，是地方就掐一把捏一下，趁机吃豆腐。月月红和环儿忍无可忍，终于大怒，破口大骂起来。

7

叔鸿在草垛里美美地睡了一大觉。昨夜里酒喝多了，许多事他自己也记不清。反正事先都已说好，他不过是当着演一场戏罢了，怎么演，他心里没谱，也顾不了那么多。从月月红那儿出来，由老贵扶着，他一路东倒西歪，一路大骂老贵不让他宿在月月红那儿。"你我一人一个，这多好，多好。"几次恶心想吐都被他硬压了下去，在一道小沟边，他运了一会儿气，看着沟里倒映着的月亮和星星，叹气说，"老贵，你干吗要坏了我的好事？"

"喝多了，叔鸿兄，今天可真是喝多了。"

"没醉，老贵，跟你说，我没醉。"又是一阵恶心涌上来，叔鸿连忙再运气，"你是饱汉不知饿汉饥，你是没蹲过大狱，"这句话说到了伤心处，叔鸿哇哇哇号啕大哭起来，"你是没蹲过大狱，没蹲过，你——你，"哭了一阵，对着小沟声音极响地擤鼻涕，擤完了，难过劲好像也过去了，突然正经起来，"我跟你说，你看没看出来，那月月红跟我，跟我有意思。"

"那是，那是，"老贵拍了拍他的肩膀，不知道他还能不能继续走，"叔鸿兄这样的，还有什么话说，不过小红人家毕竟是上海见过世面的，要过夜，叔鸿兄，不是我老贵小看了你，怕是还要下一些工夫。"

"不就是个婊子吗，你别跟我来这套。"

"你看，嫩了吧，是不是，"老贵笑着摇摇头，"不错，人家是婊子，可人家毕竟不是你花钱就肯侍候，你有钱，有钱有什么用？小红要是不乐意了，照样不理你。再说，叔鸿兄，这有钱的确能使鬼推磨，你不觉得自己这刻手上还没钱，任你是个什么英雄，怕也是没有用武之地，别忘了，今儿可是我替你会的钞。"

叔鸿食指点着老贵："忘不了，明儿，明儿我请你。"

老贵怕他再不走就走不了，硬拖着他上路。叔鸿脚仿佛已是别人的，一路走，一路乱晃，嘴里哼着下流小曲，"月月红，月月红"心肝宝贝地叫个不歇。

> 姐儿生得好个白胸膛，
> 情郎摸摸也无妨。
> 姐儿生得滑油油，
> 遇着了情郎就想偷。

唱着叫着，叔鸿又伤心起来，哇哇哇再哭。"我叔鸿，要不然，也是轰轰烈烈的一生，都是你那姐夫，都是他害的，老贵，你说是不是？"

老贵用力把他扶住，赔笑说："那是，那是。"

"怎么样，"叔鸿的舌头仿佛树枝一样僵硬，"你老贵什么人，你，民政长的姐夫，姐夫是民政长，你——都这么说，你说，这大清的天下，是不是我们的，你说，你说呀？我就只要你一句话，哎，你快说！"

"那是，那是，叔鸿兄，请这边走。"

老贵将叔鸿领到了龙王庙门口。空场上，有几个人正挑灯夜战，赶着堆草垛扎凉棚。胖公差和阿三看见他们，连忙迎过来，埋怨说怎么到现在才来，又说龙山道士已经等得发急了。"急有什么鸟用，你们看他醉成这样，我把他弄来，当着么容易是不是。"老贵身上早就汗湿透了，先前光记得赶紧带叔鸿来交差，将一个热字也忘记，现在大功即将告成，才想到自己一身的汗水。他抢过一条毛巾，先擦脸，擦完了，又撩起衣服，前后左右地胡乱擦。"这老天爷真昏了头，半夜三更的，也不让人凉快一些，喘喘气。"阿三的这条毛巾还有个七八成新，知道老贵是有狐臭的人，很有些心疼那块毛巾，可县太爷的小舅子自然又不敢得罪，只好把气出在叔鸿身上，照他屁股上结结实实就是一脚。叔鸿球一般地滚出去，也不知道疼痛，瘫在地上，哼了几声，不一会呼呼大睡起来，鼾声雷动。

胖公差和阿三没办法，乖乖地抬起叔鸿，哼哧哼哧往庙里送。龙山道士头上直冒油汗，正在那儿打坐，听见外面的声音，腾地站起，火烧火燎地迎出来，皱着眉头说："什么时候了，什么么时候了？"

老贵也懒得再说什么，又是伸懒腰，又是打哈欠，转身便要走。龙山道士一把拉住了他，说："贫道有些事，怕是还得麻烦贵老爷。"

"怎么这么啰唆，我老贵不是已把人给你带来了吗，还要怎么样？"

龙山道士竖起一只手掌，嘴里念念有词，不知嘀咕什么。

"喂，道长，有话快说呀，"老贵摸不着头脑，他看着很有些装腔作势的龙山道士，想笑，终于忍住，"该做的都做了，还要我老贵做什么？"

叔鸿由胖公差和阿三像用了刑的犯人似的夹着，耷拉着脑袋在那儿美美地睡大觉。龙山道士依然竖着单掌，两个眼睛已经闭上，嘴里叽里咕嘟念个不歇。胖公差热得直喘气，愁眉苦脸地和阿三对视了一眼，无可奈何地看看老贵，又看看龙山道士，想撒手，叔鸿顿时一摊稀泥似的往下掉，赶紧再用力抓住，硬把东倒西歪的叔鸿扶正。

8

叔鸿醒过来的时候，东方一片红，天已经亮得差不多。吵吵闹闹的人声使他一时不明白自己身处何地。他伸了个懒腰，直起身来，发现自己高高在上，仿佛躺在一个硕大的鸟窝里。从麦秸的缝隙里往下望，他被下面黑压压的人群吓了一大跳。即使是过元宵节看花灯也不会有这么热闹。东一堆西一堆的人群叽叽喳喳正说着话，叔鸿头重脚轻，晃悠悠刚想站起来看个仔细，身不由己地又滑了下来。"我怎么会跑到这儿来了，"他懒洋洋地自言自语道，"开我的玩笑是不是？"

他终于站了起来，第一眼看见的就是搭在龙王庙前的凉棚。

县太爷一本正经地坐在那儿，眯细着眼睛东张西望。叔鸿连忙把头一缩，这一缩，自己不明白的事，全明白了。他知道自己现在是在什么地方，并且想起了老贵再三的叮嘱。此时此刻，龙山道士正在下面的龙王台上一本正经地作法，单掌竖着，像是运足了气，另一只手里握着个掸灰的云帚，不时地在空中翻一下，嘴里小鸡啄米似的念叨着。天还是那么热，圆圆的一个太阳正在冉冉上升，越升越高，没有人相信这样的天会求下雨来。叔鸿不过是一场骗局中的重要角色，他必须偷偷地藏在草垛里，等火燃烧起来的时候，手舞足蹈地在火中乱跳一阵，然后再从通道里溜之大吉。

昨夜里酒喝得实在太多了，直到现在还是昏沉沉的，当想明白自己的处境时，他不是首先去寻找那通道在什么地方，而是透过麦秸的缝隙，观察月月红有没有来。人太多了，他居高临下，兴致勃勃地四处看，好不容易在一帮油滑少年的包围中，看到了花枝招展的月月红和环儿。

一种不可遏抑的兴奋向他席卷而来。"先睡了月月红，然后就是环儿。"他心猿意马，不着边际地想象着。月月红名气大，当然先图个名气。环儿虽说是个土包子，说不定还是个清倌人，正等着他叔鸿去梳拢点大蜡烛。月月红是红得发了紫的婊子，私房积蓄想来不会少，鸨儿爱钞，姐儿爱俏，他不妨多下点工夫，哄好了月月红，下半辈子吃喝也许都有了。叔鸿越想越有些得意。

下面空场上，一帮油滑少年兴高采烈，管他什么龙山道士正作法，趁乱大吃月月红和环儿的豆腐。月月红和环儿先是忍，接着是暴怒，跳手跳脚破口大骂，到临了，嘻嘻哈哈竟在一块打闹开了。于是更加乱，把大家的注意力都吸引过去，连县太爷也按捺不住寂寞，在凉棚里站起来，跺着脚，问到底发生了什么事。当差的说："没什么，都在和月月红闹着玩呢。"

"胡闹，"县太爷脸一板，喝道，"都什么时候了，今天这样的日子，还敢有人胡闹撒野？给我拿下几个闹事的，快去，听见没有？"

当差的屁颠颠走了。县太爷往四处看看，见不到老贵的踪迹，那龙山道士煞有介事作着法，来来去去就那么几个单调动作，连看的人都没有。已经一个多月没下雨了，在龙王庙前看求雨的，并没有几个真正的乡下人，下不下雨对他们本来无所谓。大家的注意力只管用在月月红身上。县太爷眯细了眼睛，很不满地对姨太太玉凤发牢骚："老贵呢，那什么道长的，吹得不得了的本事都到哪儿去了，作法也作到现在了，怎么倒把个太阳给求出来了。"姨太太玉凤蛾眉一拧，也顾不上大太太脸上虎着的醋意，也不管县太爷下得了台下不了台："这老贵做事，什么时候有过一定的，老爷偏要听他的话，真是盐都能卖馊了。求雨，雨要是真能求下来，早下雨了，你看这太阳，青天白日的，像是下雨的样子吗？"

老贵已经发现事情不妙，早找了个清静的地方躲了起来，几天以后才敢露面。

9

太阳越升越高，火辣辣地照下来，空气得不到流通，人群骚动，开始有些沉不住气。也没个地方可以躲太阳，龙山道士酷日下煎熬着，精疲力竭黔驴技穷，道袍湿得拧得出水来。看热闹的人牢骚满腹，骂爹骂娘。有几个身体差的人，突然中暑倒在了地上。

叔鸿直到阿三举着火把向草垛跑来，才陡然意识到事情的严重。他弯下腰，拼命地拉脚底下的那块木板。那木板早钉死在杉木桩上，费了九牛二虎之力，根本不可能拉得动。他踮起脚来，身子往外倾，对奔过来的阿三摆了摆手。他的出现顿时引起了一阵惊慌的喊叫。

人们看见一个赤着膊、大红脸、黑眼圈的妖怪出现在草垛上。

叔鸿的身上抹着锅灰，一道道汗水自顾自地淌下去，在他身上画出了非常古怪的花纹。他的脸上涂着已经凝固的猪血，眼圈用浓墨汁勾成两个大黑球。阿三奔跑过来，用火把在干燥的草垛周围点火。

"等一等，"叔鸿声嘶力竭地大叫了一声，然而那火已经轰轰烈烈燃烧起来，干柴烈火，就跟浇了油似的。空场上看热闹的人大呼小叫，乱成一片。"等一等！"叔鸿的呼喊变得微不足道，嘶哑的声音刚传出去，立刻就被混乱的人声掩盖，被大火燃烧时劈劈啪啪的爆炸声吞没。

人们看见一个赤膊大红脸黑眼圈的妖怪在熊熊的烈火中疯狂地舞蹈。

叔鸿直到临死都没想到他是一场阴谋的牺牲者。

10

第二天，下了一场罕见的大暴雨。雷声震耳，多少天没见过面的雨水，像是喘着气没命飞赶来的，打得干裂的地面上直冒白烟。好大的一场雨，一下就是一夜，小河小沟都满了，溢出来的水到处淌。

久旱必涝，这句话终于得到了应验。

多少年以后，当地人将津津有味地谈论龙山道士呼风唤雨的法术。

县太爷却还可以在任上干几年，然后生了场不大不小的病，一命呜呼。

老贵把他弄到的不多的钱，一半给了合伙人龙山道士。剩下的，全部报效在月月红身上。有一天，老贵躺在月月红怀里，问她还记得不记得叔鸿。"哪个洪老爷？"月月红是妓女，迎新送旧，谁有钱谁就是老爷，就伺候谁，她做出突然想起来的样子，胡乱敷衍说，"噢，是不是那个——"

一九九二年二月

诗人马革

1

"信不信由你。"电闪雷鸣中,诗人马革坐在轮椅上,匆匆写着自传,他在开头这么写着,"我一生中已经遇到了四次雷击,这是一个了不得的奇迹,很显然,在无可逃避的第五次雷击下,我会失去宝贵的生命。"时间是一九八六年夏季,距离著名的唐山大地震整整十年,风云变幻暴雨倾盆,刺眼的闪电不时地闪烁在对面的楼上。死亡的恐惧像饥饿一样啃着诗人马革隐隐作痛的胃。

"呵——,雷电女神正驶着她的双轮马车,穿过高山越过大海,又一次向我疾驰而来。"诗人马革的脸上显现出一种非常滑稽的庄严,在一大串花里胡哨的字眼之后,他用笔简略地回忆了自己几次惨遭雷击的经过。"自古人生谁无死,我短暂的一生中,竟然四次遭雷击,实在是难得,实在是有幸。外面狂风大作,闪电一个追着一个,在第五次雷击即将来临之际,我写下这篇小小的自传。我,一个诗人,死到临头,仍然为这一称号感到自豪。我希望在我的墓碑上刻上四个字,有这四个字就足够了,这四个字是:**诗人马革**。"沉浸在自传用词造句中的马革甚至暂时忘记了恐惧,灵感和冲动又一次使他变得神经分分,他仿佛置身于无边无际的大草原,手中的笔好像是驰骋着的烈马,失去控制地到处乱冲乱撞。

一道强烈的闪电过后,电灯突然灭了。周围的世界黑得就跟漆似的。哗啦哗啦的暴雨在空中爆炸,诗人马革觉得自己正赤身裸体,孤立无援,沿着一条又细又长蛇一般的小路,奔走在长满狗尾巴草的田野上。

2

诗人马革长蛇一般的记忆中,第一次遭遇的雷击必须回到二十年前,同样的一个风雨交加电闪雷鸣的夜晚。出生于破落地主家庭的马革,因为大跃进时代的一组浪漫主义诗歌,名噪一时大出风头,被许多漂亮的女孩子舍生忘死地追求。没完没了地谈恋爱,没完没了地变换恋爱对象,他整个是一个被好运气宠坏的孩子。大学毕业以后,他在一所中学任地理老师,课堂上,常常一边转着地球仪,一边忘形地向他的学生念自己的诗。从教学的角度来说,他毫无疑问是个误人子弟的坏老师,但是他疯疯癫癫的样子,却深得学生的喜爱。一学期里,诗人马革可以收到很多首女学生写给他的情诗,虽然这些诗毫无韵味,拙劣得像小学生刚开始练习的毛笔字,直露得仿佛是猫在叫春,然而他来者不拒,一概宝贝似的珍藏。

风雨交加的夜晚暗示着大灾难正在逼近。诗人马革被关押在学校一所旧房子的阁楼上,打摆子一样地直哆嗦。

红卫兵小将已经给他罗列了一大堆罪名,当他在大街上游街时,他胸口的小黑板上用美术字写着:**地主阶级的孝子贤孙,流氓成性的坏分子**。一切都来得太突然,措手不及的马革被自己的罪孽深重吓得喘不过气来。

整整一天他都在为找不到一根合适的绳子深深烦恼。尽管系在腰上的那根时髦的皮带，很轻易地就可以把人带到另外一个世界，可他不得不重新找一根绳子拴住自己的裤子。他的短裤已穿了无数天，他不愿意自己悬在半空中，长裤挂在脚背上，脏兮兮的短裤像旗子一样暴露在众人面前。这一天饿得他够呛，红卫兵小将狠狠地揍了他一顿，然后就忘记了诗人的存在。

诗人马革已经打定主意要死。死像一行最好的诗句那样在他脑海里盘旋。这一天里，他无数次偷眼对窗台上张望。死的方式他早已选择好，他觉得自己像面旗帜似的挂在空中，这结局充满了一种浪漫主义的诗意。多少年后，诗人马革重温旧事，仍然无法明白自己当时为什么不选择另一种最具浪漫主义诗意的死亡方式，从窗台上像鸟一样地飞下去，既简单，又实用，更万无一失。

老天爷直到黄昏时分才突然变脸。天突然变得闷热无比，小小的阁楼仿佛成了一个蒸笼。诗人马革挥汗如雨，饿得头昏眼花。空气已经凝固，甚至天天老时间开始出来肆虐的蚊子，也躲在阴暗的角落里不愿动弹。诗人马革伏在窗台上，正在想象自己受难者一样镶在窗框里，会是怎么一副模样。他情不自禁伸了一下舌头，哭一般地干笑了几声。那是一扇面西的窗户，落日时分的红太阳藏在了乌云后面，只剩下一点点十分压抑的猩红。他极目远望，马嘶差不多地叹了一口气，开着的玻璃窗上反射出诗人马革变了形的面目。

自从出了娘胎，诗人马革第一次真正尝到了暴力的滋味。那些几乎还是孩子的红卫兵小将，用拳头用脚，用皮带用棍子、肆无忌惮地发泄着他们本能中的仇恨。很长时间内,诗人马革一直怀疑自己的睾丸被踢碎,一位嘴唇长着黄黄的小胡子的学生,竟然扬言要把他的作为男人的东西剪掉。长着黄胡子的学生用两根手指做了个夹击动作,诗人马革立刻想到了传说中,皇帝朱元璋的著名诗句:"双手劈开生死路,一刀斩断是非根。"他顿时膝盖发软,屁股往下坐,两条细细的大腿绞麻花似的扭在了一起。

终于起了风,眼睁睁看着天昏地暗。诗人马革久久地伏在窗台上,享受着扑面而来的狂风。风卷着地面上大字报的碎纸片,扬起来,落下去,在操场上翻跟头。天很快黑得像是泼翻了的墨,闪起了一场大暴雨到来之前的第一道闪电。闪电照得小阁楼和白昼一样明亮,诗人马革从躺在地上的小黑板上获得了灵感,那是一根用几股细铁丝绕成的把手,他迫不及待地走过去,手忙脚乱解那个把手。把手立刻还原成细铁丝,诗人马革苦笑着,将细铁丝当作裤带系在腰上。时髦的皮带挽成了一个圈套,早早地就挂在了窗框上,最后的伟大时刻已经来到,在越来越严重的电闪雷鸣中,诗人马革丝毫不犹豫,坚定不移地爬上窗台,把他那颗浪漫主义的脑袋伸进了圈套。

3

第一次雷击救了诗人马革一条小命。当他悬挂在半空中,拼命地踢那两条细腿的一瞬间,闪电击中了小阁楼。人们看见燃烧着的一团火球,仿佛暴怒的雄狮,从小阁楼的窗户里冲了出来,诗人马革连同挂着他的整个窗框,"轰"的一声,实实在在地砸在地上。在这场千年不遇的巧合里,诗人马革奇迹般地没有丧命，除了跛了一条腿，附加断了两根无关紧要的肋骨，不到半年，就又成了一个活生生的人。在第一次雷击中，诗人马革受伤之外，另一个奇迹，就是被烧焦了一件上衣。第二次和第三次的雷击同样有惊无险。这两次前后时间仅相差十天的意外事故，距离第一次雷击大约五年。在同一个雨季里，一个人能够两次被雷电击中，是诗人马革创造的大纪录中的一个至今未有人打破的小纪录。

当时是在学校的校办农场，诗人马革改行成了位可有可无的语文老师，带了一个班的学生在农场劳动。轰轰烈烈的文化大革命正走向沉寂，读书无用和读书做官的观点交替受到批判，老的红卫兵小将已经上山下乡，新的正在读书的中学生懵懵懂懂，都觉得在农场里非常有趣好玩。农场位于一座小山脚下，小山的山腰上有一个小山洞，调皮的学生动不动就往山洞里钻。

"马老师，我们看见一头猪钻进了那山洞。"一个同学开玩笑地对诗人马革说。班上的同学都知道他腿不好，上山不方便，故意寻他的开心。

"一头猪，山洞里怎么会有猪？"

"真的，这么大，就这么大。"那个学生做手势，比画着。

于是不肯相信的诗人马革由学生领着，一瘸一拐上了山。很快到了山洞口，学生们自顾自地散开了，各人玩各人的。诗人马革气喘吁吁，早把山洞里的猪忘到了脑后，坐在洞口的石头上懒洋洋地观看山下的风景。和第三次第四次雷击的前奏如出一辙，他突然注意到远处的乌云正急驰而来，空气停止了流动，蜻蜓低飞，小鸟擦着地面惊叫着掠过，一场大暴雨所需要的预兆同时出现。惊慌失措的同学们大呼小叫朝山下奔去。当诗人马革意识到自己必须找个躲雨的地方时，五分硬币那么大的雨点已经啪啪啪啪砸在他身上。他一头钻进山洞，还不曾明白过来怎么一回事，一声接一声的轰雷，仿佛是到了炮火连天的战场，突然一声巨响，一团火球就在诗人马革的头顶炸了开来。闪电击中了山洞口一块突出的大石块，稀里哗啦的石块纷纷往下落，诗人马革不得不狼狈不堪地向山洞深处跑。大雨引发了泥石流，事后，吓得发了傻的同学们手指扒出了血，才把他们的语文老师从洞口已被封住的山洞里救出来。

十天以后，诗人马革又一次遭遇雷击。再过两天，这次所谓学农的活动就要结束，同学们依依不舍，都想在农场痛痛快快再玩上几天。偏偏又遇上了雷雨大作，诗人马革站在门口，招呼大家赶快进屋躲雨，正说着，霹雳一声，闪电仿佛就在他眼前爆炸，他一个后仰，跌到了屋子里去，右手立刻骨折。

诗人马革快到五十岁的日子里，又一次尝到了名成功就的甜头。这时候四人帮已经粉碎，文学重新受到重视，他梅开二度再次走红，一本诗集差一点就得到全国最著名的文学奖，诗人马革成了他的正式头衔，他到处讲学作报告，到处发表新写出来的诗歌。他的诗虽然有失矫揉造作，却因为充满了浪漫主义激情而深受读者的喜爱。诗人马革的诗歌总是登在刊物最显眼的位置上，常常为拿不到最高的稿酬标准，他和编辑部吵得不可开交。不能免俗斤斤计较，使他成了文坛上有名的坏脾气。钱的多少并不是什么大事，然而当钱和一个人的名气休戚相关，意味着对某个人的劳动尊重与否时，锱铢必较便是一个原则问题。

快到五十岁的马革孑然一身，突然被性的欲望纠缠得失去了分寸。自从一位漂亮的女大学生决心以他为毕业论文对象后，诗人马革便有些神魂颠倒。他一次次沉浸到了自己风华正茂时的得意和神气里面，一次次回忆起他的大学时代和大学毕业后刚当教师的岁月，回忆起自己收集的一封封情诗。在一次去深圳领奖的途中，他一路都在为要不要向漂亮的女大学生发起进攻深深苦恼。

领奖后的那天晚上，诗人马革寂寞得很想找一个人聊聊。同屋的一位诗人住到朋友家去了，临走挤了挤眼睛，十分郑重其事地向他暗示，是去一位关系非同一般的女友处。浪漫是诗人的标志，诗人因此容易浪漫。良辰美景，豪华大酒店高档的房间里，诗人马革孤独地看着闭路电视。是乒乒乓乓枪声四起小汽车追来追去的警匪片，诗人马革心不在焉地看着，脑子里漂亮的女大学生和前去幽会的同屋活生生的影子不断重叠，害得他一时激动一时沮丧。半夜里，一个陌生的女子打来电话，听声音是一个年轻的姑娘，甜滋滋地问他是不是寂寞，是不是需要有个人陪陪。

"你是谁？"诗人马革试图在记忆深处，找出一个他可以记得的名字。

"我是谁这无关紧要，问题是，你到底需不需要有个人陪。住在那么豪华的房间里，一个人不是太可惜了吗？"

一大串女孩子的面孔在诗人马革的脑海里闪过："你到底是谁？"

电话里咯咯咯清脆地笑起来，接下来提出的是一个下流的暗示，诗人马革生气地挂上电话，他突然想起负责接待他们的会议召集人的关照，明白这是所谓改革开放的垃圾之一的暗娼。半夜三更，诗人马革全无了睡意，非常寂寞地生了一会儿气以后，他有些后悔自己为什么不在电话里和那姑娘多聊一会。第二天，参观一家正在修建的大型游乐场，和他同屋的另一位得奖诗人带着女友，众目睽睽下招摇过市。诗人马革有些与自己赌气，参观的人群一哄而散，他却守在那辆带空调的面包车附近不肯离开。

过分的低气压使诗人马革意识到一场大暴雨即将来临。已经遭遇过的三次雷击的情景同时出现在他脑海里。"我三次都是差一点叫雷给活活劈死。"他带有卖弄意味地自言自语，十分遗憾身边竟然没有一个人可以听他吹嘘。除了那辆带空调的豪华面包车，人们越走越远，他成了真正意义上的孤家寡人。天终于变了，霎时间飞沙走石，一起去参观的人急匆匆往回跑，诗人马革站在面包车旁，幸灾乐祸得意洋洋。"有什么好看的。"他对那些向面包车奔来的人叫道，"像我这样待着按兵不动，多好。"雨说下就下，司机不知钻哪去了，大家心里干着急，没办法躲进面包车，便纷纷向不远处一株大樟树下蹿去。诗人马革腿脚不便，不愿让人看见他一瘸一拐赶路的狼狈样，坚持要守在面包车旁等司机来。司机就是不来，雨越下越大，大樟树下叽叽喳喳的人声都在叫他过去躲雨。滚滚而来的雷声使诗人马革不寒而栗，一种不祥的预感突然像道闪电，从他惊恐不安的身躯上划过，他迟疑了一下，冒着倾盆大雨，咬牙切齿地向大樟树走过去。

4

第四次雷击是场灾难，它使诗人马革右半个身子彻底瘫痪。经过几天的昏迷以后，他从医生那里得知，在剩下的人生岁月里，他将永远离开不了轮椅。当他一瘸一拐向大樟树走去的时候，曾想到打雷时不应该躲在大树下的说法，但是闪电没有击中大树那么显眼的目标，偏偏就在他身边开花爆炸。在这次雷击中，站在不远处大樟树下的人亲眼目睹了难以置信的场面。诗人马革应声倒地，人们看见他头上那顶时髦的凉帽，像滑翔着的海鸟飞向一边，已经开始灰白发枯的长发仿佛火炬一样燃烧起来。

大难不死的诗人马革发誓从此再也不出门。他坚信下一次雷击的遭遇，一定就是他的末日。雷电女神已经给了他四次机会，绝不会再有第五次虎口脱险的奇迹。任何类似雷鸣的声音都足以让他惊恐万分，在雷雨交加的夜晚，他起草了无数份遗嘱，然后又在晴朗的天气中将遗嘱一一撕毁。

漂亮的女大学生完成了关于诗人马革的毕业论文。她一次次来看望自己的崇拜对象，无微不至地关心他照顾他，刚工作时来，以后是带着男朋友来，再下来是结了婚，结了婚以后又怀孕挺着大肚子来，最后便是领着她那可爱的千金一起光临。坐在轮椅上的诗人马革面对女大学生的一次次来访，一次次体会到时光流逝岁月无情的悲哀。

性的问题又一次开始重新折磨已半身不遂的诗人马革。这问题变得非常严重，让他自己也感到害怕和脸红。作为一个纯粹浪漫主义的诗人，他在两性关系上，仍然是所知甚少白玉无瑕的童男子。风华正茂的年代里，他爱过许多女孩子，同时也被许多女孩子所喜爱。爱情对诗人来说永远是一个纯洁的字眼，虽然已经步入黄昏，他和女性的接触，只是握握手，接个吻。记忆中唯一的一次出格，就是在一个春风沉醉的夜晚，用手捏了捏一位长辫子姑娘高耸的乳房。这短暂的经历在日后的岁月里不止一次让他神魂颠倒。

半身不遂并没有摧毁诗人马革的性功能，恰恰相反，长时间坐在轮椅里享受春天的太阳,他的脑海里灌了气似的,充满了体会一下异性的欲望。他知道自己将不久于人世,死到临头,想到自己竟然不知道女人是怎么一回事,便草草结束人生,实在有点不甘心。在生命的终点站附近,他忽然想明白了一个千真万确的道理,这就是自己拥有的男人的那个玩意儿,不能仅仅用来撒尿和自慰。漫漫长夜百无聊赖,诗人马革不止一次想到了深圳豪华大酒店陌生女人半夜里打来的电话,他无数遍地想象对方的模样,想象他和她真的在一起的情景。当他拿到一笔数目可观的稿酬时,他感到的最大悲哀就是自己没有勇气再去深圳,而且即便是去了,他也不敢把暗娼叫到房间来有所作为。

他和邻居家合用的保姆阿梅弄得他心猿意马十分狼狈。那是一位身体健壮如公牛,嘴唇上长着与男人差不多的小胡子,来自苦地方自称和丈夫打了架逃出来的中年妇女,手脚麻利性格开朗。尽管是住在邻居家,然而无论洗澡还是上厕所,阿梅都喜欢在马革这边。当她弯腰做事时,诗人马革坐在轮椅上,看见她那肥厚的乳房和黑黑的乳头,便忍不住心惊肉跳颤抖不止。连续几次,诗人马革都是假装打瞌睡,透过卫生间的毛玻璃,全凭想象力偷看正在洗澡的女用人。

一个月以后,诗人马革顾不上让人笑话,非常严肃地向阿梅坦白了自己的苦衷。"我只是想让你知道,一个已经像我这样一副皮囊的人,竟然还会这么的不要脸,"他结结巴巴地说着,一边狠狠地谴责不可遏止的下流欲望,一边用即将告别人世的遁词为自己辩护。女用人被他的真诚和不幸深深打动,作为回报,阿梅也交待了她隐瞒的实情。原来她是位已经死了三位丈夫的寡妇,隐瞒这一事实的目的,在于害怕挑剔的主人会因为她是个不吉利的女人而不敢要她。诗人马革几乎没有任何犹豫，立刻向女用人求婚。

不知所措的女用人和诗人马革一样，突如其来的好事，搞得她晕头转向。虽然是个半身瘫痪的男人，但是她喜欢他的心地善良。她已经死了三个好端端的男人，克夫的恶名压得她抬不起头来。

"都说我是白虎星，你真的敢要我？"她非常心虚地问着。

"我要的就是白虎星！"诗人马革斩钉截铁地说。

为了表示自己的决心，诗人马革最后一次克制住了蠢蠢欲动的欲望。他变得比他自己想象的还崇高。他让阿梅找来纸和笔，用发着抖的左手，给她娘家写了一封激情洋溢的信，并随信附去五百元人民币。在信中，他请求她的娘家人尽快送来结婚所必须的一切证明，高高兴兴地来喝他们的喜酒。"我真希望今天就是新婚之夜，"他红着脸看着和他一样红脸的女用人，爱情的甜蜜一阵阵涌上心头，"让我们等着那辉煌的新婚之夜吧。"

5

婚后的一年零三个月，是诗人马革人生旅途中最温馨的日子。他痛痛快快地享受着这欢乐的时光。孑然一身的日子仿佛逝去的一场噩梦，他再也用不着天天不洗脚，像狗一样弯着身子爬上等待着他注定失眠的小铁床。健壮如公牛的新婚妻子阿梅好像抱小孩一样，轻而易举地便把他抱到了床上。在风雨交加的时刻，他可以在一个女人结结实实的怀抱里安心而眠。写诗的热情并没有因为巨大的幸福有所增加，相反，他情愿花大量的时间，在床上孩子气地和女人厮磨,而把一封封催稿信揉成一团,不当回事地扔进废纸篓。

过去的日子里的阴影不时钻出来吓唬诗人马革。他郑重其事地写了一封遗书,对自己不多的财产一一作了交待,并请信得过的朋友送去公证。他知道自己已不可能久留人世,因此一再催促有关部门尽快把他妻子的农村户口调上来。他的名声蒸蒸日上,正处于继续走红的顶点,他却预防万一地买下了双重的人身保险。死神就在他身边徘徊,有时是在梦中,有时是大白天,有时是一场美梦刚刚醒来,他听见了死神猫一般轻巧的脚步,闻到了死神嘴里呼出的难闻的臭味。他反反复复向阿梅讲述自己四次遭遇雷击的故事。他觉得这故事太奇特了,有时连自己都难以置信。对于一个已经连续克死了三位男人的女人来说,阿梅坚信天下可能发生的任何事,她扮演着女主人、女用人、母亲的三重角色,无忧无虑的日子使她变得又白又胖。

阿梅唯一的一次生病给诗人马革带来了极大的恐怖。坐在轮椅上,看着她烧得通红的脸,他一次次胡思乱想,第一次意识到了别人的生命,对于他竟然会那么重要。他不敢想象没有了阿梅的日子该怎么过。一个人已经孤独地过了大半辈子,没有比重返孤独更可怕的事了。

诗人马革死于一个电闪雷鸣的夜晚。起因只是一场小小的感冒,感冒引起了发烧,持续的发烧使他不得不住进医院。在那个电闪雷鸣之夜,哗啦啦的暴雨敲着病房的玻璃窗,蓝色的闪电接二连三,惊恐不安的诗人马革突然坐起来,紧紧地抓住阿梅的手不肯丢。

"我要死了,"他悲哀地说着,一道闪电照亮了他惨白的带着苦笑的脸,"我真的要死了。"

诗人马革在一阵滚动着的雷声中咽下了最后一口气。他是一位已经成了名的著名诗人,尸体火化后的很长一段时间内,骨灰不知该按什么规格处理。自从中学毕业,决心和剥削家庭彻底决裂的诗人马革,再也没有重返过故乡。他死后骨灰得不到妥善处理的消息传回故乡,他的母校因为难得出了他这样一位有名的诗人,请求将诗人马革的骨灰葬在学校后面的一座小山上,并按照诗人的遗愿,竖了一块很高大的石碑。若干年以后,本地几位年轻的诗人在小山上野餐,发现了那块写着"诗人马革"的墓碑。新的诗人照例看不起老诗人,一位剃着光头的现代派诗人,在墓碑下轻薄地撒了一泡骚尿。到下午三点钟,意外地下起了一场大雷雨,几位年轻的诗人狼狈逃窜。一声霹雳,写着"诗人马革"的墓碑被拦腰劈成了两截。

一九九二年一月十八日

雪地传说

那个眼睛明亮清澈的姑娘叫苏琼。三百个青春年华的大姑娘和小伙子来农场报到时,队长马龙一下子就被苏琼那双漂亮的眼睛吸引住了。在一个当作礼堂的大草棚里,队长马龙致了简短干脆的几句辞,欢迎知识青年来农场安家落户扎根边疆,然后宣布散会。会后,姑娘小伙子欢呼着从队长马龙身边走过,队长马龙叫住了苏琼,盯着她那双眼睛看,一本正经地问她叫什么名字。苏琼说:"我,姓苏,江苏的苏,王字旁一个京的琼。"

队长马龙想了一会说:"这字念'穷'?我一直当这字读'京'。"

苏琼笑着说:"是读琼,和穷人的'穷'字一个音。"

"穷好,"队长马龙和苏琼一起往外走,"穷则思变,而且这天下,也是我们穷人打下来的,你说是不是?"

时间是一九六四年,地点是西北边陲的大戈壁滩。从一开始,大家就看出队长马龙对苏琼有好感。到了第二年,有一天,队长马龙看着苏琼那双明亮清澈的眼睛,很严肃地说:"农场里要有一个卫生员,你来干吧。"苏琼听了十分着急,这种美差落在别人身上不知怎么高兴,她却说:"我不当医生,我又不会看病。"队长马龙纠正说:"不是医生,是卫生员,看什么病呀,发发药就行了。"苏琼仍然不肯答应,说:"我也不会发药。"

"不会,不会学吗,"队长马龙发现苏琼根本不想接受他的好意，拿她也没办法，"你真不愿意，就算了。"又过了一年，春天里燕子归来的时候，队长马龙把苏琼叫到办公室，板着脸对她说："上次叫你当卫生员，你不当，现在后悔了吧？"苏琼不好意思地笑了笑，有些脸红。她确实后悔了，戈壁滩上的风沙走石，终于使她明白当初拒绝队长马龙的好意，明摆着大错特错。大家都知道队长马龙对苏琼印象好，一边干活，一边给她出点子拿主意，唆使她想办法换个轻松些的事干干。

苏琼从队长马龙的办公室出来，过了没几天，当上了农场的广播员。她的普通话说得不好，每次广播时，大家一边听一边笑。有时念了错别字，大家笑得更厉害，见面时都寻她开心。话于是长了翅膀，传到队长马龙耳朵里，他脸一竖，说："什么普通话不普通话，听得懂就行。这儿不是大学，少跟我咬文嚼字。"他是有名的死人脸菩萨心，有人吃准他对苏琼有些偏心，故意逗他："马队长，你干吗老是护着苏琼？"队长马龙听了，一愣，说："我就是护着她，怎么样？"

队长马龙是农场的神秘人物，快五十岁了，孑然一身，好像从来没打算过成家。他显然是个有来头的人，有一回，一位职务很高的将军，大老远地开了一辆汽车来看他，关在房里和他足足喝了一天酒，醉了两三天才醒过来。关于队长马龙的神奇故事在年轻人中流传。都说他出生入死身经百战，比他大出许多的官的资历都不如他。知道些内情的人说过一个故事，那就是队长马龙小时候，他娘曾给他找过一个童养媳，他不喜欢那养媳妇，便跑出来参加了革命。革命成功了，他娘逼着他完婚，他一急，又跑到了大西北。他媳妇气势汹汹追到了大西北，他躲着不肯见，媳妇说："不完婚可以，面总得见一见。"于是他被拉出来苦着脸见一面，媳妇说："你是不是嫌我丑？"他摇摇头。媳妇又说："你有了别的女人？"他继续摇头。媳妇最后说："那好，我回去嫁人了，你别指望我没人要。"见过那媳妇的人都说队长马龙昏了头。都说要是那女人不算漂亮，便再没有漂亮的女人。队长马龙不肯结婚永远是个谜。

三百个青年男女到农场不到三年，成双结对开始谈起恋爱。男男女女住在兵营似的大房子里，谈恋爱便往戈壁滩上走。有一次一对热恋中的男女昏了头往戈壁滩深处越走越远，走迷了路，差点丢了小命。苏琼长得漂亮，是小伙子都想追她，她天生不是个有主意的人，挑来挑去，挑得眼花缭乱，终于选中一位叫胥海峰的大个子。

茫茫戈壁滩上的春天短得不能再短，然而恋爱的季节使农场变得异常温馨，变得生机勃勃充满活力。苏琼和胥海峰像所有孩子气的青年男女一样，好好坏坏哭哭闹闹，刚说完甜言蜜语，不多久又写绝交信。

"怎么？你们又吵架了？"有一次队长马龙看见苏琼两眼泪汪汪，关心地问她，"干吗老是吵？"他对她始终有一种父亲一样的感情。

苏琼说："没吵架，我才不会跟他吵架呢。"

队长马龙严肃地说："还没吵架，眼睛都红了！"

于是胥海峰被叫到办公室吃批评，小伙子长得人高马大，也是个倔脾气，喝得醉醺醺的竖在那儿，起先还嘴硬，让队长马龙熊了一顿以后，一阵委屈，竟淌下眼泪来。男儿有泪不轻弹，队长马龙这才知道是苏琼不要他了。遭受失恋痛苦的小伙子把队长马龙当作了倾诉对象，他爱苏琼爱得死去活来，越说越恨，恨自己没出息，越说越伤心，伤心到最后，索性号啕大哭，队长马龙一向喜欢这位熊腰虎背的小伙子，板着脸安慰他："有什么好哭的，这么大的个子，哇哇哇地哭，丢人不丢人？"

对苏琼有一种父亲一样感情的队长马龙觉得应该做做和事佬的工作，他找到苏琼，告诉她胥海峰是个不错的小伙子。苏琼脸上一阵红，红过以后，又掠过一丝不屑一顾的神情，表情冷漠无动于衷，说他有什么好的，又说就算是好，也还是不喜欢他了。队长马龙感到非常的失望。

隔了不久，苏琼和胥海峰消释前嫌和好如初。又隔了不久，传开了苏琼已经怀孕的消息。队长马龙觉得这不可能，然而事实很快就证明千真万确不容置疑。农场里议论纷纷沸沸扬扬，各种各样的小道消息不胫而走。不止一个人，用了不止一种方法，打破沙锅问到底，询问苏琼这到底怎么回事，她红着眼睛死活不肯讲。队长马龙有些冲动，又把胥海峰叫到办公室教训，胥海峰认认真真地听着，听到一半，眼睛瞪大，脸上的表情仿佛世界末日来临。

胥海峰脸上的表情，充分说明他和这一事件无关。过分的痛苦与悲哀使他的那张脸整个地变了形，队长马龙的情绪也受了感染，眉头紧锁，忍不住深深地叹了口气，站起来拍了拍胥海峰的肩膀，让他走。胥海峰木头似的站着，动弹不了。"怎么会这样呢？"队长马龙自言自语地说着，无精打采地看胥海峰，"你们不是已经和好了吗？"

受了欺骗的胥海峰像一头暴怒的狮子，咆哮着向门外冲去。此后让人心碎的几天里，失去理智的胥海峰身上揣着一把小刀子，无数次地纠缠苏琼，一定要把话问个明白。苏琼像受惊的小鹿一样东躲西藏,有时在路上被胥海峰堵住问话,吓得尖声尖气大叫救命。没有一个小伙子敢出来阻拦,胥海峰的强壮在年轻人中出类拔萃。任何一个和苏琼有过交往的男人都可能成为怀疑对象,债有头冤有主,胥海峰发誓要和他找的那个人白刀子进红刀子出。

有一次,胥海峰追踪苏琼一直追到队长马龙的办公室。队长马龙说:"你昏了头是不是,想杀人,来,你先把我给杀了。"胥海峰说:"马队长,你闪开,不关你的事。"暴怒的队长马龙扬手一记耳光,把胥海峰打得晕头转向,狼狈而逃。胥海峰在前面跑,队长马龙盯在后面追,跑出去了一大截,胥海峰猛地站住,亮出小刀子,恶狠狠地说:"马队长,你别逼我,要不然,我真不客气,我说话算话。"队长马龙说:"我也说话算话,你给我把刀扔了,要不然,有胆子就捅我一刀。"胥海峰红着眼睛,咬牙切齿,手腕一晃,小刀子反射出一道银光,"你别过来,听见没有?"队长马龙愣了愣,坚定不移地向他走过去。胥海峰浑身打颤,脸上的表情只剩下绝望。

胥海峰突然扔下小刀子,向戈壁滩深处跑去。正是秋高气爽的季节,黄昏的太阳血染似的,胥海峰的影子在夕阳下逐渐消失。队长马龙转过身来,对身边看热闹的人交待,让他们赶辆车,去把胥海峰找回来。天说黑就黑,戈壁滩上冷得狠,别冻出毛病。车找来了,几个小伙子说笑着出发,找了一大圈也没找到胥海峰。胥海峰在戈壁滩上冻了一夜,第二天回来,人瘦了一圈,接着又生了一场大病。

农场里开始传播种种对苏琼不利的流言。有充分的证据可以证明她是一个水性杨花三心二意的女人。农场里负责妇女工作的李大姐，十分严肃地找到队长马龙，说这事得好好管一管。"怎么管？"队长马龙皱着眉头，嫌烦地说，"孩子已经在肚里了，你有什么办法？"李大姐说："马队长，这事可不能马虎，你不能老护着苏琼这丫头，农场里这么多年轻人，不能把风气搞坏了。不结婚就把个肚子弄大了，算什么事。"她不管队长马龙脸色多难看，喋喋不休说了一大通。

"把那男的找出来，让他们结婚，这事不就完了。"队长阴沉着脸，摆了摆手，"开个会，把那个没出息的找出来。"

于是开了个清一色男人参加的大会。一宣布会议内容，立刻引起怪声怪气的哄堂大笑。笑声不停，站在台上正说着话的李大姐十分尴尬，朝脸色铁青的队长马龙使了使眼色。队长马龙白了白眼睛，只当不明白那眼色的意思。李大姐无奈，只得等哄笑声弱下来，重复了一遍刚刚说过的话题，又是一阵怪笑。

队长马龙大踏步走到讲台中央，说："有什么好笑的？"

顿时安静了。李大姐抓紧机会，非常沮丧地赶快把话说完。

队长马龙突然说："人来齐了没有，点点人数。"有人站起来，点人数，点了一遍，又点了一遍，说差不多全来了。"差不多，不行，再点，没来的，给我去找来。"先前站起来点数的人又重新点，点完了，说："全来了，马队长，一个不少。"

又是一阵出奇的不寻常的安静，都在等队长马龙的话。队长马龙本来不准备说什么，大家眼睁睁看着他，他无话可说，便看李大姐。李大姐早没词了，一定要他说几句。"好，我说几句，"队长马龙瞪了瞪眼睛，"也没什么好说的，你们不是要扎根边疆吗，这往后的日子长着呢，好汉做事好汉当，谁干的，打个招呼，我们热热闹闹地给他办喜事。谁要是做孬种，做缩头乌龟，日后知道是谁了，别说胥海峰饶不了他，我马龙也不会放过他。散会！"

队长马龙说话算话，特地拨了一个小房间出来，买了喜糖爆竹，打算给苏琼做新房。苏琼的肚子一天天大起来，高高地挺着像座小山。冬天来了，戈壁滩上北风怒吼，下起了入冬的第一场大雪。苏琼临产的日期越来越近，致使苏琼怀孕的男人始终没有下落。被嫉妒折磨得痛不欲生的胥海峰，又一次满怀屈辱地去纠缠惨遭负心郎遗弃的苏琼，他太爱她了，没有她简直就不知如何活下去。他向她发誓，只要她答应嫁给他，保证一辈子不追问这孩子的亲生父亲是谁。虽然出了这样的不幸插曲，他对她的爱却有增无减，在不到一个小时的谈话中，情意绵绵的胥海峰向苏琼求了无数次婚。然而苏琼眼泪汪汪，对于信誓旦旦的胥海峰无动于衷，说什么也不肯嫁给他。

队长马龙永远也想不明白苏琼为什么要拒绝胥海峰，他陪着悲哀的小伙子一起喝酒，一边喝，一边口齿不清地安慰胥海峰，临了两人都喝得酩酊大醉。对苏琼怀着父亲一般情感的队长马龙，好像自己真有了个淘气不听话的女儿，觉得很有些对不住胥海峰。他越来越喜欢这个身高马大实实在在的小伙子。

苏琼的临产期到了。没有专职的接生婆，只好请农场一位生过孩子的女人帮忙。卫生员自己还是姑娘，除了发发药，什么也不懂，什么也不会干。队长马龙苦着脸说："你不是有书吗，看看书上是怎么说的。"

苏琼的阵痛开始了，痛了两天两夜，死去活来，小孩就是不出来。卫生员临时抱佛脚地捧着一本医书说："这得送医院，会出危险的。"

生过孩子来帮忙的女人也乱了方寸,拿不定主意地说:"去医院,得走一百多里路,产妇身体这么弱,怎么吃得消?"

又痛了一天一夜,小孩依然不肯出来。苏琼眼看着快不行了,在产房里忙得毫无头绪的两位女人,终于一致决定送医院。于是向队长马龙请示汇报,让他赶快派人派车。队长马龙一脸不高兴地说:"一定要去医院,那就去医院,这天眼看着就要下大雪了,干吗不早点拿主意?"

仓促收拾了一下,马车备好了,队长马龙决定亲自送苏琼去医院。大家知道了,纷纷出来送行。几位姑娘看见苏琼憔悴痛苦的模样,忍不住掉了眼泪。女孩子的眼泪会传染,又都是远离故乡,很快哭成一片。队长马龙恶狠狠地说:"哭什么,有什么好哭的!"一个姑娘一边哭,一边跑回去抱了一床棉被出来,说路上冷,多一床被子是一床被子。

临上路,大家注意到车上就队长马龙一个男人,还有那位看上去弱不禁风的卫生员,大声说应该再去个男人,眼看着就要下一场大雪,多个男人在路上可以照应着一点。队长马龙急着要赶路,鞭子刚举起来,又放下,说:"那好,谁去?"

所有的眼光都往站在一边的小伙子们身上看,小伙子们有些不自在,毕竟是女人生孩子,而且都觉得应该避嫌疑,谁也不愿意让别人误会自己可能是那即将出生的孩子的父亲。队长马龙失望地看着他们,叹了一口气,高高地举起鞭子。

"我去!"胥海峰从藏身的房子里跑了出来,向马车跑过去。

队长马龙脸上掠过一阵欣慰的笑意,在胥海峰纵身一跃,跳上马车的那瞬间,"啪"的一声,马车吱吱嘎嘎上了路。"你们等着吧,我们农场马上就要添个人了,"大家看见了队长马龙非常难得的高兴，他一路走，一路回头大声说。

半个月以后，一辆在雪地里行驶的军用卡车，无意中发现了队长马龙一行人的尸体。这是农场有史以来，最大的一次悲剧事件，地点在距离小县城大约七十多里路的地方。很显然，突如其来的特大暴风雪，使队长马龙一行人在白茫茫的戈壁滩上迷了路。小小的县城小得不能再小，很轻易便在大雪中失去踪影，队长马龙他们的马车从小县城边缘擦过，往越来越远的地方驶去。

特大暴风雪给农场的人带来了不幸的预感。当队长马龙驾着马车，从人们的视线里消失的时候，鹅毛似的雪花便开始无情地落下来。这是一场从来不曾遇到过的大雪，人们心事重重地议论纷纷，都在为出门远行的人操心。雪实在是太大了，不一会就是白皑皑的一片，整个世界立刻被白的颜色笼罩。站在雪地里，往天上看，大片大片的雪花像密集的蝴蝶群，铺天盖地到处飞舞，黑压压的，让人看着紧张得喘不过气来。

军用卡车在雪地里小心翼翼地行驶着，下了一天一夜的大雪，厚厚地盖在戈壁滩上，不知道到什么时候才能消融，也许是一个多月以后，也许得等春天降临。雪后放晴阳光灿烂，军用卡车艰难地在雪地里行驶，司机突然注意到前面有个什么东西挡住了去路。

司机和他的同伴跳下车来，他们发现一个人像条僵硬的蚕一样，伏在一辆几乎被雪掩埋的马车上。司机和同伴向马车走去，仅仅是凭直觉，他们就断定那个像蚕一样僵硬的人已经死了。当走到马车边上的时候，他们吃惊地发现，车上还躺着两位脸色苍白早已僵硬的女子，一位被两条被子死死地裹着，仿佛是个睡在襁褓中的孩子，另一位身上披着大红的棉被，瘦骨伶仃的双手紧紧地抱着一个小药箱。

惨不忍睹的场景让司机和他的同伴一时不知如何是好。马车的两侧各留下了一行脚印。一行是队长马龙留下的。显然他们已经意识到自己迷了路，可能是筋疲力尽的马再也拉不动车了，也可能马在半路就突然死了，队长马龙和胥海峰决定兵分两路、靠两条腿和运气，在白茫茫的戈壁滩上寻找出一条活路。大雪把世界连成了一个不可分割的整体。人们沿着雪地上清晰的足迹，发现队长马龙走出去七八里路以后，便失望地沿着来路退回。他已意识到自己不可能再创造什么奇迹，绝望地往回走，无非是说明不愿意一个人孤零零地死在雪地里。他支撑着疲惫的身体终于到了马车附近，显然一下子就断了气，人伏在马车的车棚上，脸上的表情异常平静，就好像打盹睡着一样。

胥海峰留下的脚印却笔直地延伸出去近三十里路，在一个只有两户人家的小屯子前面，他的脚印突然往回转。毫无疑问，他已经找到了人家，幸运之神正在向他招手，当他望着小屯子里的炊烟时，他一定在想，他们成功了得救了，雪地上足迹的步伐突然加大，胥海峰像长跑运动员一样往回奔。

胥海峰死在往回奔的半路上，他面带胜利的笑容，一头扎倒在雪地里。

一九九二年一月二十四日

夏日最后的玫瑰

1

阿潘怎么也想不明白自己好端端竟然患了失眠症。这是一种非常可怕的疾病,漫长无尽头的长夜,仿佛变成了永恒,而睡意却像贪玩忘了回家的孩子,尽管阿潘千方百计哄自己睡觉,可结果永远是睡不着。

"我顶多是在天亮时,睡上个把小时。"他不得不到处找医生看,病情显然很严重,"这样下去,我的小命不就完了吗?"

他的体重很快减少了十五公斤。不管见到什么人,是朋友还是陌生人,他都一样喋喋不休地诉说自己的病情:"就在这么一小段时间里,我就掉了三十斤肉。你知道,是三十斤净肉,相当于小半只猪了。你说,你们说,我怎么吃得消?"

他找了许多医生,都是很有名的名医。看了西医,又看中医,然后再看西医。所有的治疗都没有什么效果,他开始大量服用安眠药,从一颗两颗,很快发展到一把一把地吃。

"你这样服药,弄不好要上瘾的。"他的朋友出于好心警告他,"这么冒险干,你知道,和鸦片鬼吸毒差不多。电影上吸毒的人犯起瘾来,那种可怜的样子,难道你没见过?"

"我当然见过。"

"那你还这么大把大把地吃安眠药?"

"要是你和我一样,老是面对着漫长无尽头的黑夜,你就明白我为什么这么玩命地吃药了。也许在我还没上瘾之前,我就已经完了蛋。"

"别说得那么严重。问题是,安眠药的剂量不能太大,你当心服过了头,一下子醒不过来。"

阿潘说:"我知道你的意思,我知道一个人若是活腻了,就可以借助安眠药到达极乐世界,实话告诉你吧,我已经创造了常人无法达到的纪录,任何人假如像我这样吃药,早就一命呜呼了。"

2

阿潘的老婆莎莎一年前去了深圳。

阿潘的朋友怀疑他的严重失眠和一下子生活中少了女人有关。

阿潘自己也十分疑惑,虽然在分居后,他并不是非常渴望老婆,对性的要求也是可有可无,然而他的失眠毕竟是在老婆去了深圳以后才开始的。

莎莎知道了他的病情以后,立刻千里迢迢乘飞机赶了回来。

"你也是的,为什么不早一点通知我呢?"

莎莎看到自己的男人瘦成了另外一个人,心疼得连连责备他:"你看你真是糊涂。"

"我只是在晚上睡不着觉。"

"怎么会睡不着呢?在晚上,你是不是想什么心事了。过去我在家的时候,你哪次不是一躺下去,当场就跟死猪似的?"

"我现在要是能一躺下去就变成一头死猪,那就谢天谢地,我立刻给老天爷磕头，明天就去庙里烧香！"

到晚上，阿潘急吼吼地想有所作为。

莎莎有些担心他的身体："喂，你怎么样？"

"什么怎么样？"

"你的身体？"

阿潘感到有些扫兴，不过他仍然很坚决地把莎莎压在了身底下。

第一夜睡意果然显著，他甚至比他那疲倦不堪的莎莎都先睡着，放肆地自顾自地打起呼噜来，莎莎好大的失望，不得不怀疑自己男人只是用计谋赚她回来，第一夜真正失眠的是莎莎。

接下来的事情便不妙了，失眠这个顽童和阿潘开了个小小的玩笑，又继续了他的恶作剧，漫漫长夜又成了阿潘的末日。莎莎很快意识到了事情的严重，夜里醒过来，第一句话就是："唉呀，你还没睡着？"

阿潘又和过去一样失眠，这一次的日子比过去更难过。过去是他一个人睡，睡不着，他可以翻来覆去自由自在地打滚，现在他却又多了一个心思，必须小心翼翼不吵醒莎莎。

做爱也失去了它的助眠作用。刚开始，阿潘还能借助那阵小小的满足睡上一小会儿，很快他就只能眼睁睁看着莎莎呼呼大睡。当阿潘彻底意识到性的放纵对睡眠毫无意义的时候，他发现自己突然之间变得比过去更糟糕，变得更骨瘦如柴，变得更弱不禁风。他开始没完没了地感冒，流不完的鼻涕，不停地咳嗽，成天萎靡不振。

莎莎急得不知如何是好。一晃两个月过去了，深圳那边一次次来电话催她回去上班。明摆着不能老这么拖下去，况且就是留下来，对阿潘也没有任何帮助。

阿潘和莎莎都意识到他们分手的时候到了。莎莎终于忐忑不安地去买了飞机票，阿潘叫了一辆出租车，去飞机场送莎莎。莎莎一路上握着他的手，上了飞机以后，依依不舍地从飞机的小窗户里向他频频挥手。

3

阿潘是在公园里认识夏冰的。

夏冰是一个年轻漂亮的女人。

随着病情越来越严重，阿潘根据报纸上的一则广告，开始天天早上去公园练习回春功。

夏冰是阿潘练回春功时认识的女人。练回春功的都是些半截子入土的老头老太，年轻漂亮的夏冰混迹其中，显得格外引人注目。阿潘第一天去练回春功，就被夏冰吸引住了。

"你干吗要练这功呢？"几天后，练完功，大家穿衣服的穿衣服，推自行车的推自行车，准备回家，阿潘不顾冒昧地问夏冰，"你脸色看上去这么好，还要练什么回春功呢？"

也许是他的问话太唐突了，也许是夏冰压根就不爱和陌生的男人说话，反正她只是扫了阿潘一眼，转身便走了。阿潘尴尬地跟在夏冰后面，一路傻笑。在公园门口，他借夏冰无意中回头之际，连忙走上一步，笑着说自己患了严重的失眠，也不知做回春功有没有用。

夏冰仍然没有理他，不过她总算是很善意地笑了笑。

回春功是时髦的气功之一。学员们先是跟着老师做，跟着运气，跟着调动意念，每次练得差不多了，由老师发功为有各种疾病的学员治病。时间长了，老师便让学员们自己发功，互相治病。阿潘对回春功是否能治愈自己的失眠半信半疑，但是他觉得学员们互相发功治疗的场面非常有趣。事实上，他有意无意的一直在偷偷接近夏冰。互相发功治疗是一个极好的机会。

有一天，正好是夏冰发功为他治疗，看着夏冰全神贯注的样子，阿潘忍不住一阵阵想笑，夏冰似乎已觉察到了他的心不诚，不动声色地继续为他发功。

阿潘终于笑出声来。

夏冰说："你笑什么，有什么好笑？"

"我不想笑，可是你的功一发到我身上，我就笑了。"

"练气功讲究的是信则灵，要心诚才行。"

"谁说我的心不诚？"

"那你的失眠是不是好一点儿了？"

阿潘很高兴夏冰还能记得自己的病："当然好一点了。"

夏冰不太相信地看着他，收功的时候到了，她闭目运了一会儿气，收了功。再睁开眼睛时，发现阿潘正在偷眼欣赏她，脸不由得红了。阿潘也有一种心虚的脸红，不好意思地赶快将眼光移向别处。

随着时间的推移，他们渐渐熟悉起来。毕竟一起练功的就只有他们两个年轻人，夏冰开始经常询问阿潘的病情是否缓解。阿潘也想问问夏冰究竟得了什么病，然而他始终记得第一次问她时的碰壁情景，他不想再一次陷入尴尬处境。

最后还是夏冰告诉阿潘她得的是什么病。她告诉他自己是乳腺癌，一年前已经做了手术，手术效果并不理想。

4

寒冷的冬天过去了,转眼到了绿色的春天。

公园里小树开始发芽,一天一个样,很快变成了一片碧翠。

阿潘和夏冰已经成了很要好的朋友,一起练功的老头老太,总是用很羡慕的眼光看他们。阿潘的失眠有了比较明显的好转,每天晚上他至少可以保证自己睡着三四个小时,他正在像戒毒一样逐渐减少自己服用安眠药的剂量。夏冰的脸色却开始变得难看起来。

夏冰很随意地对阿潘说,她的病情恐怕又复发了。

阿潘大吃一惊,劝她赶快去医院检查一下:"像你这样的病,复发可不是开玩笑的事。"他显得比夏冰还要紧张,说完以后,自己也觉得这话欠妥,笑着说,"还是去医院看看好。"

然而夏冰执意不肯去医院,她对气功有一种顽固的信任。气功老师说,只要心诚,没有治不好的病,气功若治不好,那就说明已到了物质的极限,因此是真治不好了。气功老师又说,癌症如果转移了,医院也没好办法。气功老师最后说,谁谁谁不是用气功治好了?还有谁谁谁,也治好了。

夏冰比过去更认真地练习回春功,阿潘密切注意她的脸色。他吃惊地发现她脸色又有些红润起来。

春天一天天往深里走,时髦的女人纷纷穿起裙子。每次练完功,阿潘和夏冰都有意识地走在最后。有时候,他们甚至身不由己地像情人一样,在公园里散起了步。他们天天一起在公园门口的小摊上吃早点,一人要一碗豆浆,再要一点儿蒸饭油条。

有一天,夏冰穿了一条非常漂亮的红裙子,阿潘看了赞不绝口。在公园的一片翠绿中，夏冰的红裙子像一朵色彩鲜艳的玫瑰花。阿潘情不自禁地一次次对夏冰看，夏冰让他看得有些不好意思，问他今天是怎么了。

"你今天太漂亮了！"

夏冰的脸顿时像她的那条红裙子一样红。

阿潘意识到自己的话有些过分，连忙很笨拙地掩饰说："你这条裙子真的漂亮，太漂亮了！"

夏冰让他赞美得心痒痒的，笑着说："你今天怎么变得有些神经？"

阿潘说："我是有些神经了。这样吧，今天我请你去鸿仙楼吃早茶，给我个机会，让我好好地出次血。"

"你是不是发了什么不义之财？"

"为了你这条漂亮的裙子，就是花去我一个月工资，我也在所不惜。你穿着这么一条漂亮的裙子，坐在公园门口的小摊子上吃早点，实在有点那个，实在不配，你说是不是？"

"你今天真有些神经。"

结果他们当真去鸿仙楼摆了一回阔，这是阿潘和夏冰记忆中，吃得最丰盛最华丽最难忘的一次早餐。

5

夏冰家住在五楼，她的丈夫是一个机关里的小科长。

阿潘跟着夏冰走进了她那温馨的小窝。

房间里布置得很有格调，夏冰是学无线电的，但是她对家庭装潢，表现出非常浓厚的兴趣。迎门是一个小饭厅，布置了一面硕大的镜子，占了整整一面墙，反射出放在角落里的冰箱和酒柜，酒柜里放的全是洋酒。然后便是客厅，完全是异国情调，在沙发的上方，挂着一个用来当作装饰品的牛头；一个很大的落地台灯，灯罩显然是自制的，和客厅的整个气氛极为和谐；地毯上七零八落地放着几个色彩怪异的沙发垫，还有一个很大的玩具娃娃。

显然是经过精心安排的，但是夏冰的布置留给阿潘的印象，整洁同时又十分随意。

"你觉得我的这个小窝怎么样？"夏冰笑着问。

"非常好。"

"真的是非常好？"

阿潘想说："我干吗要撒谎呢？"可话都到了嘴边，却没有说出来。夏冰并不一定要他作出答复，事实上，他们现在说什么都是随口说说而已。

"你别傻站着。"夏冰盘腿坐在了地毯上，指了指沙发让他坐。

阿潘有些拘谨地坐在了沙发上，居高临下看着夏冰。

"你妻子多长时间从深圳回来一趟呢？"夏冰随口问道。

"一年，或者一年半，反正也不一定。"阿潘不愿意在这种时刻，谈到自己的老婆，"对了，你丈夫究竟是干什么的？"

夏冰也不愿意在这种时刻，谈到自己的丈夫，她干脆不回答阿潘的提问。

此时此刻，说什么和不说什么都一样。

他们心不在焉地说着，大家都有些走神，大家都有些拘谨。

阿潘突然从沙发上站了起来，问夏冰能不能参观一下她家的卧房。夏冰坐在地毯上，仰起脸来看他，脸上的笑意十分甜。阿潘带着些执着走向夏冰。

夏冰说："卧室有什么好看的？"

阿潘已走到了夏冰跟前，夏冰伸出手去，示意他拉她起来。他果断地抓住了她的手，用力一拉，便把她拉到了自己怀里。这实在是因势利导水到渠成。阿潘紧紧地搂住了夏冰，夏冰一动不动偎在阿潘胸前。

他们终于手拉着手，孩子气地走向卧室。进了卧室，过分激动的阿潘已没有心思再欣赏房间里的布置，他迫不及待地又一次搂住夏冰，不顾任何后果地把她往床上按，同时放肆地去扯她的裙子。夏冰的抵抗显得微乎其微，事实上她很快就表现得比阿潘更心急更放肆。

夏冰说："我们这么做，太丢人了。"

阿潘说："丢人就丢人，管不了那么许多。"

6

意想不到的事总是很多，即便有时是非常顺利的事，也会在顷刻之间，发生不可逆转的激烈变化。当音乐门铃不近人情地响起来的时候，阿潘本来早就可以结束战斗，可惜在最最关键的时刻，他犯了一个极大的不可弥补的错误。他和夏冰已经有了实质性的接触，但是他突然停止了单调的机械运动，不合时宜地伸出手去，很有些花哨地抚摸起对方正在变得汗津津的身体。这是一个不可饶恕的错误，尽管阿潘已感受到了夏冰身体的颤动，在抗拒，他的手仍然坚定不移地从她背后，一点一点滑到她的胸前。

就在这一瞬间，阿潘意识到夏冰已做了乳房切除手术。

阿潘摸到的只是一对假乳房。他犹豫着，不知如何是好。

夏冰推了推他的手。

阿潘一动不动，犹豫着，不知如何是好。

夏冰有些赌气地说："好吧，你想看，你就看吧！"她把上衣掀了起来，遮住了自己的脸，不管三七二十一地掀去了特制的胸罩。

这举动显得很过火。阿潘和夏冰的情绪都受到了意想不到的打击。两个人都感到很尴尬。他们一下子都变成了正在进行着的事件的局外人。他们都变成了发动又突然熄火的机器。时间仿佛陡然停止。

就在这节骨眼上，音乐门铃一阵阵地响起来。

夏冰听见她的好友卞明在门外大声叫唤。

没有比这更扫兴的事了。他们僵持着，静静地听着外面的尖叫。卞明的声音一声比一声更高。夏冰用力把阿潘推开，坐起来，很慌乱地穿衣服。她示意他待在房间里别动，自己带上房门跑了出去。

卞明带着六岁的儿子风风火火地冲了进来："夏冰，搞什么鬼名堂，怎么到现在才开门？"她看着衣服有些凌乱的夏冰，"喂，你才起来？"

夏冰笑了笑，算是回答。

"我跟你说，不得了呢！你知道我妹妹昨天晚上突然大出血，说是宫外孕，危险得很，我得赶快去医院里看她。对不起，我只能把小兵留在你这儿了。喂，儿子，你和夏阿姨在一起，要听话，听见没有？"就像来时一样，卞明也不管夏冰是否答应，风风火火扭头就走。

夏冰苦笑笑，对着墙上的镜子，理了理头发，扯了扯裙子和衣服，回过头来，笑着问卞明的儿子小兵想干什么。

小兵嗲声嗲气地说："我想和夏阿姨一起玩儿。"

"你一个人玩不行吗？"

"不，我就要和夏阿姨一起玩。"

夏冰又是一阵苦笑，她走到卧房前，敲了敲门，说："对不起，你收拾一下，出来吧！"

7

第二天，他们又一次在公园相遇的时候，夏冰似乎已掩饰不住自己对阿潘的感情。练完功后，她拉着他的手，把他带到一株大树底下，如痴如醉地扑在了他怀里。

阿潘发现自己竟然有那么一点恍惚，他老是情不自禁地想到夏冰胸前令人恐怖的疤痕。

"今天你还去我家吗？"夏冰在他耳边情意绵绵地问着。

阿潘不明白自己为什么要拒绝夏冰的邀请，他编了一个很可笑的借口，在公园门口和夏冰一起吃了早点，抹了抹嘴，便逃之夭夭溜之大吉。

"我爱你。"临分手，夏冰像热恋中的纯情少女那样对他说。

阿潘不动声色地看着夏冰，好像不明白她说什么。他突然意识到自己有些过分，不在意地笑了。他的反应引起了夏冰的不满，她按捺不住正在流露出来的失望，目不转睛地看着他："我是不是有点儿太傻？"

"我们都有点儿傻。"阿潘说。

阿潘意识到自己应该冷静下来，好好动动脑筋。他意识到自己很可能会像过去一样，又要被无情的失眠痛苦折磨。非常幸运的是他不仅没有失眠，而且比任何一个夜晚都要睡得香甜。偷情的欢乐使他的虚荣心得到最大满足。夏冰想不到这么轻易就能上手，得意之余，又使他觉得轻易上手的东西没有太大意思。他意识到他们之间缺少许多必要的了解，缺少一个发展的过程，因此他和她其实并没有多少爱情可言。他们的所作所为，和普通男女的偷鸡摸狗，没什么太大区别，最聪明的办法也许就是，他们可以不动声色地来往一段时间，然后神不知鬼不觉大家分手。阿潘非常聪明地意识到自己必须掌握火候，男人真让女人纠缠住了，绝对不是什么好事。

事实上夏冰绝不是那种纠缠住男人不放的女人。也许她已觉察到了自己没必要太热烈，也许她觉察到了阿潘有些三心二意，再一次见面时，夏冰表现得非常有节制和有理智。她变得又像过去什么事都没发生时一样。练完功后，在公园里散一会儿步，然后去大门口的小摊上吃早点。吃完早点，心里蠢蠢欲动的阿潘期望着她会再一次发出邀请，然而她却冷冷地告诉他，说自己就要乘今天的火车去外地。

"我的婆婆想来看她的儿子，老人家年纪大了，没人接送不行。我这就去接她。"

阿潘吃了一惊："你婆婆在哪儿？"

"无锡。"

夏冰的婆婆一来，意味着阿潘再也不可能去夏冰家幽会。阿潘感到一种说不出的惆怅，不无惋惜地说："几点的车？我去送你。"

"不用了。"夏冰对他笑着摆了摆手,"我丈夫会送我的。"

8

这以后,很长一段时间内,阿潘没有再见到夏冰。他相信她一定是在无锡住了一阵。只要她早上不出现在公园里,毫无疑问地说明人还没回来。十天半个月一晃就过去了。气功老师对夏冰的缺席不闻不问。甚至那些练回春功好嚼舌头的老头老太,也不问他夏冰怎么没来,一个个都冷眼观察他的表情。老头老太们似乎已看出了他们之间的关系不正常。

阿潘对回春功一向似信非信。很显然,他所以能坚持下来,天天在固定的时间里神经兮兮地赶到公园,百分之百是为了夏冰的缘故。在和夏冰刚分手的日子里,他对她的思念充满一种占有的欲望。他渴望着完成尚未尽兴的最后一步。刚开始,他觉得自己的欲望如此之强烈,和夫妻的长期分居有关,随着时间的推移,他突然明白事情并不像他设想的那样简单。

阿潘发现夏冰若是不来,他孤零零的一个人,和那些半截子已经入土的老头老太一起练回春功,显得非常愚蠢。

他开始了无穷无尽的思念。这思念对于他来说,是一种全新的从来没有过的经历。他意识到在分别的日子里,自己义无反顾地爱上了夏冰。虽然他已是结过婚的男人,虽然他的生性并不风流,然而突然间,他完全被不现实的爱情冲昏了头脑,失眠又开始痛苦不堪地向他发起进攻。

春天很快就过去了,阿潘决定不顾一切去看望夏冰。

正像他所预料的一样,夏冰不去公园练回春功,只是为了回避他。她的气色很不好，当阿潘十分关心地问她什么时候回来的，回来了为什么不去练回春功的时候，她毫无表情，指了指桌上的药瓶，示意自己正在吃什么药。一个老太太老是在客厅里走来走去，不用问就知道这是夏冰的婆婆无疑。

"我又开始失眠了。"面对夏冰的冷淡，他笑着说。

"是吗？"夏冰的话里，既不表示吃惊，也不表示关心，只是有些怀疑。

"我正好路过这里。"

"噢。"

"真的，我真的是正好路过。"阿潘发现自己笨嘴笨舌，脑子里一片混乱，不知说什么好。他做梦也不会想到夏冰竟然变得这么冷淡，自己突然会变得这么不受欢迎。他搭讪着又说了几句，"我，那我还是走吧！"

夏冰没有丝毫挽留他的意思。

"怎么，连送一送我都不行？"阿潘不甘心，同时也有些恼火。

夏冰陪着他，默默地走下楼梯。

"想不到你这人会这么绝情！"在楼梯拐弯处，阿潘悻悻地说。

"怎么，这么多天来，难道你还一直想到我？"夏冰冷冷的真像一块冰。

"当然是这样。"

"哼！"

阿潘感到自己的眼泪正在往外涌。他感到一阵羞辱和愤怒，感到一种莫名其妙的委屈，柔肠寸断，心都快碎了。他最后看了夏冰一眼，低着头，自顾自地下了楼。

9

春天过去了是炎热的夏天。

光阴似箭，转眼又到了第二年的夏天，阿潘心灵上的创口已经结了疤。夏冰的女友卞明突然来找阿潘，告诉他，夏冰因为癌症复发，已于几天前去世。

"也许你还想再见她最后一面？"卞明板着脸，气鼓鼓的，都不愿意看他一眼。

这消息来得太突然了。

"你们的事，我全知道，你也用不着慌，去不去，随你的便！"

阿潘感到异常愤怒，说："我当然要去！"

已经过去的往事，一下子全涌现在他的脑海里。阿潘弄不明白自己怎么就到了火葬场，他最先见到的是挂在半空中的夏冰遗像。照片上的夏冰比真人还要年轻漂亮，显然是在她情绪极好的时候摄下的。这是一张和任何电影明星的倩影相比都不逊色的照片。告别仪式还没开始，大厅里乱哄哄的。他躲在一个不起眼的角落里，抚摸着心灵深处的伤口，胡思乱想。

一直到见到了夏冰的遗容，阿潘的脑子里仍然是一片混乱。大厅里哀乐低回，阿潘站在夏冰的遗体面前，仿佛置身于一场噩梦当中。

他第一次见到了夏冰的丈夫，这是一位瘦瘦高高脸很白的小伙子。当他们一起握手的时候，阿潘情不自禁地颤抖起来。

回去的路上，卞明和他坐在一辆大客车里，卞明喋喋不休地说着："她一直等着你的出现，可是你直到她咽了最后一口气，也没来。你们男人真他妈心狠！"

阿潘又大大地吃了一惊，他不敢相信自己的耳朵，不敢相信夏冰竟然是爱他的，他知道现在和卞明说什么也白说了。

"她是真心地喜欢你，只要你愿意，她会离了婚嫁给你。她和她自己的男人从来没这么好过。她太痴心了，太轻易地就相信了你。你知道你狠狠地伤了她，你不觉得亏心吗？"

"我不知道。"

"你不知道？"

阿潘不知道夏冰究竟和卞明说了些什么。他感到心口又让刀子戳了一下。现在再解释已经太晚了。他唯一感到欣慰的是，夏冰毕竟是真心爱他。他心甘情愿地接受着卞明的指责，心里甜酸苦辣万般滋味。失恋和被女人遗弃的痛苦顷刻间烟消云散。他像欣赏别人的痛楚一样，津津有味地回味着自己一年前的心碎。大客车在拥挤不堪的马路上开开停停，传来一阵刺耳的刹车声。阿潘扭着头，按捺不住一阵阵悲哀，心神不定地看着窗外。好炎热的一个夏天，街面上的女人穿着极短的裙，匆匆从烈日下走过。阿潘突然想到夏冰穿过的那条鲜艳的红裙子。

"喂，你到底是不是在听我说话？"卞明根本不在乎别人会不会偷听到他们的谈话，"她怎么会爱上你这么个不起眼的家伙？"

晚上睡觉的时候，阿潘相信自己又要开始失眠。漫长无尽头的长夜，又将变成他的末日。他又得恢复到仿佛抽鸦片，大把大把吃安眠药的日子里去。他将变得真正的不可救药。

然而他很快就睡着了。

也许真正的失眠从明天才开始。也许他从此就不再失眠。

一九九二年八月